難為侯門妻

2

風 文創 130

不要掃雪 著

目錄

第二十七章 005
第二十八章 017
第二十九章 033
第三十章 045
第三十一章 059
第三十二章 071
第三十三章 083
第三十四章 095
第三十五章 107
第三十六章 119
第三十七章 131
第三十八章 143
第三十九章 155
第四十章 165
第四十一章 175
第四十二章 187
第四十三章 199
第四十四章 213
第四十五章 225
第四十六章 239
第四十七章 249
第四十八章 259
第四十九章 269
第五十章 283
第五十一章 295
第五十二章 307

第二十七章

看著李其仁如同風一般輕鬆離開，夏玉華的心情亦格外舒暢，含笑地搖了搖頭，並沒有再多說其他，轉而按李其仁所說，去找杜湘靈了。

說實話，她還真是沒想到這消息會傳播得這般快速，最多也就一個多時辰的樣子，竟然連李其仁這種剛剛狩獵回來的人都已經知道了，想來那兩位貴女還真是功不可沒。

到底是吸引人注目之事，因此會一傳十、十傳百的迅速傳開來也並不足為奇。她雖然不知道陸無雙現在知不知道自己的事已經被眾人知曉並傳得沸沸揚揚，但卻知道一切都已經不再是她能掌控的，當然，亦不必再去掌控了。

剛往杜湘靈休息的地方走了一小段路，卻見她正好從屋裡頭出來，身後也就只跟了個丫鬟，其餘再無旁人。兩人打過招呼便一併往宴會場所而去，邊走邊閒聊著卻並沒有誰提起先前陸無雙的事。

夏玉華估摸著杜湘靈這會兒應該並不知道陸無雙的事已經被傳得盡人皆知，而她亦沒有多提半個字，如同全然不知一般。

到達宴會場所後，果然見場地已經布置得煥然一新，除了主位上還空著，太子與太子妃尚未到達以外，主位下邊兩側陳列的座位上都已經坐得差不多滿了。

雖然有太子以及眾多皇子參與也算是規格較高的宴會，不過卻因為並不是在宮中舉辦，而且這宴會本就是以玩樂為主，因此規矩並沒那麼多。只是右側為男賓，左側為女賓，從上往下按各自的身分依次排列，這一點卻還是不能亂的。

剛剛走到邊上，便有婢女上前帶路，將到達的人領到各自應該坐的位子。也不知道是刻意安排還是什麼的，夏玉華的位子正好就在杜湘靈的旁邊，兩人同桌而坐，倒也算是合了她們的心意。

剛剛坐下，便有人朝這邊看了過來，夏玉華跟著杜湘靈一起，與坐得近一些的貴女們互相打了個招呼，遠一些的也用目光示意一下，算是寒暄問候。

而李其仁就坐在夏玉華與杜湘靈對面，見她們來了，朝她們兩人笑了笑，並點頭示意。這小子果真上道，如今越發的知道分寸，也不再只盯著夏玉華一人看，轉而拿杜湘靈當起擋箭牌來了。

夏玉華面上如常，心裡頭卻不由得笑了笑，之前看慣了李其仁的直爽乾脆，現在見他做事這般小心翼翼的，也不知道他到底累不累得慌。

又朝其他座位都打量了一番，看一圈下來，在她有印象的幾個人中，除了太子與太子妃以外，似乎只差一個陸無雙還有那個什麼五皇子鄭默然還沒有到，就連二皇子等人也都已經入座，此時正與左右相鄰的幾個兄弟不知道在談著什麼，看上去心情頗為不錯。

其他的人亦是如此，三三兩兩的與座位邊上的人說笑著，聲音不大，卻不時的發出一陣陣很特別的低笑之聲。

見狀，夏玉華心中自然明白這些人都在議論著什麼，身旁有幾人說得正高興，一時間聲音不由自主的大了一點，所說的內容倒也沒多注意去聽，不過陸無雙這三個字卻是聽得分外的清晰。

「玉華，她們是不是都在說先前那件事？」杜湘靈似乎也察覺到了，連忙碰了碰夏玉華，小聲的朝她說道：「我剛才聽到旁邊的人好像正在說這個，怎麼這一會兒的工夫弄得盡人皆知了？」

夏玉華見狀，只好朝坐在下邊、先前去探望她的那兩位貴女瞄了一眼，而後亦小聲的跟杜湘靈說道：「姊姊，妳也不是不知道那兩位貴女姊姊的性子，這種事哪裡忍得住不說的。算了，由得去吧，反正這世上本就沒有不透風的牆，咱們管好自己就行了。」

聽到這話，杜湘靈也只得微微嘆了口氣，夏玉華說得沒錯，雖說這傳的速度也太快了些，不過這樣的結果本也是意料之中。

「可陸無雙還沒來呢，一會兒也不知道會鬧出什麼樣的風波來。」杜湘靈邊說邊朝對面的鄭世安看去，一時間神情倒是有些不太好看，小聲地哼了一聲，轉而看向夏玉華道：「這鄭世安倒好，跟個沒事人一樣有說有笑的，真不知道他這心裡頭到底在想些什麼，難道就一點都不知道，還是說根本就覺得無所謂呢？」

似乎是感覺到了杜湘靈略帶不滿的目光，鄭世安抬眼朝這邊看了過來，他倒是沒怎麼在意杜湘靈，反而下意識的朝杜湘靈身旁的夏玉華看去，目光之中閃過一絲不由自主的窘迫。

夏玉華見狀，不由得微微一笑，並不在意對上了鄭世安的目光。這個男人呀，她一早便看清楚了，本就是個極其自私的人，又怎麼會如同李其仁一般去在意其他人的處境與感受呢？

看到夏玉華竟朝著自己笑，鄭世安一時間倒是愣住了，片刻之後，才似乎意識到了什麼，神色頓時顯得有些惱怒，轉而快速的別開眼去，不再看那邊。

鄭世安暗暗罵著自己，這個時候了竟然還差點得了失心瘋！夏玉華如今對他是冷漠慣了，現在朝他笑自然是不可能有其他什麼意思。這會兒，她的心裡一定更是看不起他了吧？雖然那抹微笑並沒有什麼明顯的嘲諷之色，可看在鄭世安眼中卻是無比諷刺。

說起來，眼下他更加的後悔起先前的衝動來，也不知道當時怎麼回事，竟然昏了頭似的便跟陸無雙發生了不可告人的關係。明明知道這裡人來人往的，明明知道夏玉華就待在斜對面的那個屋子裡，明明知道這裡確實不是做這種事情的地方，可是當下那一時間，他卻偏偏什麼都忘到腦後去了！

真是該死！鄭世安異常惱火，心裡頭也不由得遷怒起陸無雙來。先前在小山坡上，她還知道在緊要關頭時推開自己，這回才多久的工夫，她怎麼便什麼都忘記了？還那般主動、熱情的勾引，甚至配合著他，讓他實在是沒有半點可以清醒的機會，一直到做完了，這才跟他哭哭啼啼的，實在是讓他心煩不已。

更氣人的是，那個不知分寸的婢女竟然直接跑了進來，當場看到了這一切；而他當時也是太不冷靜，暈了頭似的徑直將那婢女給吼了出去。

早知道他應該好好先讓那個婢女閉上那張臭嘴，如此的話，現在也不至於弄得盡人皆知的了。雖然這些人都不敢當著他的面說破，可是這說不說破的還有什麼不同嗎？所有的人都在那裡悄悄的議論著，就連二皇子他們也是如此，怕是這會兒工夫，太子與太子妃都已經知道了。

鄭世安鬱悶不已，自己好好的名聲，這回倒好，因為這件事還不知道得給多少人當成茶餘飯後的話題。

「世安，你在想什麼呢？」一旁的李其仁見鄭世安突然半天不出聲，臉色也顯得有些不太好看，便出聲問了一句。

鄭世安回過神來，看了一眼李其仁，片刻後這才拍了拍他的肩膀說道：「其仁，咱們認識也不是一天、兩天了，你跟我說實話，是不是也聽他們說了我與陸無雙的那個事？」

「聽說倒是聽說了一點，不過……」李其仁一聽，頓時有些不太自在，呵呵笑了笑問道：「不過你也知道，我這人沒有親眼見到，向來都不會跟著亂說的。」

見狀，鄭世安略帶無奈地搖了搖頭道：「你瞧瞧，都在說呢，多你一個也不算多，倒也無妨了。」

李其仁見鄭世安一副無所謂的樣子，便湊近了些很是謹慎地問道：「世安，難道他們說的都是真的？」

鄭世安沒有出聲回答，只是有些好笑地看了一眼李其仁道：「其仁，你別問得跟個小孩子一樣，好歹你也滿二十了吧，難不成當真就沒做過這種事？」

李其仁一聽這話，當下便知道鄭世安這算是默認了，他也懶得跟鄭世安解釋自己有沒有做過這種事，心裡頭第一個反應便是覺得鄭世安這樣的態度也太過隨便了一些。

在李其仁看來，就算鄭世安自己不怎麼在意旁人說三道四，可最少也得顧慮一下陸無雙才行，女子成親之前，這貞操與名節可是比什麼都重要的；雖說他對陸無雙也沒什麼好感，可鄭世安這樣的態度實在是讓他有些不敢恭維，可以說一點責任感都沒有。

「世安，那陸家小姐的事，你打算怎麼處理？」李其仁不由得問道：「人家好歹也是陸相家的千金，要是處理不當的話，只怕會引起不小的風波。」

「怎麼處理？」鄭世安略帶自嘲地笑了笑，而後說道：「這種事還能怎麼處理？大不了就是負起責任娶了就行了。我堂堂端親王府，難不成還擔心陸家的人跑來找麻煩不成？」

見鄭世安說得這般輕鬆，李其仁遲疑了一下，再次反問道：「娶她？可王爺與王妃能同意你娶一個相府庶出的女兒為世子妃嗎？」

這種事太過明顯，端親王是斷然不可能讓自己最疼愛的兒子娶個庶女為正室，更何況還是個婚前失貞的。

不過他的疑惑還沒來得及完全說清楚，卻見鄭世安一副不可思議的樣子看著他說道：「其仁，你不會真傻了吧，誰說我要娶她當世子妃了？」

「世安，你到底是什麼意思？這個時候你還有心情開玩笑嗎？」也稱不上指責，不過李其仁的語氣的確有點不太好，以前一直也只是覺得鄭世安過於心高氣傲了些，卻不曾想到身為一個男人，這般沒有承擔、沒有責任感。

見李其仁竟真的連這麼簡單的事情都想不明白，鄭世安不由得笑了起來，正欲出聲，忽然發現身旁看他的目光越發的多了起來。

他只好稍微控制了一下音量，湊近了些低聲朝李其仁說道：「你小子平時不是挺機靈的嗎，怎麼今日倒是犯起傻來了？我是說過會負責娶了陸無雙，可又沒說是娶她做世子妃。雖是側室，可我端親王府的名聲怎麼也不會辱沒了她吧。」

鄭世安沒有說太多，其實最當初的時候，他還真有過娶陸無雙為世子妃的念頭，只不過後來也漸漸的便沒有再動過這樣的念頭了，特別是看到夏玉華越來越特別，而陸無雙則越來越讓他失去那種興趣與新鮮感之後更是如此。

但現在既然已經出了這樣的意外，那麼順勢納為妾倒也沒什麼關係，省得陸無雙總追問著他何時娶她之事。

他一直都知道以陸無雙的身分，家人是不可能同意娶為正室的，不過卻還是對陸無雙的美貌頗為動心，所以一直以來也都是找各種理由拖著。而這一次事情既然已經發生了，他也懶得再想太多，反正他又沒有強迫陸無雙，如今願意納她為妾也算是對得起她了。

見狀，李其仁也不再說話，鄭世安的意思已經很明白了，無非就是說陸無雙不過是個庶出的官家小姐，端親王府願意讓她進門為妾已經是不錯了。雖然他多少覺得鄭世安的這種做法真的很不負責任，可是站在王府的立場來說，鄭世安雖然有些無情，但卻並不算無理。

知道這些因由後，他突然很肯定，鄭世安一定不是真心喜愛陸無雙的，頂多也就是跟那些世家子弟一樣，貪圖陸無雙的美貌罷了。如果真心喜愛的話，又怎麼可能讓自己所愛的人屈居妾侍，受一輩子的委屈。

想到這兒，他不由得抬眼看向對面的夏玉華，突然之間竟然有些慶幸，慶幸現在正嫻靜端坐的那個少女一改初衷，沒有再去迷戀一些本不應該迷戀的人，否則的話，怕是她日後的命運會比陸無雙來得更加不如。

似乎是感覺到了他的目光，對面的人兒下意識地抬眼看了過來，目光對上的瞬間，朝著他微微一笑，極其溫婉而輕柔。李其仁瞬間心裡暖暖的，突然覺得就算一輩子只對著一個人，那也是一種可遇而不可求的幸福。

鄭世安並沒有看到這一幕，這會兒工夫，他已然沒有再理會與他的想法及看法大相徑庭的李其仁，轉而與另一邊酒桌旁的人低語了起來。

沒多久，太子與太子妃也終於到達宴會場，眾人連忙停止交談，起身相迎。而就在這個時候，夏玉華才發現對面前排第四個位子不知何時起竟然已經有人入座。

那個五皇子鄭默然倒也是個低調的主兒，不聲不響的便坐在那裡了。他獨自喝著茶，也不理會身旁的人議論得多熱烈、多起勁，就那麼懶懶地靠坐著，如同永遠都是置身事外的看客一般隨意悠然。

身旁其他幾位皇子也早就對老五的行為見怪不怪，今日鄭默然能來已經算是很不錯了，往常真的是很少見他出席宴會的身影。

雖同樣身為皇子，可一個成日病懨懨的、又不怎麼喜歡跟旁人打交道的皇子，自然也就容易被其他人所忽略了，久而久之大家更是習以為常，若不是太子時常為了彰顯自己上孝下恭，對兄弟關愛有加的話，怕是這五皇子早就已經從眾人的視線裡頭給完全淡去了。

不過，夏玉華卻總覺得這五皇子鄭默然似乎並不如人們所說的這般毫無是處。先前在小山坡時，鄭默然的種種表現便很讓人覺得可圈可點，最少他的反應與洞察力是許多人都無法比擬的。

可說到底這鄭默然與她並沒有什麼直接的關聯，因此夏玉華也沒有多想，稍微打量了兩眼，便自自然然的將視線給移了開來，不再看他。

就在夏玉華目光移開的一瞬間，鄭默然這才抬眼朝她看去。

原本還覺得今日答應太子出席宴會是件多麼無聊而浪費時間的事，現在看來倒也不盡然，最少還是看到了一些有意思的人與事，勉強也能夠彌補一下大部分時候的無趣吧。

今日的宴會總體來說還算是熱鬧的，太子到達之後，眾人自然轉移了話題，沒有再私下議論鄭世安與陸無雙，而是談起了先前狩獵時的一些趣事，再加上一旁侍從不斷送上來的美食野味，一時間，吃吃喝喝、說說笑笑的，氣氛很是輕鬆。

夏玉華挾了一小塊燉得很軟糯的鹿肉放入嘴裡，嚼了幾下，味道果真鮮美無比。到底是現宰現煮的，比起平時吃的還是口感要更好一些。

正準備再吃一點，卻聽杜湘靈小聲地朝她說道：「玉華，怎麼這會兒都還沒看到陸無雙過來呀？」

杜湘靈也不知道是有意還是無意，這會兒才發現陸無雙還沒有來，太子與太子妃都已經到達許久了，這陸無雙是怎麼想的，還敢比太子與太子妃要遲到嗎？

見狀，夏玉華也朝那邊還空著的一個位子看去，其實她猜測陸無雙應該是不會來參加宴會的了，畢竟出了這種事，若還能跟個沒事人一般出席那才真有意思呢；更何況，這種事已經傳得滿天飛了，她就不相信陸無雙還會不知道。

再怎麼樣，她也知道有婢女親身撞見了醜事，發生在誰身上，都是不可能沒作這個心理準備的。

「估摸著應該不會來了吧。」她輕聲回了一句，又替杜湘靈挾了一塊鹿肉道：「姊姊多吃點這個，味道很是不錯。」

杜湘靈似乎還想說什麼，不過還沒來得及出聲，卻被旁邊別桌的一個貴女給叫住了，那貴女稍微湊近了一些，小聲的朝杜湘靈嘀咕了兩句，而後笑呵呵的坐好，不再多說其他。

「她說陸無雙早就已經先回去了，聽說還是雲陽跑去跟太子妃稟告了一聲，說是陸無雙身子突然有些不大舒服，所以不能夠繼續參加宴會，先走了。」

杜湘靈轉而將剛才那位貴女所說的話告訴了夏玉華，還說先前也有人親眼看到陸無雙離開，而其他人似乎都已經知道了，也就是她們兩人不知情而已。

提到雲陽，夏玉華這才不由得往前邊看了看，雲陽的性子向來比較外向，今日這般倒的確有些反常，夏玉華又聯想到了先前雲陽看她的那種眼神，一時間倒是不由得暗自搖了搖頭。不過，那孩子心地其實並不壞，看著看著竟然有幾分自己前世的樣子。

不知道是因為今日發生了不少的事情，還是先前狩獵時的確有些累了，宴會並沒有持續太久，太子與太子妃便先行離開打道回太子府了。太子一走，幾位皇子也都隨即跟著離開，之後其他人才開始收拾準備各自回去。

折騰了一天總算是回到了家，夏玉華泡了個澡，全身都舒服了不少。臨睡前，她將鳳兒叫到了跟前，趁著這會兒還記得，便再次問起了先前鳳兒沒來得及說完的那個請求。

鳳兒一聽，再次顯得有些激動，不過卻沒有跟之前一般浪費機會，頓了頓後小聲懇求道：「小姐，奴婢想告假十日，還請小姐能夠恩准。」

第二十八章

「鳳兒，妳能告訴我要告這十天假是想做什麼嗎？」夏玉華朝著鳳兒說道：「妳一個女孩子，獨自一個人在外待上十天，不說清楚的話，我自然是不放心的。」

見小姐詢問原因，鳳兒心中倒也早有準備，自己從小便跟在小姐身旁，本來就沒什麼不能說的，更何況小姐這也是關心她，所以更是沒想過要隱瞞什麼。

「小姐，是這樣的。」鳳兒眨了眨眼，神情倒是比起先前要凝重了不少，她解釋道：「奴婢當年被賣進夏家前，有一個結拜的小姊妹，那個小姊妹對奴婢極好，若是沒有她的話，我這條小命早就沒了。這些年我一直都託人四處打聽她的消息，總想著能夠再有機會見她一面。前些日子，奴婢終於有了她的消息，她人在泉州，雖然隔得有點遠，可奴婢實在是掛心於她，想親自去見她一見，還請小姐能夠成全。」

聽了這些，夏玉華自然沒有理由不准鳳兒這十天的假，滴水之恩當湧泉相報，更何況是救命之恩，既然已經打聽到了下落，去見個面也是應該的。

「那妳打算什麼時候去？」她想了想道：「泉州離京城確實遠了點，妳一個女孩子單獨出門在外怕是不太安全，到時我讓管家派人送妳去，路上有個照應，我也放心一些。」

鳳兒見自家小姐不但答應了，還替自己安排得如此周到，一時間更是感動不已，連聲謝恩，情緒很是激動。
事情既然已經談定，鳳兒自然不想再拖延，第二天便啟程往泉州而去。管家按夏玉華的吩咐，不但找了個僕人護送，而且還給弄了輛驢車，又額外給了些盤纏，一切打理妥當了這才出發上路。
這一日，夏玉華獨自在屋裡看書，外頭的婢女進來通報，說是平陽侯府的大小姐過來看她了。
一聽竟是杜湘靈來了，夏玉華連忙讓人將杜湘靈請進來，自己也趕緊放下書，跟著一起去迎接。
杜湘靈還是頭一次進夏家大門，更是頭一回看到夏玉華的閨房，才打過招呼便被夏玉華閨房裡頭的擺設給完全吸引住了。
「玉華，我要是不親眼看到，還真是沒辦法相信，敢情妳這是打算要去考狀元呀！」杜湘靈轉過頭看向夏玉華，打趣道：「妳要是男的，我便嫁給妳算了，就憑妳這努力的拚勁，想不出人頭地都難呀！」
「行了，杜姊姊妳就別笑話我了，琴棋舞畫、女紅刺繡什麼的我也不會，閒得無聊便也只好看看書打發一下時間了。」夏玉華邊說邊牽著杜湘靈往一旁的臥榻上坐下，笑吟吟地說道：「自是不比姊姊，女兒家會的東西都是樣樣精通的。」

幾名婢女進來上茶，又呈上了好些精緻的點心與零嘴，趁著這會兒工夫，杜湘靈又往書桌上細看了兩眼，竟發現那上頭擺放的都是一些醫書。一時間她心裡頭還真是驚訝不已，沒想到夏玉華竟然還會看這方面的書。

「玉華，妳這裡怎麼差不多都是醫書呀？」杜湘靈很是奇怪的朝夏玉華問道：「以前我可從沒聽說過妳還對這些東西感興趣的呀？」

「前些日子機緣巧合下認識了一位頗有真本事的醫者，便隔些日子去向他請教一下醫學方面的東西。久而久之這屋子裡的醫書便漸漸多了起來。」她簡單的回答了。

「天啊，妳竟然在學醫！」杜湘靈更是驚訝萬分，下意識地便問道：「妳父親同意了？」

夏玉華見杜湘靈如此驚訝，倒也不意外，畢竟像她們這種身分的人家，的確是沒有誰會去碰這些東西的。

她喝了口茶，平靜地解釋道：「我爹爹自然沒什麼不同意的，一來這總歸也是正經事，再怎麼樣也強過我以前成天在外頭瞎玩瞎鬧，二來，我感興趣的東西不多，好不容易有個喜歡做的事，他自然也不會多加干涉。

「更何況……」說到這裡，夏玉華頗為輕鬆地笑了笑，而後繼續道：「更何況我要談婚論嫁還早著呢，有點事做他才放心，反正也不指望我學出什麼名堂來。因此我也沒正式拜師，就是打發點時間，能夠學多少算多少吧！」

聽了這一番話，杜湘靈倒是理解了不少，點了點頭不再顯得那般詫異，只不過終究還是覺得夏玉華的興趣特別了一些，那些醫書真不知道有什麼好看的，換成是她，估摸著早就一個頭兩個大了。

「妳這麼說也沒錯，總歸平日裡要有點喜歡做的事才好，否則這日子還真是太過無聊。」

杜湘靈喝了口茶，忽然想起陸無雙的事來，心想夏玉華成天關在家裡看這些枯燥的醫書，肯定是沒有怎麼關注的。遲疑了片刻，也不知道要不要說給夏玉華聽。

這一瞬間的猶豫卻是馬上讓夏玉華給注意到了，她放下手中的茶杯後，很自然地問道：「姊姊是不是有什麼話要說呀？」

聽到夏玉華的詢問，心想這事玉華遲早也是會知道的，再說如今的玉華也早就不再對鄭世安抱有什麼不切實際的想法，因此杜湘靈倒也沒有再多猶豫。「玉華，妳知道嗎，陸無雙下個月就要嫁人了。」

「嫁人？」夏玉華倒還真沒有聽說此事，不過卻也並沒有太過驚訝。「嫁給鄭世安嗎？」

「自然是鄭世安，他們都做了那種事了，還能有什麼旁的人會娶陸無雙嗎？」杜湘靈搖了搖頭，略帶同情地說道：「不過，雖是嫁給鄭世安，卻是為妾，而且日子就訂在下個月，這麼緊迫的時間，估計也不會辦得多隆重了。」

聽到這話，夏玉華依舊沒有半點的意外，原本就只可能為妾的，如今更是沒有半點可挑剔的資格。

心中不由得笑了笑，前世陸無雙總覺得因為是自己占了正室的位置，所以才讓她不得不屈居妾位。重活一世，沒有任何人占著那正室的位置，可陸無雙卻依然還是只能當個妾，甚至還沒有前世嫁得那般風光。

「可惜了，就算嫁個普通人都行呀，總好過給人做妾，日後等正室進門，再怎麼樣也得矮人一等，一輩子都看人臉色過日子，何苦呢？」杜湘靈搖了搖頭，一副想不通的樣子，真不知道陸無雙是怎麼想的，平時看著也是個聰明的人兒，關鍵的事情卻是這般糊塗。

夏玉華見狀，隨口說道：「姊姊也不必想得太多，各人有各人的想法，對於陸無雙來說，終究也是嫁給了自己喜歡的人，為妻也好、為妾也罷，那都不過是個虛名，過得好不好還是得看鄭世安對她好不好。」

聽到夏玉華的話，向來待人寬容的杜湘靈卻很不贊同地笑道：「算了吧，我可實在看不出鄭世安對陸無雙有幾分真心，不過就是貪圖一時的美色罷了。」

說著，杜湘靈又說了一些關於陸無雙與鄭世安的其他消息。聽說陸無雙因為此事差點沒被陸相給打死，可鄭世安卻好好的，人家還沒找上門時根本就不聞不問，找上門來了這才一句納為妾便打發了事，半點多的交代也沒有，完全就不怎麼在意一般。

納為妾，聽上去如同是給了個名分交代，實則不過是他的後院裡頭多養個女人罷了，對鄭世安來說，根本就沒有任何的影響與不同。即便明知陸無雙的身分不可能成為正室，可鄭世安卻連半點努力也沒有為陸無雙去爭取過，可見在鄭世安心中陸無雙也不過如此。

又閒聊了一會兒，杜湘靈便起身告辭，夏玉華也沒有多作挽留，親暱的挽著手將人給送到大門外。在她看來，真正的朋友便是這般，不在意停留多久，在意的是心靈的契合。而杜湘靈則再三囑咐夏玉華，得空的時候去她家裡玩，一直到得了夏玉華的鄭重保證後，這才滿意的離去。

送走杜湘靈後，夏玉華轉身便往回走，也沒打算再繼續去看書，而是帶著婢女一併去後花園新開闢出來的小藥園看看。現在有好幾種藥草種籽已經長出了小苗，歸晚吩咐過這個時候得最當心蟲害之類的，另外施肥、澆水也得特別注意，所以她都是親自打理，並沒有讓下人插手。

路過花園之際，卻看到弟弟成孝獨自坐在附近的亭子裡，看上去心情似乎不怎麼好，一臉的不高興，身旁也沒有一個服侍的奴才。夏玉華不由得停住了腳步，朝後頭跟著的婢女擺了擺手，示意她們在原地等候就行，而後便朝亭子那邊走去。

夏成孝也不知道在想些什麼，一直到夏玉華靠近了都沒有發現，最後聽到夏玉華刻意輕咳了一聲，這才回神抬起頭看過來。

「姊姊！」夏成孝連忙站了起來，神色顯得有些意外，顯然沒料到這個時候會在這裡看到夏玉華。

平日姊姊很少逛花園的，即使出來走動也多是去後花園新闢出來的那片藥園，再說這個時候也不是她出來活動的時間，因此夏成孝才會覺得有些意外。

見狀，夏玉華笑了笑，邊伸手拉著起身站在那裡的夏成孝往一旁的亭椅坐下，邊問道：「成孝怎麼一個人坐在這裡？今日不用上學堂嗎？」

「今日學堂有事，只上半天。」夏成孝乖巧地回答著。

「哦，難怪，我說成孝怎麼可能會不去上學呢。」夏玉華摸了摸夏成孝的頭，接著又問道：「剛才姊姊遠遠的便看到你一個人坐在這裡，看上去心情好像不怎麼好。告訴姊姊，是不是有什麼煩心事呀？」

見夏玉華問到這個，夏成孝猶豫了一下，倒也沒有隱瞞，點了點頭而後徑直說道：「姊姊，我的確是不高興！他們都欺負娘親，可娘親還不讓我說他們，也不讓我跟爹爹說去，我不但不高興，而且心裡頭還很難受。」

聽了夏成孝的話，夏玉華頓時微微皺起了眉頭，當即問道：「成孝，你跟姊姊說清楚些，是誰欺負你娘了，這到底是怎麼一回事呀？」

直覺告訴她，這事應該不是什麼簡單的小事，如今阮氏已經是大將軍王府的正室夫人了，會是誰竟然有這個膽子敢欺負阮氏？這不是根本沒將大將軍王府放在眼中嗎？

「是叔叔還有嬸嬸！姊姊是沒看到，他們兩個可凶了，一進屋子便指著娘親大吼大叫的，娘親好聲好氣地跟他們說道理，他們壓根兒就不聽，還罵娘親不是好人，說了好多難聽的話。」

夏成孝畢竟是個孩子，在自己最信任的姊姊面前，當下便將一切都道了出來。「我氣不過，想幫娘親說話，可娘親不但不給，還讓人將我帶了出來，不讓我待在那裡。我心裡委屈，更替娘親難過，所以便將奴才給打發走了，自己坐在這裡生悶氣。」

「是他們兩個！」聽完夏成孝的話，夏玉華當下便皺起了眉頭，心中火氣直冒，沒想到竟然會是這兩個不懂事的人跑來胡鬧。

前世的時候，夏玉華也見識過這兩人的無恥，心裡頭十分厭惡。不過就算他們再惡劣也就罷了，總歸看在父親的面子上不去理會便是，反正也沒有與他們住在一起，眼不見心不煩。可如今，這兩人竟然趁著爹爹不在，跑上門來找阮氏的麻煩，實在是太過分了。

想了想後，夏玉華又朝眼前一臉難過的弟弟問道：「成孝，你知道叔叔跟嬸嬸今日是為了什麼事情而與你娘親發生衝突的嗎？」

夏成孝顯然也並不太清楚，歪著頭想了想，最後也只記得叔叔跟嬸嬸兩人不時的提到了銀子什麼的，至於具體是為了什麼事，卻也還真是不明白，因為這兩人一進屋裡，便劈頭蓋臉的說了一大堆，全都是責罵之言，所以他也只顧著憤怒不已。

「成孝，他們現在還在你娘親的屋子裡嗎？」見狀，夏玉華也沒有再追問，而是起身，準備要去會會那兩個不知天高地厚之人。

夏成孝見狀連忙點了點頭，他年紀雖不大，可心思卻靈敏得很，見到姊姊一臉的怒氣，當下便猜測著姊姊肯定也跟他一樣對叔叔與嬸嬸極其不滿。「在，自然是在的，若是他們走了，娘親一定會派人來找我回去的。」

「走，姊姊帶你去，順便好好替你娘親出口惡氣！」夏玉華邊說邊牽著成孝往亭外走去，準備直接去阮氏所住的屋子。

夏成孝一聽自然是興奮不已，趕緊快步往前，一副要給姊姊帶路的樣子。

剛一進了院子，果然便聽到正屋裡頭傳來的爭執聲，當然，與其說是爭執，倒不如說是夏冬收夫婦倆一唱一和的撒潑聲。雖只是聽了這麼幾句，可那種囂張與無禮，帶著強烈不屑的放肆實在是讓人分外惱火。

走到屋門口，夏玉華停了下來，沒有馬上出聲，而是朝身旁的婢女看了一眼。那婢女倒也機靈，趕緊扯著嗓子朝屋裡頭說道：「大小姐來給夫人請安了，什麼人這麼沒有規矩，竟然在夫人屋子裡頭喧譁吵鬧呀！」

邊說著，那婢女邊掀起了門簾，恭敬地請夏玉華進去。屋子裡頭頓時安靜了下來，似乎誰都沒有料到這個時候會突然跑來個人，而且竟然還會是夏玉華。

阮氏見狀，只當是成孝特意跑去將夏玉華找來的，這心中是又喜又憂，喜的是兒子懂事會護著自己，憂的是擔心玉華這一來，怕是會將原本的衝突給擴大。

而夏冬收看到夏玉華後，明顯的有些沒反應過來，愣在原地看著這個好些日子沒有見面的侄女，如同不認識了一般。

一旁的嬸嬸倒是反應快了許多，搶在阮氏出聲之前，連忙迎了上來，朝著夏玉華滿臉堆笑地說道：「喲，咱們家的大小姐來了，幾個月沒見，玉華如今是越長越漂亮了。」

見狀，夏玉華並沒有理會這個假獻殷勤的嬸嬸，只是隨意的看了一眼，腳下停都沒停一下，直接繞過後朝著阮氏走了過去。

夏玉華的無視，讓夏冬收夫婦倆很是顏面掃地，好在這兩人平日也是臉皮比牆厚的人，再加上從前也不是沒有被這夏大小姐給無視過，所以這會兒也只是冷哼一聲以示不滿。

「梅姨，您屋子裡的奴才怎麼全都跑外邊去了，連個服侍的人都沒有，讓外人看到還只當咱將軍府不知寒磣成什麼樣子了，少不得又要傳出些什麼風言風語來了。」

她壓根兒沒有理會坐在對面的夏冬收夫婦，如同這屋子裡根本就沒這兩人的存在一般，顧自地跟阮氏說著話，一副優雅高貴的大家閨秀模樣，自然而然的散發出疏離之意，讓夏冬收夫婦更是不由得察覺到不受歡迎的排斥感。

阮氏見狀，心知夏玉華這是故意做給夏冬收夫婦看的，因此便趕緊說道：「不關那些奴才的事，是我嫌她們在屋裡說話不太方便，所以才讓她們先行暫退的。倒是妳這個時候過來是為的什麼事？」

夏玉華自然也明白阮氏是不想把事情鬧大，因此徑直說道：「沒什麼事，就是正好路過，順便進來找您說說話罷了。不過，卻是沒想到一進院子便聽到裡頭吵吵鬧鬧的跟翻了大似的。一時間心裡頭好奇不已，也不知道是什麼人如此沒眼色，竟敢在您這裡放肆，敢情咱大將軍王府是快變成街頭鬧市了嗎？」

聽到這話，眾人都明白夏玉華是來者不善，夏冬收夫婦原本的囂張氣燄不由得弱了不少，兩人互相望了一眼，卻是誰都沒有吱聲。

見狀，阮氏連忙打起圓場道：「玉華誤會了，剛才屋裡也沒有旁的什麼人，就是妳叔叔跟嬸嬸過來找我談點事，說著說著這聲音就稍微大了一些而已，並沒有別的什麼。」

夏玉華可沒阮氏那般好說話，日光掃過夏冬收夫婦道：「叔叔跟嬸嬸今日怎麼這麼閒，竟然一起跑到梅姨這裡，不會這麼好心來給梅姨請安的吧？」

「她算什麼，我們憑什麼要來給她請安？」玉華的嬸嬸下意識的便脫口嘀咕著抱怨了一句。

阮氏頓時分外尷尬，索性便不吭聲了。

夏玉華卻當即將手中的茶杯砰的一聲，用力的放到一旁的桌上，語氣相當不滿的說：「你們算什麼，憑什麼不能來給她請安？」

「玉華，我們可是妳的長輩，是妳唯一的叔叔跟嬸嬸，妳就算再不喜歡我們、再不待見我們，可怎麼能夠這般無禮？」夏冬收自然受不了這種閒氣，噌的一下站了起來，指著夏玉華一副興師問罪的樣子。「都說咱夏家大小姐如今是脫胎換骨，變成大家閨秀了，怎麼今日竟然連長幼尊卑都不分了，跟叔叔、嬸嬸說話如此沒大沒小的，傳出去也不怕被人笑話？」

「笑話？你們都不怕被人笑話，我怕什麼？」夏玉華可不比阮氏，一句話頂了回去道：「你們可曾分得清長幼尊卑？你們又何曾有大有小？當著這麼多人的面，竟絲毫不將梅姨放在眼中，又有什麼資格來指責我？別以為先前你們說的那些難聽的話我沒聽到，隨便哪一句傳出去，便足夠讓外人用吐沫星子淹死你們了！」

夏冬收家的一聽，一臉不在意的說道：「行了大小姐，妳就別在這裡扮好人了，她也不過是一個小妾出身的，妳堂堂大小姐用得著替她說話嗎？我們是說了幾句不怎麼好聽的話，可那又怎麼樣，妳不會真當她是妳娘了吧？真是好笑，人家可是有兒子的，日後還指不定怎麼嫌棄妳，別說嬸嬸沒提醒妳，到時傻乎乎的被人騙著賣了都不知道！」

這些話頓時讓一旁坐著的阮氏臉都白了，她本是想著忍忍算了，卻沒想到這夏冬收家的竟然如此欺人，當著面侮蔑起她，挑撥她與玉華之間的關係來。一時間，就算是再軟的性子也是有些忍不住了。

「弟妹，妳怎麼能在孩子面前說這樣的話，我……」阮氏當真不知道如何是好，本能的只是想替自己辯解，雖然她並不在意夏冬收夫婦如何看待她，卻是相當在意玉華這孩子如何想她。

阮氏的話還沒說完，夏冬收家的卻滿臉不屑地打斷道：「怎麼說話？妳倒是教教我得怎麼說話呀？我說妳成天就會在這裡假惺惺的裝無辜給誰看呀，少來了，別以為誰都吃妳這一套！妳心裡頭的那點花花腸子我還不明白？這夏家是家大業大，妳也是生了個兒子，可妳記住了，這裡姓夏，不姓阮，怎麼輪也是不可能輪到妳來當家作主的！」

「妳……」阮氏氣得不行，話都有些說不出來，一旁的成孝見狀，連忙上前一副要幫忙出頭說話的樣子。

不過夏玉華很快的用眼神制止了夏成孝。

「嬸嬸這話當真有意思，這個家輪不到當家主母作主，難道還能輪到妳來作主不成？」她不由得笑了起來，一臉的不可思議。「我倒還有些弄不明白了，嬸嬸開口閉口總是這般毫無顧忌的對著我夏家的當家主母如此說話，當真是腦子不清楚呢，還是根本就沒有將我大將軍王府放在眼中呢？」

「這是兩碼事！」夏冬收忍不住替自己老婆出聲了。「妳別成天大將軍王府、大將軍王府的提著來壓我，我可是妳叔叔，妳那個大將軍王的爹爹還是我哥哥呢！」

「叔叔還知道我爹爹是你哥哥就好！」

夏玉華神色一轉，不再如先前一般只是簡單的回擊，而是異常認真嚴肅地說道：「梅姨是什麼人？如果你們當真不清楚她現在的身分的話，那麼便由我這個侄女鄭重的宣布一遍！她是我父親，也就是你們兄長的妻子，是你們的嫂嫂，是大將軍王府的將軍夫人，是我將軍王府唯一男嗣、也就是我的弟弟成孝的生母，更是現在夏家的當家主母！

「你們卻對她如此不敬，難道我身為夏家長女還要覺得你們做得對、做得好嗎？」夏玉華目光如炬，直直的盯著夏冬收，繼續斥責道：「虧叔叔還好意思提我爹爹，就憑你們這般輕視、侮辱他的妻子，你們以為他還會獎勵你們不成？

「況且梅姨向來為人處事通情達理，沒有虧待過你們半分，並且對你們的無禮與胡鬧也是處處忍讓，你們不但不知道適可而止，反倒越發覺得她好欺負，動不動便出言不遜，實在是讓人聞所未聞！叔叔、嬸嬸若還有一點良心，就應該好好想想你們今日的所作所為到底對得起誰？想想你們到底還配不配說大將軍王是你們的兄長！」

阮氏聽了不由得淚都落了下來，今日玉華能夠替她說這些話，這麼多年來哪怕她受了再多的委屈也都是值得了。而夏成孝則一臉激動的握著拳頭站在那裡，心裡暗自為姊姊這一番話而喝彩，也為終於有人還娘親一個公道而開心不已。

夏冬收夫婦則頓時被說得啞口無言，真不知道平日裡只會發脾氣的夏玉華何時這般能說會道了。

「玉華，妳也別這般生氣，這俗話說得好，事出必有因！」夏冬收家的嘆了口氣，很快的便調整了先前的態度，語氣也緩和了不少，一副很委屈的樣子說道：「我承認先前我們說話是衝了點、不好聽了點、有失考慮了一點，可那也是因為一時氣極了才會那般衝動的，妳不知道這前因後果，也不知道阮——呃，妳也不知道我這好嫂嫂到底做了些什麼。嬸嬸不是不講理的人，平白無故的怎麼可能不知天高地厚的跑到這大將軍王府，跑到妳家裡頭來胡鬧呢！」

「嬸嬸的意思是今日事出有因了？既然如此，那玉華今日倒是要好好弄個明白，看看到底是怎麼一回事了，省得到時冤枉了人可就不好了。」夏玉華語氣一轉，說話也不再那麼咄咄逼人了。

夏玉華的細微轉變馬上讓屋子裡的人都不由得神情一振，夏冬收夫婦自然是欣喜不已，暗自以為夏玉華被他們所說的話給成功的挑起了懷疑。

於是夏冬收家的便滿是委屈地說道了起來，而夏玉華亦沒費多少功夫便弄清楚了這兩人前來家裡胡鬧的真正原因。

第二十九章

原來，夏家雖然並不如其他王侯之家那般家大業大，但多年下來，光是皇上賞賜的良田都有上千畝，在京城的店鋪也有好幾間，每年光租錢就是不小的收入，更何況除了一些用於放租以外，另外還有不少用於經營，所以生意上也有不少需要打理的。

夏冬慶自然沒時間去打理這些，請了幾個專門的管事以外，前些年在夏冬收的一再央求下，便將這些生意都交給了夏冬收去打理。

按照規矩，夏冬收會派人將上一個季度各個莊子、還有鋪子的收入帳本，以及部分盈利的銀票送過來給夏冬慶過目，誰想到這一次夏冬慶卻將這些一併交給了阮氏去處理。結果，阮氏核對了一下，發現帳目不太對，銀票數目也少得有些離譜，便跟夏冬慶如實的說明了。

後來，夏冬慶派人傳話讓夏冬收抽時間把這件事給查清楚，結果夏冬收一打聽知道是阮氏說的，竟然帶著自己婆娘直接跑來找阮氏的麻煩了。

夏玉華就算沒有上一世的記憶，卻也能夠從今日之事完完全全看得出來夏冬收夫婦的貪婪與陰險。

「原來如此！」揮了揮手，夏玉華直接打斷夏冬收夫婦沒完沒了的說話，作了結論道：「這樣吧，好歹我也是夏家的大小姐，既然你們鬧出這些不快，那麼乾脆讓我來代替爹爹給你們主持公道，你們看這樣行嗎？」

見狀，夏冬收夫婦頓時興奮不已，連忙討好的朝夏玉華示意，希望這個大侄女能夠還他們一個清白，討回一個公道。

夏玉華首先看向阮氏，開口問道：「梅姨，玉華想知道，您為什麼會覺得叔叔這次送過來的帳本有問題，銀票的數目不對？畢竟外頭那些生意上的事您也沒有去打理，怎麼會確定有問題，並且還跟爹爹那般肯定的回報？」

「是這樣的，上次老爺交代我之後，我自然不敢不盡心去辦。雖然外頭的生意我的確不太清楚，可是夏家有多少田產、房產那些個大概都還是有數的。」

阮氏解釋道：「我讓管家粗略的算了一下，這一季單單上千畝良田折合成最基本的田租就不只帳本上所記的那麼一點，更何況除了田，還有地、商鋪以及一些經營的買賣收入。合到一起的話，哪怕是往最少裡估算也是根本對不上的。

「還有，送過來的銀票就是比起那對不上的帳本上的數目也還要再少了三成，如此明顯的問題，我怎麼可能不跟老爺說呢？那豈不是根本沒將老爺交代的事放在心上了？再說這事我也不是說一定是叔叔出了什麼問題，畢竟這麼大的家業經手的人也不止一、兩個，也有可能是旁的什麼地方出了問題。」

阮氏越說越激動，但話語卻格外條理分明。「明明知道有了問題卻不去理、不去查，這怎麼可能呢？畢竟這不是別人家的事，是咱們夏家的事，是關係到整個夏家的利益之事，豈能夠亂來？」

一番話說出來，夏冬收夫婦再次坐不住了。「玉華，根本就不是她說的那麼一回事，妳別聽她在那裡胡說！沒錯，表面上看咱們夏家是家大業大的，良田千畝、店鋪又多，還自行經營了一些小生意，可是這些東西都虛的，真正最後能夠放到口袋裡的可真沒你們想的那麼多。

「比如先說這田租吧，表面上看著是不少，可是這一季又是旱又是澇的，這地裡的收成根本就不行，好些無收成不說，還得賠進去工錢，你們說說這最後能收到口袋裡的能有幾個？總不能不管三七二十一強行去收一些根本沒辦法收成的上來吧，天災這種事誰說得定呢？

「再者，如今京城的店面也不比以前，好些到現在都還空著呢，這空著的總不能讓我給墊上錢進去吧？還有這做生意的，有賺自然也是有賠的，那帳本上頭條條都記得清清楚楚的，為什麼就是不相信，為什麼一定要懷疑是我讓人搞了鬼、作了假呢？」

夏冬收滿臉的惱火，一副天大冤枉的樣子道：「早知道這樣，當初就真不應該接過這一攤子的事，累死累活不說，半個好字沒撈到，還要被人給當成賊一般冤枉！今日這事不還我一個公道，我定不會善罷甘休的！」

夏玉華聽罷，一副原來如此的神情，而後吩咐一旁的婢女道：「妳現在馬上去將管家找來，讓他把近兩年每個季度叔叔送上來的帳本，以及實際的銀票數目一併帶過來，動作快一步，別讓大夥兒等久了。」

眾人見狀，頓時都驚訝不已，特別是夏冬收夫婦，一臉的不可思議，不知道夏玉華怎麼會突然這般興師動眾的。

「玉華，妳這是做什麼？」夏冬收不由得站了起來，神情顯得有些緊張。

夏玉華朝夏冬收做了個請坐的手勢道：「叔叔別激動，您剛才不是一個勁兒的說梅姨冤枉了您嗎，那我自然是要將事情查個清清楚楚，這樣也好還您一個公道呀。」

沒理會夏冬收夫婦的反對，夏玉華待婢女將帳本送來後，便一本本大略的翻看了起來，其實這些壓根兒就沒有必要細看，只需要將每本後頭的總數大概對比一下便可。

很快的，夏玉華便發現阮氏的懷疑並非沒有道理，帳本上的數目極為偏低不說，每次實際的銀票入帳還比帳本上的數目又再少了差不多三成。按夏冬收的解釋以及帳本上記錄的原因來看，無非是各種各樣的原因導致實際進帳減少，是屬於正常的一些損耗，雖然數目龐大，但卻都有理由概述。

合上了最後一本帳本，夏玉華終於抬眼看向了夏冬收，出聲道：「叔叔，我看了半天，怎麼覺得這帳本還真是有些問題呀？」

夏冬收夫婦這下子自然有些慌了，要是夏玉華臨陣倒戈的話，那他們先前那般支持這個臭丫頭出來處理這事，豈不是等於搬石頭砸自己的腳嗎？

「玉華，妳這是什麼意思？別說妳根本就不是懂這些東西的人，就算是經驗豐富的帳房先生，像妳這般短時間內隨意翻看了兩眼，也不可能這般輕率的得出什麼結論來的。」

夏冬收臉色極不好看，拍著胸膛保證道：「妳倒是說說有什麼問題？沒憑沒據的話不能亂說！叔叔我可以保證這些帳本沒有任何的問題，妳若是不信，大可找有經驗的帳房先生來看，別在那裡不懂裝懂的壞了事。」

夏玉華卻是不緊不慢地說道：「叔叔，我剛剛看了一下這兩年每個季度的總帳，發現不單單是這一季的帳目比起應有的最低收益要少得多，而且其他的每一季也都如此，難不成這兩年，咱們這地方從來都沒有過風調雨順的正常日子了嗎？」

此話一出，夏冬收夫婦頓時愣住了，他們怎麼也沒想到夏玉華竟然根本沒有管帳目上那些細微的支出、收入什麼的有沒有問題，而是直接質疑起總帳為何一直都偏少的原因來。

「那個……那個每年總會有這裡、那裡不如意的地方，妳一個大小姐成天在家中待著，哪裡知道外頭做事有多麼的艱難。」夏冬收片刻之後這才出聲，神色隱隱開始有些慌亂起來。

「是嗎？」夏玉華卻不以為然。「可這兩年我也沒見到京城附近有什麼多大的天災人禍的，剛才平陽侯府家的大小姐還過來看我，聊了好半天可也沒聽說這京城侯門大戶這幾年裡有哪一家因為什麼天災人禍而日子越過越緊巴巴的呀？」

「別人家是別人家，我們是我們，情況不一樣，哪裡能夠放到一起比的。」夏冬收一聽，很不滿地回駁著，心想這夏玉華果然不是什麼好東西。

夏玉華聽了夏冬收如此不講理的解釋，更是不由得好笑，嘖嘖感慨道：「照叔叔這般說，別人家都沒什麼，只有咱們夏家總是不順，那看來應該是咱們夏家的風水不太好了！要不然也不可能幾年下來竟然沒有一個豐收的時候，總是連最別人家最基本的收益都達不到了。」

「妳這個臭丫頭怎麼說話的？」夏冬收一聽火大了，拍著桌子起身罵道：「我管著這一大攤的事容易嗎，偶爾出點什麼狀況，或者退一步就算真的沒有將這些生意打理得太好那又怎麼樣？那也只是妳叔叔我沒唸過多少書，本事沒那麼大而已，輪得到妳在這裡瞎猜亂指責嗎？」

夏玉華根本就沒將夏冬收的發火放在眼裡，她也懶得動怒，只是清了清嗓子，不慍不火的扔出幾句話道：「既然叔叔知道自己沒那個本事，那乾脆就別再去攬這活兒，這些家業在叔叔手中都已經虧成這樣了，難道叔叔覺得自己還有理了不成？」

一聽這話，夏冬收更是掛不住臉面，張嘴便想教訓夏玉華，可還沒來得及出聲，卻見夏玉華直接站了起來，神情異常嚴厲地再次出聲道：「不說這帳本上低得可怕的數目，再說每月你送過來的銀票，卻次次都比本就少得可憐的帳目還要再少上三成。這三成哪裡去了，大家心知肚明！你別跟我說什麼開支大，別說什麼賠得多，更別說還有什麼外債沒收回來，我不是梅姨，沒她那麼好說話，知道是你侵吞了卻也不敢明說！」

「妳、妳、妳這個臭丫頭，無憑無據竟然敢說我侵吞銀兩，妳實在是太……」夏冬收氣得不行，一張臉都成了豬肝色。

可夏玉華卻偏偏不給他機會，再次上前一步，逼近一些，搶話地繼續說道：「沒錯，我就是說了，不過卻不是什麼無憑無據！原本我也不想把這事鬧大，可叔叔如果打定決心要胡鬧的話，那我便奉陪到底！」

說罷，夏玉華招了招手，朝著一旁的管家吩咐道：「聽好了，二老爺不是說他受了冤枉嗎？咱們怎麼能夠讓大將軍王府的將軍夫人背上冤枉他人、居心叵測之名呢？你馬上去給我找幾個最厲害的帳房先生來，另外再去將二老爺全面接手家業後所有的帳本全部找齊，本小姐要幫二老爺徹徹底底查一次帳，看看到底是夫人冤枉了他，還是他冤枉了夫人！」

話鋒一轉，夏玉華目光銳利的掃過在場的每一個人，一字一句毫不留情地說道：「本小姐要讓所有的人都知道，我大將軍王府的便宜可不是那麼好占，而大將軍王府的將軍夫人更不是什麼人都能跳上來欺負的！」

「站住！」夏冬收一時情急，直接起身將那管家給擋了下來，而後衝著夏玉華道：「妳一個毛丫頭有什麼資格來查我的帳？妳爹都沒這樣對我，妳竟然敢對叔叔如此無禮！」

「我為什麼沒有資格？您開始不是說了嗎，我是夏家大小姐，是我爹最疼愛的掌上明珠，我沒這資格，誰有這資格？」夏玉華冷笑而道：「至於說到無禮，叔叔實在是沒有資格說我，最少我並沒有如同你們一樣朝著梅姨說那些不敬之言。查帳，只是為了還事情一個真相罷了，有什麼不能查的？難道叔叔是心虛了，所以才不敢讓我找人清查嗎？」

「好呀，說來說去，原來就是想替阮氏撐腰嗎，我還真是沒看出來，這夏家大小姐什麼時候變得這般孝敬了！」夏冬收家的起身幫忙，索性撒起潑來。「這日子可真是沒辦法過了，這世上還有天理嗎？侄女為了幫繼母，連親叔叔都可以毫無顧忌的打殺了！我這是什麼命呀，怎麼就碰上了這樣的事呀！」

「住嘴！」夏玉華冷眼一橫，朝著張嘴亂叫的夏冬收家的呵斥道：「嬸嬸若是講理就別跟那鄉下的潑婦一般，平白讓人笑話！查個帳而已，放到誰家都是再正常不過的事，怎麼到你們身上，就變得跟要打殺你們似的，看來這事還真是大有問題，不查都不行了！」

夏冬收家的頓時被夏玉華的目光給嚇到了，一時間竟真的閉上了嘴，站在那裡呆呆的，頭一次遇到這種不按牌理出牌的，還真是不知道如何應對。

「行了夏玉華，妳搞這麼多名堂不就是嫌我們不應該到這裡來鬧，不就是想要維護阮氏嗎？」夏冬收見狀，搶過話道：「好，算妳厲害，叔叔我算是看透了，什麼叫親疏有別！也罷，今日之事我也不跟妳們計較了，我自認倒楣行了吧？我可不想別人說我這個當叔叔的這般沒器量跟自己的侄女計較！」

夏冬收說罷，擺出一副極其氣憤卻又極力忍讓的模樣，而後朝身旁的老婆說道：「我們走！」

「慢著！」夏玉華可沒打算就這麼了事，徑直說道：「叔叔要走，我自然不多留，不過走之前，有個事還要通知一下叔叔，省得到時再重新讓你跑一次就太過麻煩了。從現在起，夏家外面所有家業的管理權通通收回，叔叔此後不必再經手夏家生意上的任何事，更不必再經手一切進出的銀兩帳目，所有與夏家家業有關的事宜一律不必叔叔再費心！」

「夏玉華，妳當真以為我這個叔叔這般好欺負的嗎？今日我便先替大哥好好教訓教訓妳這個不知天高地厚的丫頭！」夏冬收終於給氣瘋了，邊說邊挽起袖子往前衝，一副要上前動手教訓夏玉華的模樣。

旁邊的管家還有奴婢見狀，感覺到不對勁，連忙上前擋住夏冬收已經抬起來的右手，阮氏更是嚇得不行，想都沒想便上前想要護住夏玉華。

「都讓開，我倒是要看看，今日在這大將軍王府，誰還敢怎麼欺我？」夏玉華呵斥一聲，示意眾人讓開，她冷冷地盯著夏冬收，倒是要看看這所謂的叔叔還真敢動手打她不成。

夏玉華的鎮定讓所有的人都不由得跟著平靜了下來，心中的忐忑也散了去，也不知道從什麼時候起，大小姐說的話竟然讓他們有種下意識的信服。

而看到眼前滿臉威嚴的夏玉華，夏冬收頓時也被她身上所散發出來的那種不可侵犯的氣勢給震住了，抬起的手臂不由自主的慢慢落了下來，先前的張狂亦下意識的收斂了不少。

「我打理家業，那是妳父親親口答應的，除非他收回，別的人都沒有這個權力！妳雖是夏家大小姐，可也不能夠凌駕於妳父親之上！」夏冬收雖還是沒有低頭，可聲音卻明顯比之前要小了一些。

夏玉華見狀，冷笑一聲道：「叔叔若是主動交出手中的管理權，查帳一事從此沒有人會再提半句，以前的那些帳對得上也好、對不上也罷，也都一筆勾銷，不再計較。而且每年你從夏家分到的紅利也會分文不少的照發給你，不會少你半點好處。」

頓了頓後，夏玉華微瞇著眼，冷聲繼續說道：「但叔叔若是執意不肯的話，我便只好費些周折，讓父親好好徹查一下舊帳，到時會是什麼樣的結果你應該比誰都清楚。我可以保證，就算我爹再顧忌手足之情，我也有辦法讓你不但照樣老實交出手中的管理權，而且以前私吞的那些好處全部都得再給我吐出來！到時叔叔可別後悔！」

夏冬收雖氣得想要殺人，但心中卻明白夏玉華說得到便做得到，站在原地死死掙扎了半天後，終於不得不低頭同意交出手中的管理權。只不過，他自然不會甘心，走之前當著眾人面，惡狠狠的扔下一句狠話，說今日之辱一定不會忘記。

曲終人散後，夏玉華直接將夏家的這些管理權全交給了阮氏，讓阮氏日後負責打理本就應該歸一家主母所管的家業。

晚上，夏冬慶回來後，她將今日白天發生的一切細細的同自己父親說了一遍。

夏冬慶卻真是沒想到玉華竟然會如此真心信任阮氏，不但幫著阮氏，而且最後還直接將家業都交給了阮氏去打理。

「玉華，妳不信任妳叔叔，這個為父自是明白，不過，如今妳要將所有的家業都交到妳梅姨手中，難道妳就真的一點也不擔心嗎？」阮氏不在場，夏冬慶倒也不想跟自己女兒有什麼遮掩。「為父並不是不相信妳梅姨，只是不希望日後因為這些事讓妳再與妳梅姨之間發生不愉快的事。」

「爹爹放心吧，玉華是真心交給梅姨的。」夏玉華笑著說道：「日後這家業本就都是成孝的，讓梅姨打理又能有什麼問題呢？再說梅姨對我這麼好，難道我還擔心她會虧待我的嫁妝不成？」

見女兒度量這般大，夏冬慶自然也沒什麼好說的了，按照玉華的主意，今後這夏家裡裡外外的家務事便全都交由阮氏打理，如此一來，阮氏這將軍夫人也算是真正的有名有實了。

夏家因這事再次成為了京城裡各官家議論的焦點，而對於夏玉華的討論更是達到了前所未有的頂峰。不過這一次所有的聲音很明顯分成了兩派，吹捧者更甚，而踩低者亦毫不留情。

可這又如何？夏玉華早就習慣了各種各樣的聲音，不管外頭風浪再大，她依舊過著自己的日子，而整個夏府裡頭亦似乎根本沒受到半點衝擊，反倒是比以前更加和睦，上自主子，下至奴才，人人臉上的笑容都是更勝從前。

第三十章

一大早，夏玉華從自家藥園裡出來，手裡頭拿著一根剛剛拔下的、看上去已經有些發黃的藥苗，這兩天這種藥苗似乎生長情況不太妥當，因此趁著今日去歐陽寧家，她想讓先生幫忙看看到底是出了什麼問題。

剛剛走到門口，卻看到揹著包袱的鳳兒快步從外頭走了進來。看到夏玉華後，連忙快步上前給自家主子行禮。

見是鳳兒回來了，夏玉華高興不已，連忙將鳳兒給扶了起來，直道回來就好，卻是不必多禮了。

「小姐，妳這是要出門去歐陽先生家嗎？」鳳兒說道：「鳳兒這就陪小姐一併去。」

夏玉華見鳳兒一臉的風塵僕僕，忙著趕路，看上去精神也是不太好，便搖著頭道：「不必了，妳剛到家，先回去清洗一下，好好休息吧。」

她沒有詢問鳳兒去泉州尋人之事，一來這會兒自己急著出門，二來也想先讓鳳兒好好休息休息。見狀，鳳兒也沒有再多說，點頭應了，並將夏玉華送走之後，這才轉身回去。

一路上，夏玉華不由得回想起了鳳兒先前進門時並不怎麼開心的神情，這個丫頭向來藏不住心事，估摸著這次去尋人並不太順利，否則的話應該會興高采烈的跟自己說這說那的才對。看來，回去後，她倒是得好好問問那丫頭了。

到了歐陽寧家後，歸晚直接將夏玉華帶到了藥園裡頭，說是歐陽寧現在正在那裡忙。

「玉華姊姊，妳自己過去吧，我那邊還有事。」歸晚在藥園邊上便停了下來，沒有打算再進去，這幾天先生交給他很多新找來的藥草，他得抓緊時間一一篩選、碾切打理好，忙得真是有些不可開交。

夏玉華自然讓歸晚趕緊去忙他的，自己到這裡也不是一、兩次了，早就熟得很。剛剛轉身往藥園子裡頭走，卻沒想到已經走出幾步的歸晚卻突然停了下來，朝著她問道：「玉華姊姊，怎麼好久沒看到鳳兒跟妳過來了？」

「鳳兒去泉州差不多十天了，今日我出門時才剛剛回來。」夏玉華見歸晚突然提到鳳兒，倒也不在意，只當是小孩子好奇隨口問問。

不過，聽到她的回答後，歸晚顯然有些不太相信，愣了一下後摸了摸後腦勺道：「是嗎？這麼說她這些天一直都在泉州了？」

「應該是吧，怎麼啦，有什麼問題？」夏玉華倒是不由得有些奇怪了，不知道歸晚為何會有這般反應。

歸晚見狀，一副不知道當說不當說的樣子，猶豫了片刻才道：「玉華姊姊，前天我去西街那邊好像看到鳳兒了，雖然當時她走得很匆忙，我還沒來得及跟她打招呼她便不見了，不過我應該沒有看錯才對。」

聽到這話，夏玉華的神情自然也變得有些異常，不過她也沒多問，而是很快恢復了正常，隨後說道：「許是看花了眼吧，鳳兒這些天確實是去泉州尋人的，今早才風塵僕僕的趕回來，按理說前日是不可能出現在京城的。」

歸晚的眼睛眨巴了兩下，想了想後也沒再質疑什麼，笑了笑道：「可能真是我看錯了，行了，玉華姊姊，我先去忙了。」

說罷，歸晚不再停留，朝夏玉華揮了揮手後，便蹦蹦跳跳的離開了。

夏玉華望著歸晚離開的背影，微微愣了片刻，而後也沒再停留，轉身進了藥園去找歐陽寧了。

進去一看卻沒見到人，朝四處看了一眼，順口又叫了一聲先生，倒是聽到有聲音從西面角落處傳了過來。

朝那邊走近一瞧，這才看到歐陽寧正蹲在一株外形較大的草藥旁邊埋頭專注地看著，難怪剛才沒看到人了。

「先生這是做什麼？」她頗為好奇的問著，跟著看了半天卻也沒看明白。

歐陽寧聽到聲音，這才站了起來，伸手拍了拍衣裳上沾到的泥土，而後說道：「在養螞蟻。」

「養螞蟻？」夏玉華不由得反問一聲，更是奇怪不已。「螞蟻還要養嗎？」

歐陽寧回頭見夏玉華一臉的不解，笑了笑，拉著她往後邊退了幾步，這才說道：「小心點，這些不是一般的螞蟻，被它們咬一口，身體會奇癢無比的。當然，用它入藥，藥效也會更加明顯，對許多麻煩的病症都有一些特殊的效果。這種螞蟻並不常見，所以需要專門來養。」

聽到這些，夏玉華這才恍然大悟，許多小昆蟲都可以入藥，這個她也清楚，而螞蟻亦是如此。想來，日後她大概也得跟先生一樣，對於一些有需要卻又比較少見的昆蟲藥引之類的也得這般精心培養。

「先生，若是不小心被這種螞蟻咬傷，應該如何處理？」夏玉華見這種螞蟻個頭不大，不過樣子的確與平日所見到的有些不太一樣，心知毒性肯定不小。

中醫向來便有以毒攻毒之說，藥與毒同樣都是醫者必須研究的內容，很明顯，夏玉華對毒這方面的興趣也不小。

趁著這個機會，歐陽寧索性便將這方面的一些相關內容娓娓道來，並且詳細的介紹了一些比較特殊的蟲、蟻等藥用價值以及各自適用的病症，還有被這些帶毒昆蟲不小心咬到時應當如何處理。而夏玉華亦聽得十分認真，不時提出自己的疑問，再將這些知識一一吸收消化。

而最後歐陽寧所說的那一句話亦十分有道理，毒與藥本就沒有什麼太大的區別，是藥還是毒關鍵不在物，而是用物之人的心；用在合適的地方，再毒的東西也能成救人的良藥，而用到不合適的地方，即使是再好的良藥也會變成要人命的毒藥。

歐陽寧的意思無非就是告誡夏玉華，要把持好自己這顆醫者之心，切勿讓其所學變成害人的手段，而應該成為救人的良方。

夏玉華沒有多說什麼，只是點了點頭，表示自己牢記了，見狀，歐陽寧也沒再多說其他，目光之中流露出來的依舊是如初的信任。

講授完這些後，夏玉華又將早先從自家藥園子裡帶來的藥苗拿給歐陽寧看，詢問到底出了什麼問題，才會讓藥苗出現發黃甚至枯萎的狀況。

看到那株枯萎的藥苗後，歐陽寧立即朝夏玉華問道：「妳現在是不是都是自己親自打理藥園，並沒有讓別的人來幫忙？」

「是的。」夏玉華不知道歐陽寧為何這樣問，便說道：「我擔心他們弄不好，傷到藥苗，因此沒讓他們幫手，反正現在也就那麼一點大，沒多少事，所以我都是自己一個人親自打理的。」

歐陽寧聽後，不由得笑了笑，順手將那株藥苗放到一旁的廢簍裡頭。「這藥草沒什麼問題。回去後，妳找個有經驗些的花匠，讓他幫妳打理一下便可，妳只須將各藥草一些要注意的特性告訴他就行了。其實就只是妳施肥與澆水不太得當，讓有經驗些的人幫妳，會更好一些。」

夏玉華聽了，不由得有些不好意思。歐陽寧也沒有再說什麼，其實一個大小姐能夠親自動手就已經很不錯了，不過畢竟從前都沒做過這些事，即便歸晚都交代得很清楚，但實際做起來卻還是很難掌握得剛剛好。

「嗯，我回去後馬上便找人來幫忙。」她自己也不由得笑了笑，也不再逞強，很快便聽從了歐陽寧的建議。先生這般說自然是為她好，費了這麼多時間心力反倒成了這個樣子，看來也不是誰都能像先生一般樣樣都能夠簡單上手。

回到書房，歐陽寧先將手洗淨，而後再次拿出了上次已經說好要送給夏玉華的那套銀針，說是從今天起要正式開始教針灸之術。

見狀，夏玉華興奮無比，將其他一切事情都拋到了腦後，帶著最大的熱情與激動，一心一意的地投入學習之中。

整整一個上午，歐陽寧從最基本的開始講起，漸漸深入。因為玉華已經在理論上有了些基礎，所以他便盡可能的具體說明，甚至有時還會親自在自己手臂上進行示範，細細的講解與操作，讓夏玉華完完全全的理解消化。

最後，歐陽寧覺得今日所講的內容已經足夠之後，便不再教新的，而是示意夏玉華可以像他剛才那般，正式操作銀針測試了。

見自己終於可以親自動手嘗試了，夏玉華臉上的笑容越發的燦爛，她連忙點了點頭，從歐陽寧手中小心翼翼地接過銀針。

不過雖然很興奮，但她卻還是保持冷靜，一步一步都按照步驟而來，並沒有因此而昏了頭腦。稍微適應了一下，找到較佳的手感後，她又再次察看了一下自己的手腕處，尋到先前先生所扎的那處並沒有什麼太大危險性的穴位，確定無誤後，這才抬手準備刺針。

「等一下！」

誰知，她手才剛剛抬起，還沒來得及落下，卻被歐陽寧給出聲制止了。

「怎麼啦？」夏玉華不由得抬眼看向歐陽寧。「先生，難道我做得有什麼不對的地方？」

「不是，妳做得很好。」歐陽寧微微一笑，卻是將自己的手腕挪了過來說道：「先扎我這裡。」

歐陽寧的意思很明顯，讓夏玉華先在他身上試，不過夏玉華卻不以為然。

「先生，還是扎我自己吧，我不怕疼的，而且應該能夠扎得準。」她並不覺得自己有那麼柔弱，一點點的疼還是忍得住的。

「我不是擔心那個，只是扎在我身上，我可以更加感受到妳所扎的準確度，以及還有什麼欠缺而需要改進的，畢竟這一門太過精細，妳扎自己的話，我不一定完全看得明白。」歐陽寧平靜的解釋了一下，依舊堅持讓夏玉華先扎他。

話雖如此，其實真正的原因卻並不是如歐陽寧所說，雖說針灸的確是一門十分精細的技術，可是只要穴位找對了，一般是沒有問題的。只不過，一個新手扎針肯定沒有老手那般熟練，疼痛感相應來說也會強烈很多。

夏玉華從沒有真正動手過，這第一針扎下去，力道、準度肯定都不會太完美，因此肯定也會比較疼。雖然他知道夏玉華並不是過於嬌氣的女子，可下意識裡卻還是希望她能夠先多試幾針，比較熟練些再說。

而聽到這樣的解釋後，夏玉華自然信服了，沒有再多說什麼，轉而拿著針準備好之後，朝歐陽寧扎下了自己的第一針。

「還不錯，力道稍微猛了一點，用力也不太均勻，下次扎針時要注意一下手勢與力道，儘量將力道均勻一些，不要著急。」歐陽寧看扎在自己手腕上的針，繼續說道：「拔針的時候亦是如此，心要靜，手要穩，力要勻。」

見夏玉華邊聽邊思索，片刻之後一臉省悟了的樣子，歐陽寧這才說道：「好了，妳現在可以拔針了。」

按照歐陽寧的吩咐，夏玉華很沈著的將銀針拔了下來，這一次果然比剛剛扎時要進步了一些，歐陽寧明顯感覺到疼痛感要小了一些。

「很好，拔針比先前扎針時有進步。」他邊說邊將袖子挽高了一些，露出半條胳膊，而後指了指自己手臂上其他幾處穴位道：「現在妳再分別來扎這幾處穴位。」

夏玉華也沒多想，只當自己還有不足的地方，因此歐陽寧這才會讓她再多試幾處，幫她指正一下。她非常用心，在歐陽寧的細心指點下，又分別在歐陽寧手臂上其他幾處穴位扎了幾次。

而每一次，哪怕是最細微的差別，歐陽寧都能夠馬上指出，並且握著玉華的手重新指正後，再讓她換扎其他的穴位。

到後來，因為太過投入，夏玉華都已經忘記了被扎的胳膊到底是誰的了。直到拔下最後一針，歐陽寧認為已經完全沒問題之後，她這才發現自己竟然在先生的手臂上來來去去扎了十幾針之多。

頓時，夏玉華心中很不好意思，特別是看到最先扎的那兩處似乎還有點微微發紅，想來肯定是因為技術差的關係才會如此，正想說點什麼，卻聽歐陽寧很是平常地說道：「好了，現在妳可以在自己身上扎一針感受一下了。」

夏玉華的悟性很好，手感又極佳，因此一幾針下來，進步自是神速，最後幾針，歐陽寧已經感覺不到太過明顯的疼痛感了，因此這才出聲讓夏玉華往自己身上試試。

終於得到認可，夏玉華馬上應聲往自己身上扎針親身體會，而試過之後，發現正如歐陽寧剛才所說，竟然沒有絲毫的偏差。

「妳做得很不錯，今日雖然只是最基本的入門，不過妳在最短的時間內能做到這般純熟也並不容易。下一次，我會教妳一套系統的針灸方法。」歐陽寧邊說邊將一早準備好的一本醫書遞給了夏玉華：「這是《針灸十二式》，這幾天，妳先自己將這本書看一遍。」

夏玉華並不知道自己手中的這本《針灸十二式》代表著什麼意義，在她看來，應該是適合她現階段所學習的普通針灸之術，而並沒有意識到這本醫書竟然是歐陽寧的獨門秘術。

回府的路上，她大概的翻看了一下，完全沒料到所謂的十二式會有那麼多種不同的變化，每一式又分四種，算起來總共應該有四十八式才對，如此看來，若是徹底讀完這書上的東西，想來她的針灸之術將會得到極大的進展。

回到家一進屋裡，鳳兒已經準備好了飯菜，全都是她愛吃的，夏玉華在鳳兒的服侍下很快便清洗了一番，而後開始用飯，有鳳兒在身邊服侍還真是不同，她的喜好什麼的，也就鳳兒最為清楚了。

邊吃邊想起了先前歸晚跟她說的話，一時間倒是不由得加快了吃飯的速度，最後幾口也懶得再扒。放下碗，待下人將剩下的食物全都撤走並收拾好之後，夏玉華這才將其他婢女都打發了出去，準備好好問問鳳兒泉州之行一事。

鳳兒倒也機靈，見狀很快便猜到了自家小姐想做什麼，主動出聲道：「小姐，妳是不是想問奴婢去泉州尋人一事辦得如何了？」

「既然知道我想問什麼，那妳還等什麼呢？」夏玉華也不想隱瞞，開門見山地說道：「先前在先生家，歸晚說前天在京城西街看到一個人很像是妳，我告訴他妳這些天去了泉州，怕他是眼花了。」

「小姐，歸晚那天若真是在西街看到奴婢的話，那麼他應該沒有看花了眼，因為前天奴婢的確是在京城。」鳳兒也不含糊，徑直說道：「小姐一定很奇怪奴婢前天怎麼可能會在京城吧，此事說來話長，還請小姐容奴婢慢慢稟告。」

夏玉華聽到這個答覆之後，心中倒是開朗了不少。不論什麼原因、出了什麼狀況，總之鳳兒毫不猶豫的承認了，這便說明自己對這丫頭的信任當真沒有白費。

鳳兒很快便將事情的來龍去脈說了個清楚，而這結果令夏玉華也不得不感嘆一聲世事無常。鳳兒要尋的人叫做香雪，比鳳兒大了一歲，今年應該已經十五了。

當初將消息告訴鳳兒的人也沒有具體說明香雪在泉州的近況，只說是幾個月前有人在泉州見到過，而且還沒有明確的位址，只是一個大概的情況。不過鳳兒尋人心切，再加上這麼些年好不容易才有了一個比較確切的地點，因此這丫頭才會二話不說的便跑去了泉州。

到了那裡之後，好不容易找到了香雪以前住過的地方，可那裡的人告訴她，香雪早在兩個月前便已經去了京城。輾轉打聽下，鳳兒總算是得知香雪在京城的落腳處，於是便匆匆又往回趕路，到京城再次尋找香雪。

歸晚說在西街見到鳳兒的時候正是鳳兒剛剛趕回京城的日子，不過她當時急著去尋人，因此並沒有多加留意身旁的人與事，更沒有看到歸晚。

而這一回，鳳兒很順利的找到了香雪，但讓鳳兒驚訝萬分的是，香雪現在的身分竟然成了官妓，並且再過一個月等她滿十五歲後便要開始正式接客。老鴇則是將香雪當成搖錢樹，雖然還差一個月，不過卻已經早早的將香雪的初夜標出價碼，吸引了不少客人。

見到鳳兒後，香雪亦是悲喜交加，兩個小姊妹抱頭痛哭，各自訴說著這些年分離後的境遇。也就是這個時候，鳳兒才知道香雪是因其父獲罪致死，而累及全家，家中男丁全被充軍，而女眷悉數判為奴役，年輕女子則為官妓。

香雪的遭遇，鳳兒自是難過傷心得要命，卻也沒有半點的辦法能夠幫到香雪，因此今日一早回來時，才會一臉的沒精打采，心情肯定不可能好到哪裡去。

「小姐，求求您幫幫香雪吧！」說完一切後，鳳兒竟突然起身在夏玉華面前跪了下來，神情滿是哀求。「小姐，奴婢真的不忍心看著她就這麼一頭掉進那火坑裡。小姐，求求您救救她吧！奴婢知道自己本沒有這個資格求小姐幫忙，可實在是沒有辦法了。小姐從小到大都對奴婢恩重如山，奴婢知福惜福，但求小姐再幫奴婢這一次吧，奴婢日後就算是粉身碎骨也不會忘記小姐的好！」

鳳兒知道，自家小姐雖然平日裡看著不怎麼喜歡多事，可心地卻是極善良的，而且現在她也實在是沒有別的辦法，唯有這一條路可以試一試了。妓院不是人待的地方，她怎麼能眼睜睜地看著香雪走上那條不歸路呢。

「鳳兒，妳先起來再說吧。」夏玉華見狀，倒也明白鳳兒為何會這般哀求，對她們來說，也許自己便是她們現在唯一的希望。

可是，官妓不同於一般的妓女，有的時候也並不是有錢便可以贖得出來的，所以夏玉華並不是不想幫鳳兒與香雪，只不過卻也是心中有所顧忌。

「小姐，奴婢求求您了，只要小姐肯救香雪，奴婢還有香雪兩人這輩子、下輩子、下下輩子都願意做牛做馬報答小姐的大恩大德！」鳳兒卻執意不肯起來，臉上的倔強無一不表露著她的堅定。

第三十一章

夏玉華微微嘆了口氣道：「鳳兒，不是我不願意幫她，只不過她是官妓，不比普通的青樓女子，就算是有錢也未必能夠贖出來的。」

鳳兒一聽，連忙說道：「奴婢知道，奴婢知道！要想贖香雪的話，必須有官府的特別批文，否則即使贖了出來，日後她也無法擺脫官妓的身分，一輩子到死也只能背著那污名。所以奴婢只求小姐能夠想辦法將她贖出來，若是一個月後她還留在那裡的話，她一定不會讓自己再活在這世上的。」

「求求您了……奴婢求求您了！」鳳兒邊說邊激動地朝夏玉華叩起頭來，眼淚亦是忍不住一個勁兒的往下掉，一想到香雪日後的命運，她便無法平靜。

見狀，夏玉華自然也不忍再拒絕，她伸手將鳳兒扶了一把道：「好了，我答應妳盡力一試，妳先起來再說吧。」

聽到夏玉華說願意幫忙，鳳兒欣喜萬分，邊抹著眼淚邊站了起來，一臉激動地朝夏玉華再三道謝著。

「妳先別急著謝我，這事我會盡力，但是最後能不能幫到她卻也是不能保證的。」夏玉華看向鳳兒道：「到時，若真是那樣的話，妳別怪我便行了。」

「小姐千萬別這般說，奴婢怎麼敢怪您，您能夠答應幫香雪，奴婢已經感激不盡了。」

鳳兒連忙說道：「奴婢知道小姐最是善心，只要小姐您能替她想辦法，肯定是沒問題的。」

夏玉華想了想後，搖了搖頭道：「這事我並不方便出面，也不能出面，個中緣由妳應該多少也心裡有數。這樣吧，我現在修書一封找人幫忙，一會兒妳親自將信送過去，務必送到收信人手中，明白嗎？」

第一時間，夏玉華想到的自然是李其仁，在她所認識的人裡頭，其實也並沒有多少可選擇的餘地。當然，她也並不是讓李其仁親自出面，而是希望他能夠派個人私下去試試能不能將香雪給贖出來。

銀子倒不是問題，一個未開苞的官妓再貴也就是三、五百兩銀子，夏家這點錢還是拿得出來的，再加上一些打通關節的費用，算下來應該不會讓她感到為難。

在信中，夏玉華也寫得比較具體，先將大致情況說了一遍，而後亦很明白寫出自己為何不方便出面，最後則讓李其仁考慮一下，如果這事對他來說有什麼為難的地方，自然是不必勉強，她再另想辦法即可。

鳳兒拿到信後，馬上便前往公主府去碰運氣，希望能夠儘快將信交到小侯爺手中。

一直快到天黑時，鳳兒這才在大門外等到了李其仁，看完夏玉華寫給他的信之後，他二話不說便點頭應了下來，讓鳳兒先回去，告訴她家小姐會儘快抽時間找人去辦這事。

半個月過去了，李其仁那邊卻一點消息也沒有傳來，鳳兒急得不行，恨不得跑去詢問到底情況如何了，不過夏玉華卻不許，只說再等幾天看看。

既然如此，鳳兒也沒有辦法，只能乾著急，眼看著小姐藥園裡頭藥草株株都生機勃勃的了，小姐針灸的手法也越來越嫻熟，可香雪的事卻依舊沒有音訊。

正鬱悶著，卻驚喜的看到小侯爺派人過來給小姐送信，一時間鳳兒心都快跳到嗓子眼了，趕緊將信送到自家小姐手中。

「小姐，是不是香雪的事有回音了？」見夏玉華看完了信，鳳兒在一旁很緊張的問著，自家小姐神色平靜如常，倒是讓她完全看不出半點的端倪來。

夏玉華抬眼看了鳳兒一眼道：「信是小侯爺寫的，不過上面卻並沒有提到香雪之事。」

「不會吧？為什麼呢？」鳳兒一聽，又是急又是不明白，當時小侯爺可是親口答應的，怎麼過這麼久了，連個信息也沒有呢？

見狀，夏玉華安慰道：「許是這事還沒這麼快能辦成吧，鳳兒妳先別急，再耐心等等吧。我現在得出去一趟，小侯爺約我見面，估摸著應該就是要商談香雪之事吧。」

聽了這話後，鳳兒這才穩下神來，連忙上前服侍，跟著一併出門。

李其仁約好的地方名叫「聞香茶樓」，這家茶樓所在之地極為清靜雅致，進出的人也不多，但一看便知道都是些有身分的文人雅客，給人的感覺倒還挺不錯。

裡頭的擺設裝飾亦很有特色，沒有什麼太過俗氣的物件，相反的還掛了不少小有名氣的文人字畫，一些名家之作也不少，看來這茶樓的主人倒是個會附庸風雅之人。一樓大堂並沒有設什麼茶座，而是完完全全的布置成一個供人休息、欣賞字畫墨寶之地，二樓上面則全是單獨的雅間，每一間的陳設布置都獨樹一格，極有品味。

如此講究的一間茶樓，做的都是上流階級、有錢人的生意，因此這種地方的來客自然也不是在多，而是在精了。

夏玉華進門後很快便有掌櫃的上前引路，直接將她們帶到了二樓的一處雅間。

進去一看，發現裡頭並不只有李其仁一人，還有一個與他年紀差不多的年輕男子一併坐在那裡品茗。看那男子的衣著打扮估摸著也不是什麼普通閒人，只是神情看上去頗為清冷，即使是與李其仁說話亦是如此。

見夏玉華來了，李其仁連忙起身招呼她過去，而那名陌生男子亦站了起來，只是神情如初，依舊顯得清冷不已，給人一種明顯的疏離之感。

「玉華，我先來介紹一下。」李其仁滿是開心地指著那名陌生男子朝夏玉華說道：「這位是莫陽，是我最好的朋友，上回我急著赴約要見的人就是他。」

夏玉華聽到莫陽這名字後，腦中倒是快速的回想著京城權貴中有哪一家是姓莫的，只不過一時間卻似乎並沒有什麼印象。

「見過莫公子！」夏玉華微微頷首，沒有再多想，率先朝李其仁介紹的男子行禮問候。

「夏小姐客氣了，在下時常聽其仁提起妳。」莫陽淡淡的應了一聲，以示回禮，其實除了時常聽李其仁提到夏玉華外，這京城之中其他地方也沒少聽到他人議論眼前這位女子。

「好了，咱們先坐下再聊吧，剛到了新茶，讓玉華試試看喜不喜歡。」李其仁示意大夥兒都坐下，別光站在那裡。

坐下之後，許是擔心夏玉華不太適應莫陽那張顯得有些冷漠的臉，因此他又趕緊小聲解釋道：「玉華，莫陽向來性子有些清冷，見了誰都這樣，平常我們相處時他也都是這個樣子的。」

夏玉華不由得抬眼又看了莫陽一眼，誰知，莫陽倒是微微點了點頭，平靜地承認道：「他說得沒錯。」

既然如此，夏玉華倒也沒覺得什麼，各人有各人的性情，這也很正常。於是她微笑著點了點頭，表示自己明白，也並不會介意的意思。

沒有再多看那個一眼便給人感覺冷冷清清的莫陽，夏玉華轉而朝身旁的李其仁問道：「其仁，你今日約我到這裡來有什麼事嗎？」

「急什麼，先試喝看看這是什麼茶。」李其仁見夏玉華這麼快便出聲詢問，卻避而不答，反倒忙著給夏玉華遞茶，一副有什麼好東西分享的模樣。

見狀，夏玉華倒是配合的接過茶喝了一口，而後說道：「應該是南杭的極品雨前龍井，口感果真極佳。」

見夏玉華一下子便猜中了，李其仁更是高興了，轉而朝莫陽說道：「莫陽，你輸了，今日這茶錢我可是又省下了。」

莫陽一聽，也沒出聲，只是平靜的點了點頭，顯然這點小錢並沒放在眼中的。

夏玉華這會兒倒是看明白了，敢情這兩人先前定是拿她打了個小賭，難怪李其仁這麼急著讓她先喝茶了。

只不過，平白無故的，李其仁應該不會特意帶個朋友來介紹給她認識，想來這莫陽的出現一定與今日李其仁找她有些關聯。不過這會兒李其仁不急著說，她倒也不好再追問了，只是微笑地看著眼前這兩人，頓時覺得頗有些意思。

雖然莫陽話極少，不過夏玉華依舊看得出這兩人感情很不錯，應該是那種真正的兄弟之交。

李其仁較為外向、開朗，年輕人的朝氣在他身上完完全全的展露無遺；而莫陽卻正好相反，內向而冷清，給人一種不怎麼好接近的感覺。真不知道這兩個性格完全迥異之人怎麼會走到一起成為好朋友。

見夏玉華一臉笑意的看著自己與莫陽，李其仁連忙得意地解釋道：「在妳來之前，我跟他打了個賭，不過一早我便知道妳肯定猜得出來，所以他自然只有輸的分了。」

聽到李其仁頗有得意之色，夏玉華不由得笑了起來，心裡頭倒是覺得莫陽這人別看外表冷冷的，其實還挺容易被欺負的。

以莫陽的性子，應該是不可能主動提出什麼打賭之類的，而且這南杭的雨前龍井雖是極品，可對於夏玉華這樣的出身，能夠經常喝到這些上品茶葉的人，想要品出是什麼茶來，卻是極其容易的事。

因此莫陽若不是故意放水，由著李其仁的話，這個賭約根本就不可能能夠成立，而李其仁也不可能這般簡單的贏了。由此而看，這莫陽雖然看上去雖總是冷冷清清的，不過心底倒肯定不似表面看上去的這般難以接近。

「其仁，你就別得意了，依我看這是莫公子在故意讓著你，否則的話誰會陪你打這麼簡單無聊的賭呢？」夏玉華再次喝了一口茶，邊說邊感受著那唇齒之間的清香。

她素來便喜歡雨前龍井的味道，平日喝得最多的也是這個，不過卻很少喝到這般好的新茶。看來這家茶樓的老闆還真不是一般人物，怪不得像李其仁這樣身分的人也會光臨這裡，看上去還應該不止一次，而是這裡的常客。

聽到夏玉華的話，李其仁也不否認，故意看著莫陽，而後一副壓低聲音的模樣朝著夏玉華說道：「他呀，有的是錢，他們家的銀子多得比我家的米還要多，妳說我不訛他還能訛誰？再說這茶樓都是他的，少收一次茶錢也談不上訛吧，反正這小子自己不也喝了嗎？哈哈。」

莫陽見狀，知道李其仁這是在故意擠兌他，卻也不在意，仍舊自顧自地喝著茶，片刻後這才淡淡地說了一句道：「無所謂了，反正你也不是一次、兩次了。」

聽到這些，夏玉華這才知道原來莫陽便是這茶樓的老闆，還真沒想到一個外表清清冷冷的人竟然會是個生意人。而顯然這人的生意做得應該不小，否則怎麼可能有機會結識李其仁這樣的人。難怪先前一時沒想到京城中有哪家姓莫的權貴，想來應該是並沒有涉及官場的富商之家。

想到這兒，夏玉華腦中突然靈光一閃，莫陽莫陽，難不成這莫陽是京城首富莫家的什麼人嗎？

「莫公子難道是京城首富莫老先生家中的公子嗎？」她也沒有隱瞞心中的好奇，徑直問了出來。「我倒是聽說過莫家有三位少公子，按年紀來看，你應該是莫家三公子吧？」

莫陽一聽，既沒承認也沒否認，只是稍微看了夏玉華一眼，神情倒也看不出對這突來的提問是否介意。

見狀，一旁的李其仁連忙替夏玉華說明道：「玉華，妳這會兒才弄明白呀，我還以為先前我介紹莫陽時妳就已經知道了呢。妳猜得沒錯，這京城裡能有幾家姓莫的巨賈呢？又有幾個能像我們莫三公子這般儒雅、仗義的仁商呢？」

聽到李其仁的話，莫陽也不再沈默，平靜地回駁了李其仁一句：「我只是個做生意的，沒你吹說的那麼多。」

李其仁倒也不在意，呵呵一笑，顧自地笑了起來，顯然完全摸準了莫陽的的性子，並不覺得沒面子之類的。

夏玉華這下總算是想明白了過來，敢情這人果然不簡單。雖說莫家並沒有涉及官場，卻並不是一般的生意人家。莫家世代經商，生意遍及茶葉、絲綢、瓷器、錢莊等各行各業，只要有人經營的，便沒有莫家未涉及到的。

與其說莫家是京城第一首富，不如說他們是天下第一首富也不為過，反正莫家若稱第二的話，那麼就絕對沒有別的人家敢當這第一。加上莫家財富雖多，幾代主事者卻極其懂得如何自保，他們每年除了向朝廷繳納鉅額的稅收以後，還會主動將每年紅利的固定一部分無償捐給朝廷，也因這種做法而消除了朝廷、皇上對莫家擁有富可敵國的財富的顧忌。

先帝曾御賜「商海世家」的牌匾給莫家，並且有意讓莫家子弟入朝為官，但都被莫老爺子給婉拒了，直言莫家世代只經商，通過經商而為朝廷效力，至於家中子嗣絕對不會有人涉及官場。

正是因為莫家主事者的謹慎與明智，因此莫家才會與其他那些富貴之家完全不同，從歷朝皇帝到當今聖上都對其十分器重，因而可以平安延續發展了好幾代，加上家族並沒有遭遇過什麼大的災難與變故，一直傳到莫老先生這一代依舊興盛如昔。

莫陽是莫家現在最年輕的一代，是莫老先生的嫡孫，年紀雖然是同輩中最小的，不過能力卻很是不俗，就連莫老先生都極其疼愛這個小孫子，從小便親自調教，大有將其栽培成為新任主事者的態勢。

莫家選擇接任主事者的規矩似乎並不太過嚴苛，一般都是看能力而定，資格其次，並且只論嫡庶，不分長幼，更加奇特的是不分輩分。比如現任的莫老先生要挑選新任主事者的話，可以從莫陽的父親那一輩裡頭挑，也可以直接跳過那一輩，從莫陽他們這一輩裡頭挑選。

正是因為如此，莫家每一任的主事者都是極其優秀的，莫家也才能夠比其他家族更容易生存與發展。

夏玉華自然不知道這麼多的內幕，不過卻也聽聞過莫老先生的大名，以及知道莫家在京城的影響力，雖非權貴，而實際上卻並不遜於任何的皇室世家，只不過莫家家規嚴謹，莫家人向來行事都比較低調罷了。

「做生意能夠做到莫家這般層次，古往今來的確很少見。玉華曾聽聞過莫老先生大名，對老先生的人品與能力欽佩不已。特別是莫家這麼多年以來一直堅持救濟、扶助各地難民的行為，更是讓玉華敬佩！」

別的事夏玉華可能不太清楚，但是莫家是出了名的仁商世家，掙的錢多，可是花在老百姓身上做善事的錢財也不少，能夠這麼一代一代的相傳下來，當真實屬不易。

聽了夏玉華所說的話，莫陽不由得認真打量了她一眼，聽過無數人當著他的面談論自己的家族，不過絕大部分人都是拍馬屁、誇讚莫家的家世與財富罷了，卻很少有人直接無視那一些，而單獨提到莫家一直不願高調聲張但卻實實在在堅持著去做的善事。

「夏小姐過獎了，都說商人唯利是圖，不過我莫家卻有著自己的原則，應該掙的得掙，應該花的也得花。」莫陽難得主動回了夏玉華一句話，而後便起身朝李其仁說道：「其仁，你們慢慢品茶，我還有些事，先走一步。」

見莫陽要走，李其仁連忙起身挽留，將人一把拉著再次坐下道：「急什麼，我那正經事還沒說呢，一會兒玉華知道後肯定怪我事先沒跟她說清楚的。」

「什麼事呀？」見狀，夏玉華自然順勢出聲詢問，不過心裡卻是有那麼一點底了。

李其仁不可能沒事約她過來喝茶，還特意將莫陽介紹給她認識，想來這些天她也就託付過香雪之事給李其仁，估摸著李其仁也不太好親自出面，所以便找了莫陽幫忙。

比起她與李其仁，莫陽的確更方便出面，有身分面子，沒人不會賣他的臉面；同時對於富商來說，這樣的事亦是再正常不過的，根本就不會引人注意，也不會被人聯想到其他方面去，對他來說無非就是花點錢便能夠辦到的事情了。

果然，李其仁沒有再拖拉，直接告訴夏玉華道：「玉華，妳上次託我辦的事已經成了，不過真正幫忙的人不是我，而是莫陽。這小子原先還不願我多說實情，不過我這人也就是平時偶爾蹭蹭他幾頓茶罷了，這麼大的人情自然是不好意思給私吞下的。」

見李其仁一下子便道破了，莫陽索性繼續再坐下來，他毫不在意地說道：「行了，這是你求我辦過的事中最為簡單的一件，也沒什麼好提的。」

見自己的猜測果然沒錯，又聽李其仁說香雪的事已經成了，夏玉華頓時非常高興，不由得朝後頭站著的鳳兒看了過去，卻見鳳兒早就是一臉的激動，不過經過以前幾次調教之後，性子顯然定了不少，當著李其仁還有莫陽之面並沒有不知分寸當場說什麼，只是在那裡傻樂著，神情興奮異常。

夏玉華連忙出聲朝李其仁與莫陽道謝，在她看來，李其仁也好，莫陽也罷，這人情她是欠下了，心中自然對他們都感謝不已。

「其仁、莫公子，這事真是太感謝你們了。」她再次道謝，心中多少也為鳳兒與香雪感到高興。

李其仁笑著說：「行了玉華，妳別總是謝來謝去的，弄得這麼見外反而讓我不好意思了。這事莫陽讓人去辦，不但將人給贖出來了，而且莫陽這還真是好人做到底了，順便讓人將香雪的賤籍給改了過來。事情做得十分妥當，妳儘管放心，日後不會再有任何麻煩的。」

第三十二章

聽到李其仁這話，一旁的鳳兒更是激動得無法形容，若不是怕壞了小姐以前的教導，她真恨不得此時便衝上前去給小姐、小侯爺，當然還有那個莫陽公子狠狠地叩幾個頭，代替香雪好好感謝一番。

要知道香雪能夠被贖出來這已經是天大的幸運了，如今竟然還能夠擺脫官妓這個幾乎不能夠磨滅的印記，又如何不教人有種作夢一般的狂喜呢？

夏玉華自然也感覺到了鳳兒的情緒，因此也不再多說其他，直接朝李其仁問道：「其仁，那香雪現人在哪兒呀？」

「就在這裡，妳等等，我讓人現在將她帶過來。」李其仁邊說邊朝門口候著的侍從揮了揮手，而後繼續朝夏玉華說道：「本來我想親自將人給妳送到府上去的，不過後來想想還是覺得有些不太妥當，正好也要跟妳說明一下莫陽才是真正幫這個忙的人，所以乾脆便將妳約到這裡來了。

「哦，對了，這裡是妳上次讓鳳兒留下的銀票，還剩下不少。」李其仁邊說邊取出兩張銀票，遞給夏玉華後又說道：「莫陽派人出面所以那些人倒也給了面子，沒有花太多銀子，贖身再加一些其他打點的費用，總共也就三百兩，這是剩下的二百兩，妳收回去吧。」

夏玉華倒是沒想到香雪不但被贖了出來，而且還改了賤籍，總共卻才花了三百兩銀子，一時倒是對這莫陽的能耐深表佩服。不過也不好意思讓人家平白幫忙，給出的銀票自然也沒有再拿回來的道理。

「其仁，這次多虧了你與莫公子……」夏玉華邊說邊想將銀票退回去，不過話還沒說完便被李其仁給打斷了。

李其仁如同看透了夏玉華的想法似的，開玩笑地說道：「玉華，妳若是想打賞我跟莫陽，那這點銀子可是不夠的。傳出去的話，我們兩個的身分指不定得掉成什麼樣子了。妳要是實在覺得不好意思，下次我們有什麼事要找妳幫忙時，妳再還這人情就行了，咱們是朋友，沒必要那般見外的。」

聽到這話，夏玉華覺得自己確也是太過俗氣了些，李其仁說得沒錯，若要談代價，想請得動這兩個小爺幫忙，莫說一百兩，就是一千兩也是不夠的。人家怎麼可能會在意這一點點小錢，平白倒是傷了情分。

而她也清楚，憑自己這點能耐，李其仁與莫陽自然不會有什麼需要她幫忙的地方，李其仁這般說也不過是個託辭，只是為了讓她安心一些罷了。

「你說得對，是我考慮欠周，太俗氣了些。」夏玉華笑著應道：「改日我作東，請你與莫公子吃頓便飯略表心意，至於這人情我定然是牢記於心了。」

「夏小姐倒是不必如此放在心上，不過是舉手之勞。在下還有些事辦，就不打擾了。」

莫陽倒真沒怎麼在意這種小事。

先前他也聽說過不少關於這夏家大小姐的流言蜚語，如今眼見為實，果真如李其仁所言的確與尋常女子不太一樣；更何況，當他知道一個大小姐肯這般上心地幫自己隨身丫鬟的忙，倒也覺得這夏玉華應該是個心地不錯之人。

這一回，李其仁沒有再出聲挽留，他也知道莫陽的確是忙得很，更何況論私心，他還想單獨跟夏玉華聊一會兒，所以也只是稍微示意了一下，說是改天再找莫陽喝酒。

莫陽才剛走，香雪便被人給帶進了雅間來，許是之前已經聽說過整個事情的前因後果，因此這姑娘一進來，便直接朝著夏玉華與李其仁跪了下來，連連叩頭感謝，哭得泣不成聲。

夏玉華朝一旁的鳳兒示意了一下，鳳兒得到小姐的允許，這才連忙上前將香雪給扶了起來，邊連聲安慰著邊自己也跟著掉眼淚，感動得不得了。

讓香雪將眼淚擦乾之後，夏玉華這才細看了一下眼前的姑娘，五官長得倒還真是挺標緻的，再加上許是妓院的嬤嬤有心栽培，因此倒是養得細皮嫩肉的，整個人看上去更顯得明豔動人。

「香雪，打今日起，妳便自由了，今後妳可有什麼打算沒有？」夏玉華稍微問了一下，估摸著這香雪也沒什麼親人，好不容易脫身出來後，若是不好好打算的話怕難免又會再落入那種地方。

聽了夏玉華的詢問後，香雪再次跪了下來，一臉感激地說道：「小姐的大恩大德，香雪無以為報，只希望能夠有機會與鳳兒一樣服侍小姐左右，還請小姐行行好，收留香雪，香雪願一輩子做牛做馬效忠小姐，絕無二心！」

香雪本就是個聰明人，雖說自己能夠重獲自由主要是李其仁與莫陽的功勞，可是最初若沒有夏玉華答應鳳兒幫她，沒有夏玉華向李其仁開這個口，又會有誰願意花這些工夫與力氣為她這樣的人奔波呢？所以她心中清楚得很，真正最大的恩人便是夏玉華。

如此大恩，她豈能不報？更何況，如今她也別無他處可去，若是能夠留在夏玉華身旁，既能夠報恩，又能夠與鳳兒不再分離，這樣自然是最好的打算。

聽到香雪的請求後，夏玉華稍微考慮了一下，便答應了下來。救人救到底，既然香雪自願留下，那麼她沒什麼好拒絕的，反正夏家多養活一個下人絕對是毫無問題的。

見夏玉華答應了，鳳兒與香雪又是一番跪謝，而後才在夏玉華的吩咐下，歡天喜地的先退到外頭去候著了。

說是讓她們出去候著，其實誰都知道是想早點讓這兩個激動無比的小姊妹好好說些體己話。待那兩個丫頭出去後，李其仁這才滿是感慨地說道：「我發現做你們夏家的奴婢還真是好命，有一個這般好的小姐用心對待，弄得我都有些羨慕了。」

「說什麼胡話呢，你堂堂的小侯爺還會羨慕我家的奴婢，難不成你平日在家中都是虐待家奴的嗎？」夏玉華不由得笑了，倒也配合地取笑了兩句。

見狀，李其仁自是一笑而過，又隨意說了幾句輕鬆話後，這才稍微收斂了些笑意朝夏玉華問道：「玉華，世安要納陸無雙為妾，這事妳知道嗎？」

「知道啊，前些日子聽杜姊姊說過了。」夏玉華見李其仁提到這件事時神情略微有些不大放心似的，便笑著打趣道：「怎麼，看你一臉不太高興似的，難不成你對陸無雙有意思？」

「我怎麼可能對那個女人有意思！」李其仁一聽，頓時有些急了，脫口便替自己辯解，不過剛一說出口，看到夏玉華一臉促狹的笑，倒是立馬反應過來自己上當了。

他不由得搖了搖頭，有些無奈地說道：「好呀，人家擔心妳，妳倒反過來拿我開玩笑。不過這樣也好，至少知道妳是真的沒什麼事了。」

「我能有什麼事，你想多了。」夏玉華依舊笑意不變，看著李其仁道：「不只是你，當時杜姊姊也問過我。也怪不得你們這般想，畢竟以前我的確是太傻了一點。不過那都是過去的事了，你只管放心吧，現在真的覺得沒什麼了。」

李其仁見狀，點了點頭，心情也放鬆了不少，而後又問道：「後天便是他們成親的日子了，到時妳會去嗎？」

「我去做什麼？端親王府又不是娶世子妃，也沒有打算宴請賓客，我沒事湊熱鬧做什麼。」夏玉華很肯定地回絕了。「再說，我與陸無雙如今的關係你又不是不清楚，想來她也不願意看到我的，特別是在那種場合。」

李其仁知道夏玉華說得沒錯，不過他卻是得去的，雖是納妾，不過陸無雙好歹也是相爺之女，所以端親王府還是辦了一個小型的宴會，請了少數一些親友參加，李其仁自然在被邀之列。

「後天我會去，希望那陸無雙嫁人後安生一些，別再有那麼多壞心思了。」想起那天賽馬之意外，李其仁便對陸無雙半點好感都沒有，甚至於覺得這種人當妾都是自作自受，不知道京城裡那些替陸無雙感到委屈、抱不平的人有什麼好惋惜的。

聽到這話，夏玉華自然明白李其仁還是惦記著那天馬場之事，於是便說道：「無所謂了，日後的路她想怎麼走便怎麼走，反正我始終覺得善惡到頭終有報，咱們倒是沒必要為了她而多煩心。」

點了點頭，李其仁覺得夏玉華的話很是在理，因此也沒有再想這事。兩人又閒聊了一下家常，而後見時辰也差不多了，便起身準備回去。

「我送妳回府裡吧。」下了樓，李其仁徵詢著夏玉華的意見，反正今日他也沒其他重要的事。

「不必了，我乘轎來的，再說有這麼多人跟著，不會有事的。」夏玉華自是沒有再麻煩李其仁，笑笑地打過招呼後便帶著鳳兒與香雪準備離開。

不過剛一轉身，卻沒想到竟然看到一個熟悉的身影朝他們這邊走了過來，那人邊走邊極盡嘲諷地說道：「沒想到在這裡竟然也能看到小侯爺和夏家大小姐一起成雙成對的出現，說是巧呢，還是這京城實在太小了呢？」

茶樓門口處進來的那幾個人夏玉華都認識，除了已經站到了她面前的鄭世安以外，後頭還跟著江顯等人，均都一副似笑非笑的樣子，目光在她與李其仁身上來回的打量。

而剛才說話之人自然是鄭世安，話裡話外都透著那麼一股酸味，讓人聽著很不舒服。不過夏玉華卻並不打算多加理會，如同沒看到也沒聽到似的，轉而朝身旁李其仁說道：「我先走了。」說罷，徑直抬步往外走。

「急什麼？」鄭世安一把攔住了夏玉華的去路，盯著她的眼睛說道：「怎麼見到我跟不認識了似的，招呼都不打便要走，莫不是心中有鬼？」

「世安，你這是做什麼？」李其仁自是見不慣鄭世安當著這麼多人的面為難夏玉華，邊略帶不滿的說著，邊伸手將夏玉華往自己身後拉去。

這樣的舉動看在鄭世安眼中，自然是刺眼無比，沒想到這才多久的工夫，李其仁竟然如此明顯的護著夏玉華，若說這兩人之間沒有什麼關係的話，他還真是打死也不信。

「其仁，你這是什麼意思？我跟她說句話罷了，值得你這般緊張出面維護嗎？你還怕我吃了她不成？」鄭世安面無表情地說著，看向李其仁的目光閃過不滿。「咱們認識了這麼多年，你認識她也不過小半年工夫，如今卻是二話不說一門心思的護著她了。」

鄭世安的話帶著明顯的指責與不滿，李其仁聽了不由得皺了皺眉頭，對鄭世安今日這種特別的無理取鬧感到很是不喜。

「世安，這跟我認識你們時間長短沒有關係，你們都是我的朋友，我不想看到誰為難誰。」李其仁很直接地說道：「再說，你一個大男人當眾欺負一個女孩子，算什麼一回事，我豈能坐視不理？」

「欺負？李其仁，你哪隻眼睛看到我欺負她了？」鄭世安頓時異常火大，一把伸手朝李其仁推了過去，想將他給推開些。「怎麼，她到底是你的什麼人？我跟她說句話而已，怎麼就成了欺負了呢？當著這麼多人的面，你給我把話說清楚，別張嘴就在這裡胡說八道！」

鄭世安的力氣不小，可李其仁的身板也不是吃素的，並沒避開，直接受了那一推，人卻文風不動依舊站在那裡。

「行了，你也知道當著這麼多人的面，要說話就說話，有你那般嘲諷質問的嗎？她不是我的什麼人，只是我的朋友，可她更不是你的什麼人，你沒有資格對她那般冷嘲熱諷的！」李其仁將鄭世安的手給揮開來，心裡頭倒真有些生氣了。

看熱鬧的人是越來越多，甚至二樓都有人站了出來，圍在上頭欄杆處小聲議論著，鄭世安更是覺得顏面大失，再看到一旁的夏玉華從頭到尾跟個看熱鬧的沒事人一般，站在那裡一句話都沒有說過，一時間更是氣不打一處來。

「只是朋友嗎？」鄭世安反問道：「別說得這般冠冕堂皇的，只是朋友，會兩人單獨出現在這裡？只是朋友，人家都沒出聲你就這麼急不可待的跳出來護著她？算了吧，誰不知道上一次在馬場咱們的小侯爺奮不顧身救人一事，說你們只是朋友，誰會相信？」

「你……」李其仁這會兒可真是有些急了，他真是沒想到鄭世安竟然當著眾人面說這些，他一個大男人倒無所謂，可玉華畢竟還是個沒出閣的女孩子，被人亂傳一氣的話，自然對她的名聲是極為不利的。

「世子不覺得自己管得太寬了嗎？」夏玉華拉了拉李其仁，用眼神示意他不必生氣，而後朝著鄭世安鎮定地說道：「我與小侯爺是什麼關係並不需要別人來質疑。世子若這般得閒，倒不如多去操心一下自己的事，沒必要對別人的事這般上心，傳出去只會讓人笑話。」

夏玉華很討厭此刻的鄭世安，真不知道自己前世怎麼會瞎了狗眼，喜歡一個這樣沒有胸懷、沒有氣量、自私而無禮之人。突然間，她覺得陸無雙與鄭世安當真是絕配，不愧是物以類聚，人以群分。

見夏玉華終於出聲了，鄭世安沒好氣地回道：「原來妳還會說話，我還以為妳什麼時候變成啞巴了，向來便是牙尖嘴利之人，什麼時候學著躲到別人後頭一聲不吭了？笑話我怕什麼笑話，妳以前成天纏著我時怎麼就不怕我被人笑話，如今倒是學會裝好人了，不覺得累嗎？」

鄭世安的話語裡帶著明顯的負氣，同時還有一種他自己也沒察覺到的酸味。後頭的江顯見狀，倒是不由得暗自嘀咕起來，搞不清如今鄭世安這心裡到底在想些什麼，不會真是風水輪流轉，如今夏玉華不理睬世子了，反倒是讓世子心中有些惦念了起來？

而李其仁則早早的便看出了這一點，想想這人還真是夠賤的，人家喜歡你的時候，你嫌人家成天纏著你，厭煩到甚至厭惡，還做出許多嘲諷鄙夷之事來傷害人家。人家改了，不再喜歡你了，更不再這般纏你了，你心中反倒不是滋味了。

夏玉華聽到鄭世安說的話後，不但不生氣，反倒笑了起來，而後這才看著鄭世安，一臉坦誠地說道：「世子都說是以前了，以前的事早就過去了又何必老是去提及。如今的夏玉華不再是以前那個不懂事的夏玉華了，我都已經完全放下過去那些不愉快的回憶，你又何必老是去提及以前呢？世子馬上便要迎娶美妾，雖是無心，可總提以前的事，若是讓陸無雙知道了，她容易多想，會不高興的。」

「妳跟我過來，我有話要單獨同妳說。」一席話說得鄭世安面色極其難看，當著這麼多人的面，他只好暫時壓下心中的火氣，也沒多想，上前直接拉住夏玉華的手便要往外走。

鄭世安突然的舉動更是讓所有的人都為之一怔，眾人一時間也不知道如何是好，只是定定的看向鄭世安抓住夏玉華的手，不知道這到底是怎麼一回事。

「放手！」夏玉華只覺厭惡無比，連忙用力想要甩開鄭世安的手，不過卻並沒有成功。

見狀，李其仁眉頭緊皺，二話不說上前幫忙，直接就將鄭世安的手拉開來。「世安，有什麼話在這裡說就行了，別動手動腳的！」

「我的事你別理！我有話要跟她說，不是跟你！」鄭世安也來火了，猛的用力將李其仁給推了開來。李其仁這次沒有防備，而且鄭世安用的力道也頗大，因此一連退了兩、三步這才站穩。

「行了鄭世安！」見狀，夏玉華實在是忍不住了，大聲朝鄭世安說道：「不管你到底想做什麼都請給我讓開！我沒有任何的話要跟你說，也不願意聽你多說！請世子自重，別丟了端親王府的體面！」

一時間，眾人都變得鴉雀無聲，夏玉華的話實在是太過直接，而鄭世安的神色亦明顯的變得鐵青不已，就在眾人都以為鄭世安一定會暴怒不已之際，卻沒想到鄭世安竟然強行壓住了火氣，冷聲說道：「多謝提醒！」

說罷，他深深地看了夏玉華一眼，而後不再理會任何人，徑直抬步往樓上而去。身後跟著的江顯等人見狀，一時竟有些摸不清頭緒，待鄭世安踏上了樓梯，這才反應過來，連忙跟了上去。

至此，旁邊看熱鬧的人這才漸漸散了開來，李其仁與夏玉華也不再久留，很快邁步出了茶樓。茶樓門口，夏家的軟轎已經停在一旁等候，見小姐出來了，抬轎之人趕緊將轎子抬了過來。

「玉華，剛才的事妳別往心裡去。」李其仁擔心被鄭世安這麼一鬧，夏玉華心裡頭會不舒服，因此安慰道：「世安脾氣不好，做事又有些衝動，其實，他也並沒有什麼壞心眼。」

李其仁畢竟還是與鄭世安交情不淺，雖說剛才鄭世安的確很過分，但再怎麼樣他還是不想夏玉華太過記恨今日之事。

「我沒事，放心吧。」夏玉華搖了搖頭道：「倒是你因為我而跟他鬧得不愉快，剛才讓你夾在中間為難了。」

夏玉華自然也知道李其仁與鄭世安的關係，所以剛才李其仁能夠那般站出來幫她說話，她已經很感激了，至於鄭世安，只當出門遇到瘋狗得了。

「沒事，我跟他認識也不是一天、兩天了，他的脾氣我清楚，過幾天消了氣，就什麼事也沒有了。」李其仁見夏玉華並沒有因剛才的事而影響心情，倒是放心了一些。「時候不早了，妳趕緊回去吧。」

兩人也不再多說，道過別後，便各自離開。

第三十三章

接下來的日子過得倒也很快，夏玉華沒有放鬆學醫上的事，這麼長一段時日下來，她已經從歐陽寧那裡學到了不少東西，進步相當神速，套用歐陽寧說的話，別人需要三年才能達到的成績，而她卻只用了不到一年的時間。

但是她並沒有任何驕傲與鬆懈，反倒是更加努力，因為她很清楚，自己馬上便要滿十六了，而過了十六歲後便離上一世父親出事的日子只剩下一個月之久。

這幾天一直陰雨綿綿，讓夏玉華不由得想起了上一世自己死的時候的情景，那一日也是不停的下著雨，只不過更加涼寒得多。

下了轎，鳳兒連忙替夏玉華撐傘，準備去敲歐陽先生家的門，誰知還沒步上臺階，卻見門從裡頭被打開來，歐陽寧撐著傘走了出來，歸晚跟在後頭，手中拎著藥箱，一副準備出門的模樣。

見狀，夏玉華連忙迎上前去，也不知道這下雨天先生還要去哪裡。「先生，您要出門嗎？」

她知道歐陽寧應該是臨時有事，否則的話定會提前讓歸晚通知她，不會讓她白跑一趟，估摸著是臨時有什麼急症病人找上了他吧！

「對，要去一個病患家出診。」歐陽寧邊說邊朝一旁看去。「馬車已經來了，先上車再說吧，別淋到雨著了涼。」

聽了這話，夏玉華突然意識到事情似乎並不是如她所料一般，先生這意思分明是說她也可以跟著一併去出診。

「先生，您的意思是，我也可以跟您一併去出診？」她顯得有些興奮，一臉期盼的看著歐陽寧，也沒注意到說話間已然在身旁停了下來的馬車。

「以前我說過，等時機成熟便可以帶妳一併出診，讓妳能夠有更多真正實習的機會。」歐陽寧溫和地笑著。「走吧，上車後我再跟妳具體說說病患的情況。」

夏玉華打發鳳兒以及轎夫等人先去附近的小茶館休息等候，自己則單獨跟歐陽寧還有歸晚一併上了馬車。能夠有機會跟歐陽寧出診這已經是很難得的機會了，她自然不會再帶個婢女隨行，讓人看到還不知道到底是做什麼來的，也省得麻煩。

上車之後，這才發現原本從外邊看似普通的馬車，裡面卻並非如此。雖不刻意奢華，但卻極盡舒服，所需物件一應俱全，與其說是馬車，倒不如說是一個移動的小屋子。這樣級別的配製很明顯的昭告著馬車主人的身分定然不俗。

原本以為這是先生自家的馬車，但現在看來應該不是，倒不是說歐陽寧沒有這樣的條件，只不過以他的習性與風格，卻是不可能在這種東西上太過講究。

「猜出來了嗎？」歐陽寧見夏玉華上車後一直在四處打量，便很快猜到了她在想些什麼。

夏玉華收回視線，看向歐陽寧笑了笑道：「沒猜出來，不過估摸著應該是非富即貴，先生倒是料事如神，連我在想什麼都一清二楚。」

聽了夏玉華的話，歐陽寧亦跟著露出了笑容，他掏出一塊乾淨的手帕遞了過來，示意夏玉華將上車時頭上不小心被淋濕的地方稍微擦乾。時序已是冬季，一連幾天的下雨更是讓氣溫涼了不少，夏玉華穿得略顯單薄，不多加注意的話很容易著涼。

道了聲謝謝後，夏玉華接過歐陽寧遞來的帕子，稍微擦了擦，一旁的歸晚倒是搶先朝夏玉華說起這輛馬車的主人來。

「玉華姊姊，這是五皇子府中的馬車，每次先生出診，五皇子都會派馬車接送，妳猜不出來也是正常，這裡頭又沒刻字什麼的。」

歸晚興致勃勃地繼續說道：「玉華姊姊我跟妳說，咱們先生面子可大了，整個京城裡有頭有臉的人哪個不想結識先生呀？不過先生向來都不願意跟那些權貴打什麼交道罷了，唯有這五皇子卻是個例外，他不但是先生的病患，而且還是很好的朋友，就連我都跟他很熟的！」

「好了歸晚，再聽到你胡亂吹噓，我便讓你去天南山待上一年半載。」歐陽寧很快便打斷了歸晚略帶得意的吹噓，這小子也不知道是不是平日太少人跟他說話，所以給憋壞了，只要夏玉華一來，總喜歡嘰嘰喳喳說個沒完沒了。
歸晚一聽要把他扔往天南山，當下便用手捂住了自己的嘴巴，只留兩隻骨碌碌的大眼睛不時轉悠，再也不敢多嘴說半句，像是那天南山有多恐怖似的。
而夏玉華聽到歸晚所說之言，腦海中馬上便浮現出鄭默然的模樣，俊美的五官外加略顯病態的蒼白，最主要的是那奇怪而讓人捉摸不透的目光。她真的沒有想到跟著先生第一次出診的病患竟然就是五皇子鄭默然。
那個在皇家獵場的小山坡上，跟她一起窺看過鄭世安與陸無雙的姦情，同時也窺伺過她的秘密的人！
「玉華，妳認識五皇子？」見夏玉華聽到歸晚的話後一副若有所思的模樣，歐陽寧片刻之後這才出聲詢問。
聽到歐陽寧的詢問，夏玉華很快便回過神來，微微點了點頭道：「見過一次，上次太子去皇家獵場狩獵時，五皇子也去了，還談不上認識吧。」
「五皇子是我接手時間最長的病患，五年前我剛到京城時便認識了他，這些年來一直都持續著替他治療。」歐陽寧簡單的說明。「沒什麼特殊情況的話，每個月我都會去給他診治一次，上個月去的時候，我已經跟他打過招呼說這一次會帶個人一併去看診，只不過並沒有直接說明是誰而已。」
「我也聽說過五皇子從小到大身體都不好，一直都沒有斷過藥，只是並不知道原來先生已經替他診治了這麼些年。」夏玉華頓時奇怪不已，也沒隱瞞心中想法，徑直說道：「以先生這樣精湛的醫術替五皇子診治了這麼多年，可五皇子的身體卻一直都沒有痊癒，難不成他的病是無法根治的？」

「倒也不是完全無法根治，只不過有一味藥引極其難求，甚至於連我也只是聽說過卻從沒見過。所以這些年我一直都在努力尋找其他根治五皇子的方法，不過卻收效甚微，所幸經過定期的診治與針灸，已確保他的身體能夠保持現在這種最為良好的狀態。」歐陽寧說到這裡，神情間隱隱也有一絲憾意，顯然對於自己沒有能夠將鄭默然給根治有些耿耿於懷。

聽到這裡，夏玉華更是好奇起來，朝一旁一直沒有再出過聲的歸晚看了看，希望這個小子能夠在這個時候解釋點什麼都好。

不過，估摸是因為先前被先生恐嚇到了，所以這會兒歸晚倒是挺安分老實，見夏玉華望向自己，只得無奈地搖了搖頭，又用眼神示意了一下，讓夏玉華有什麼直接問先生便是。

見狀，夏玉華只得轉看向歐陽寧，繼續問道：「先生，那五皇子到底得的是什麼病呀？還有您剛才所說的沒見過的藥引又是什麼？難道憑先生與五皇子的實力竟然都沒有辦法找到嗎？」

她也不知道自己會不會問得太多，不過心中實在好奇，所以猶豫了一下還是忍不住問個清楚。反正先前先生也說過上了車會跟她說一下病患的情況的，只不過當時她並沒想到會是一個身分這般特殊的人罷了。

夏玉華的好奇，歐陽寧自然也能夠理解，出於一個醫者的下意識，怕是誰都會對這種特殊的病例或者藥引之類感興趣，不過有些話他倒是得先囑咐一下，免得到時造成一些不必要的誤會。

「玉華，五皇子雖然同意了我帶妳一同出診，不過他的身分畢竟有些特殊，所以到時候不論妳看到些什麼、聽到些什麼，或者說猜到了些什麼，甚至知道了些什麼，都不能再對任何人說起，妳是個懂事明理之人，具體的原因自然也不必我多說了。」

歐陽寧說到這裡，見夏玉華一臉明瞭的點了點頭，便又繼續說道：「至於五皇子到底得的是什麼病，到時我會找個機會讓妳替他把脈看診，其他的妳就不必多問，有什麼不明白的，等回去後我再一一替妳解答。」

「先生放心，玉華明白輕重，不論看到什麼、聽到什麼，或者知道了些什麼都會守口如瓶，絕對不會給先生惹麻煩的。」夏玉華保證之後，又將興趣轉移到第二個問題上。「先生，您還沒告訴我那罕見的藥引到底是什麼呢。」

既然一會兒她有機會親自給五皇子看診，那麼要想知道五皇子到底得的是什麼病倒不是什麼多大的問題了，就算自己醫術有限，一時並不能確定的話，等回去後先生也自然會與她討論；所以這會兒她的興趣自然而然全部都轉移到了那個連先生都只是聽說過，卻並沒有真正見過的罕見藥引之上。

聽夏玉華再次提到藥引一事，並且一副全神貫注的模樣等著答案，歐陽寧知道她肯定是十分感興趣的，否則的話也不至於不自覺的將剛才遞給她擦雨水的帕子塞進了她自己的袖袋裡卻一點都不曾察覺。

微微笑了笑，歐陽寧倒也沒有點破，順著夏玉華的問題繼續解答道：「那種藥引名為天豫，我小的時候曾經聽師父提起過，說這是一種極其特殊的藥引，可以根治許多難以治癒的頑疾，只不過連師父都只是在上古奇方中看到過關於天豫的記載，據說一百多年前真有人找到過此物，但之後卻再也沒有人見過。而對天豫的描繪也各不相同，有的說是一種藥草，有的說是一種罕見、稀有的蟲類，還有的說是一種特殊的礦石……

「總之，各種各樣的說法都有，但現在卻還真找不出一個見過這天豫的人。」歐陽寧笑了笑道：「所以，我也只能再找其他的方法，或者看能不能找到藥效類似的藥引以作替代。」

聽到這些，夏玉華恍然大悟，難怪連先生都沒見過，以五皇子的身分都找不到這個藥引，弄了半天現今這世上怕是根本就沒人見到過，到底是個什麼東西，長得是圓是扁都不能確定，著實是太過玄奇了些。

「該不會這世上根本就沒這種東西，只不過是他人杜撰出來的吧？」夏玉華總覺得這種東西一點真實感也沒有。

「雖然世人對天豫知之甚少，不過的確有這種東西存在，上古奇方裡記載的內容不會有假，只不過這些東西都太過珍稀，所以極少為世人所得，久而久之模糊了真相也是正常的。」歐陽寧低語道：「得之自然是天大的幸事，若是一輩子都沒機緣見識的話，倒也不必太過在意。」

夏玉華點了點頭，覺得歐陽寧的話很是在理，因此，也沒有再多問天豫之事，趁著還有點時間，又將這幾天自己在家中看書積累的幾個小問題提了出來與歐陽寧一併討論。

不知不覺間，馬車駛到了五皇子宅邸。下車時，已經守候在外的僕人馬上上前替歐陽寧等人撐傘，客氣地迎接道：「歐陽先生，五皇子已經在書房等候，小人這就給您引路。」

雨似乎越下越大，儘管打著傘，可稍微有一點風吹來，便讓雨滴橫過並不太大的傘面而淋濕到衣裳上。夏玉華微微打了個冷顫，突然意識到今日出門似乎真是穿得少了點。

「妳穿得太單薄了，以後得多穿些才行。」歐陽寧的聲音在耳邊響起，隨即一把大傘幾乎全數遮到了她的頭頂上方。

抬眼一看，只見歐陽寧已經從僕人手中接過了雨傘，親自替夏玉華撐傘，而與先前僕人撐傘的方式不同，他手中的傘面大部分都遮到夏玉華這邊，盡可能的不讓身旁的夏玉華被雨水淋到。

心中頓時湧現一陣溫暖，在這涼寒的雨天中漸漸的擴散開來，對上歐陽寧平和寧靜的目光，她微微一笑，在心中道了聲謝謝。

所幸，很快便穿過了毫無遮擋的地方，轉而進了長廊，不必再擔心風雨。僕人接過傘收了下去，這長廊曲曲折折一路延伸，與其他地方都可相連，而他們現在所要去的書房亦已經不必再擔心會被雨淋到。

雖然有侍從一直在前頭引路，不過歐陽寧顯然對這裡已經非常熟悉，哪裡有臺階、哪裡比較滑都一清二楚，總是能夠提前小聲的提醒身旁的夏玉華。到了書房門口，侍從通報完準備進去之際，歐陽寧又特意囑咐讓人一會兒送碗熱薑茶過來。

五皇子的性格與歐陽寧倒有幾分類似之處，喜靜不喜人太多，因此這次有夏玉華跟著一起的話，便沒有再帶歸晚進書房，而是囑咐他在外頭等著便可。

進到書房，夏玉華很快便看到了書桌前正在那裡埋頭忙碌的鄭默然，他正在畫畫，手中的毛筆輕盈移動，似乎在為那幅作品作最後的點綴。

跟著歐陽寧，夏玉華一併簡單的朝向還沒時間抬頭的鄭默然行了禮。眼角的餘光掃過四周，很快便注意到了牆上四處掛的都是字畫。那些字畫都沒有落款，看得出應該是出自同一人之手，估摸著應該就是鄭默然自己的畫作。

夏玉華對字畫並不在行，因此也看不出什麼門道來，不過見其書法皆以楷書為主，畫皆以湖光山色宜人美景為主，鮮少有氣勢磅礡之作。

「先生過來看看我剛剛完成的畫。」畫下最後一筆，鄭默然終於收筆，邊說邊朝歐陽寧看去，他額頭上微微冒著幾顆汗珠，臉上還帶著勞累後的潮紅，顯然畫完手中的這幅畫對他來說已經是相當消耗體力之事。

話音剛落，鄭默然這才注意到歐陽寧身旁站著的夏玉華，微微怔了一下，似乎馬上明白了什麼一般，轉而又笑著朝歐陽寧說道：「上次我還奇怪先生怎麼突然想起要帶新人一併過來看診，原來是不知何時收了一個女徒弟，能夠得到先生的肯定，成為先生的徒弟，看來夏小姐果真有非同一般之處。」

「五皇子誤會了，玉華不是我的徒弟，我一早便說過不會收徒，如今自然也還是跟以前一般，不會違背當初自己所說的話。」歐陽寧看了一眼夏玉華，示意她不必緊張，而後繼續朝鄭默然說道：「玉華天資過人，我不過是偶爾指點一下，如今她也就是缺乏一些實際的經驗，我所做的不過是給她多一點實際診斷的機會罷了。」

鄭默然見歐陽寧這般說，倒也沒有多說什麼，其實明眼人一看就明白，歐陽寧雖然並沒有名正言順的收夏玉華為徒，可做的事情卻都是身為師父應該做的，只不過他倒是沒料到這夏玉華竟然還有如此造詣。

畢竟能夠得到歐陽寧這種名醫的首肯與耐心指點，肯定不是什麼泛泛之輩。誰又能想到，一個官家小姐，一個曾經一直以來幾乎被所有的人都認為任性刁蠻，甚至於一無是處的大小姐，竟然還會有這樣的另一面呢？

他點了點頭，接過一旁侍從遞過來的毛巾稍微擦了擦額頭上的汗，朝著夏玉華說道：「沒想到夏小姐不但馬騎得好，而且還有這般特殊的本事，若不是今日親耳聽歐陽先生所說，還真是根本不可能想得到。」

「五皇子過獎了，臣女還在努力學習摸索之中，並無五皇子所說的那般好。」夏玉華知道鄭默然當著歐陽寧的面肯定是不會提及那日之事，因此倒也沒什麼不自在的，況且皇家貴族她平日也見過不少，因此對著鄭默然倒也沒什麼緊張可言。

「既然妳是先生帶過來的，那麼自然也是我府上的貴客，這裡也沒什麼外人，不必太過多禮，君君臣臣的那是朝堂，我這裡倒是免了。」鄭默然不在意地笑了笑，而後將墨汁乾得差不多的畫交給一旁的侍從拿好，請歐陽寧過來一併品鑑。

夏玉華順便也瞧了一下，畫上的景物應該是京城郊外的晴雨湖，映著後頭若隱若現的青山作為背景，看上去倒是挺舒服的，不過除了這些，別的她還真是看不太出來。

歐陽寧細看了片刻，而後點了點頭，很是讚賞地說道：「不錯，看來你最近的身體狀況保持得挺好。」

「那還不都是先生的功勞。」鄭默然似乎也頗為滿意自己這幅畫作，目光一直都沒有從那上頭移開過。

一旁的夏玉華聽得倒是有些糊塗了，不是看畫嗎，怎麼直接說到身體好壞上去了呢？而且那兩人還一副各自心中明白的樣子，絲毫不像是偏離了話題。

「玉華，妳覺得如何？」歐陽寧側目看向夏玉華，詢問她的意見。

夏玉華沒想到先生會突然問她，只得略帶抱歉地笑了笑道：「先生，我對這些完全不懂。」

「所以妳剛才一定在想，為什麼我們不說畫，反倒離題了，是嗎？」鄭默然將視線從畫作上收了回來，轉而接過夏玉華的話反問了起來。

「是的，玉華正納悶呢，還請五皇子指點一二。」這一回夏玉華沒有再以臣女自稱，歐陽寧與鄭默然那般相熟，她若口口聲聲臣女夾在其間，反倒會顯得太過彆扭。

夏玉華的大方，倒是博得了鄭默然的肯定，不過他也沒有多說，只是簡單解釋道：「書畫看似簡單，但其實最考驗筆力，身體虛弱與否自然會影響到畫的氣勢。」

對於一個並不內行的人來說，這樣的解釋已經足夠，而夏玉華也很快明白了過來，微微點了點頭，不再如先前一般疑惑。雖然她不懂畫，可腦子卻不傻，道理還是能夠理解明白的。

鄭默然見狀，也沒有再談論畫作，很快便讓人將畫作收了起來，又讓人給歐陽寧與夏玉華上茶，坐下後慢慢再聊。

第三十四章

喝了一口先前歐陽寧讓侍從特意給她準備的薑茶，夏玉華靜靜地坐在一旁聽歐陽寧與鄭默然談論著這一個月來的身體狀況。

鄭默然說得很詳細，連哪幾天有咳嗽、哪幾天身體乏力、哪幾天氣息不太順暢等等都清楚交代。而歐陽寧邊聽邊偶爾詢問一二，神情顯得比先前要嚴肅得多。

夏玉華知道這些都是每個月先生來診斷的一些必要過程，望聞問切，在先生眼中，任何一個環節都不可大意馬虎，哪怕是再熟悉的病患亦不能有絲毫放鬆，即便最細微的一些變化也都意味著病情出現了細微的轉變，那麼隨之而來用藥的成分以及分量也得做出相應的調整。

單憑剛才聽到的這些，夏玉華一時自然無法判斷出鄭默然到底是得了什麼病，不過從症狀聽來，應該跟他體質有些關係，也許跟之前她所料的差不多，鄭默然是先天性的體弱。

片刻之後，對話結束，歐陽寧轉而請鄭默然移了個位子，坐到他的上座開始給鄭默然把脈，這個過程也不算太長。

「還好，這個月情況比較穩定，用藥可以稍微減量，一會兒我再替你扎幾針就可以了。」歐陽寧收回了手，叮囑道：「那套拳，你還得繼續練，每天早晚各練一次，不要太過勞累便可。」

對於歐陽寧的交代，鄭默然自然沒有任何異議，點了點頭後示意一旁的侍從可以開始準備了。

「五皇子，一會兒讓玉華給我幫個手便行了。」見狀，歐陽寧朝鄭默然說道：「她現在的針灸之術不會比一般的大夫差，準備的事宜讓她來做就行了。」

鄭默然知道歐陽寧是想讓夏玉華多些練習機會，因此也沒反對，一來先前已答應過了歐陽寧，二來，他也真想看看這夏玉華到底有沒有歐陽寧所說的這般厲害。

「玉華妳過來。」見鄭默然應允了，歐陽寧站起身來，讓出了自己剛才坐的位子。「五皇子針灸之前，妳可以先試著替五皇子把把脈。」

「五皇子，可以嗎？」聽到這話，夏玉華心中一陣興奮，她連忙站了起來，先行詢問鄭默然的意見。

雖說先生在車上時便說過早就跟五皇子打過招呼了，不過出於禮貌，開始前她自然還是得親自再徵詢一聲。

見夏玉華臉上滿是難掩的期盼，鄭默然心知眼前這女孩的確是真心喜歡學醫的，因此也沒遲疑，笑著朝她點了點頭。

手指剛一碰到鄭默然的瞬間，夏玉華竟不由得微微縮了一下，她下意識的抬眼看了一下鄭默然，從沒想到一個活人的身體竟然會如此的冰冷。

鄭默然自然明白夏玉華為何會突然這般反應，也沒出聲，只是不在意的笑了笑，用目光示意夏玉華繼續便可，而一旁的歐陽寧自然也是明白了。

因為五年前的那個晚上，歐陽寧第一次給鄭默然診脈時，那冰冷的程度有過之而無不及，當時他甚至覺得躺在床上的少年已經死去，那樣的冰涼並不是尋常之人可以體會的。

「沒事，集中精神把脈便可。」他在一旁輕聲安撫了一句，同時也是示意夏玉華本就如此，沒必要太過不安。

見狀，夏玉華暗自吸了口氣，靜下心後重新搭上鄭默然的脈搏，不再多想其他，專心一志的把脈。片刻之後，她的眉頭微微地皺了起來，神情也顯得有些異樣，不過卻並沒有說什麼，而是繼續一言不發的把脈。

又過了一會兒，夏玉華依舊沒有鬆開手，沒有結束這一次的把脈，她再次抬眼看了一眼面前神情怡然的鄭默然，目光之中流露出一絲不可置信。

「五皇子，麻煩換另一隻手。」夏玉華終於出聲了，聲音雖然還算平靜，可此刻內心深處卻已經掀起了不小的波濤。她覺得自己應該沒有診斷錯誤，可是卻實在有些不願意相信那個結果。

為了慎重起見，所以她還想換手再把脈一次，免得遺漏了什麼細微之處。

鄭默然倒也配合，並沒有問什麼，直接便按要求換了一隻手，而一旁的歐陽寧則不由得微微點了點頭，顯然對於夏玉華的謹慎態度很是滿意。

從夏玉華剛才的神情看來，想必她應該是已經診斷出來了。歐陽寧清楚，其實鄭默然的脈象並不是太分明，極容易誤診，不過看來夏玉華在這一方面還真是頗有天賦。他有些慶幸當時變通著方式收下了這個丫頭，要不然的話，實在是太過可惜了。

片刻之後，夏玉華終於把脈完畢，她長長的吁了口氣，神情卻依舊不怎麼好看，除了驚訝以外，隱隱還有一絲同情，對於鄭默然，很是自然的產生了一位醫者應有的心情。

「看妳這樣子，彷彿得病的是妳自己似的。」鄭默然見夏玉華這般模樣，不由得笑了笑。「放輕鬆點，沒什麼大不了的。」

沒什麼大不了的，聽到這話，夏玉華這才發覺自己剛才有些失態了，見鄭默然竟有如此樂觀的心態，一時間倒是對這人的印象不由得好了幾分。

「讓五皇子見笑了。」她很快便恢復了常態，從先前的震驚與憐憫之中走了出來。

其實換個想法，的確也沒什麼大不了。雖然自己一向被父親保護得很好，可是上一世嫁給鄭世安，父親死後，她也看多了這世間的爭鬥與陰謀，為了達到目的而不擇手段者實在多得不得了。

而像鄭默然這種生於宮廷之人更是如此，權勢越高的地方危險便越大，在那裡不分大人、小孩，也不論你是否有罪還是無辜，只要你靠近權力相爭的中心，就不可避免的會成為那些野心者爭鬥的犧牲品。

能夠保住性命活到現在，其實這已經是一個奇蹟，夏玉華不由得看了看一旁的歐陽寧，終於明白為什麼以先生的能耐醫治了這麼多年卻依然沒有能夠根治。

「好了，去準備一下，我要幫五皇子扎針了。」當著鄭默然的面，歐陽寧並沒有詢問夏玉華診出了些什麼，而是很快轉移話題，讓夏玉華幫忙準備針灸。

「先生怎麼不問問她把脈的結果？我可是很感興趣。」鄭默然卻並不急著開始扎針，剛才看夏玉華的神情，還真是挺有意思的，估摸著來之前歐陽寧應該並沒有將自己的真實病況道破。「既然特意帶她前來，那自然還是給她點時間，也不至於白白浪費這樣的機會。」

見鄭默然這般說，歐陽寧也沒再忌諱什麼，轉而看向夏玉華道：「既然五皇子也有興趣，那妳便說說吧，先前我之所以沒有告訴妳具體的情況，就是想先看看妳這些日子到底學得怎麼樣了。」

如此一來，夏玉華自是沒有拒絕，正好她也很想知道自己診斷的到底有沒有錯誤，於是，她點了點頭，先稍微理了理思路，這才從容出聲。

「先生，玉華之言若有誤，還請先生指正。另外……」夏玉華看了一眼鄭默然，接著說道：「先生來時已經交代過玉華，請五皇子放心，關於您的事，玉華絕對不會同任何人提及。」

鄭默然聽罷，點了點頭，看了一眼歐陽寧道：「先生信任妳，我自然也不會擔心這些。」

「玉華，剛才我見妳把脈時神情有異，有什麼想法只管直接說出，不必忌諱。」歐陽寧看向夏玉華，說話的同時用目光示意了一下。

歐陽寧的目光平靜而柔和，帶著少許的鼓勵還有安撫，讓夏玉華的心越發的變得鎮定。

她沒有再多想，徑直陳述道：「原本我以為，五皇子向來體弱多病，最主要的原因應該是先天的體質問題，畢竟以先生的醫術，醫治這麼多年都沒有根治，所以我才會有如此之想。適才聽到先生與五皇子的對話，也只是覺得五皇子是因為先天體弱，並沒有往其他方面去想。不過……」

她稍微頓了頓，接著說道：「不過剛才把過脈後，我卻發現五皇子的脈象極其怪異，根本不是先天的那種虛弱。細診之下，發覺五皇子的五臟六腑都極其虛虧，顯然應該是以前曾受過嚴重的重創，不過，這種重創又不似外力所為，更像是某種劇毒所致。

「所以，我判斷五皇子應該是五年前中過劇毒，劇毒雖然已被先生所解，但是那毒的傷害性極大，以至於五皇子的五臟六腑都受到了嚴重創傷，導致五皇子現在才會一直如此體弱。並且還有少許餘毒留存體內，極難根治，稍加不慎，極有可能再次復發。先生，我說得對嗎？」說完之後，夏玉華這才朝歐陽寧詢問。

歐陽寧並沒有馬上給出肯定的答案，而是問道：「那妳覺得到底是什麼毒呢？」

夏玉華微微想了想，而後繼續說道：「我曾看過一本書，書上記載了一種叫做『幟』的奇毒，這是一種無色無味的慢性毒藥，極難察覺，一旦毒發便說明毒素已經侵入五臟六腑，幾乎無法生還；而此毒最惡毒的地方便是，即使萬幸救回了中毒之人，但是卻根本無法完全清除體內殘餘之毒，哪怕剩一點點若是不定時控制的話，都有可能復發。一旦復發，那麼即使神仙再世也沒有用了。」

微微嘆了口氣，夏玉華不由得看了一眼鄭默然道：「有此餘毒在體內，中毒之人身體羸弱無比，而且長年會受到各種疼痛的困擾，嚴重的時候甚至會有生不如死的感覺。若非意志極強之人，怕是根本抗不住這樣的折磨。所以，我覺得，五皇子所中之毒應該便是『幟』。」

話音剛落，坐在那邊的鄭默然竟然拍起手來，邊拍手邊起身，滿臉肯定地朝歐陽寧說道：「先生果然沒說錯，她的確是個醫學奇才！」

這話實際上已經完全肯定了夏玉華剛才所說的一切，而對於鄭默然能夠面對這些還這般樂觀與豁達，夏玉華不得不說自己真心佩服不已。

「我也十分意外，沒想到她不但查出了病因，而且還知道得這般具體。」歐陽寧雖是回答鄭默然的話，不過目光卻一直停留在夏玉華身上，又朝她笑了笑後道：「玉華，妳說得都對，所以我才得每個月都來此一趟，替五皇子控制體內的餘毒。

「這五年來，我也找過許多種方法，希望能夠徹底清除那些殘餘之毒，不過如先前所說一般，一直找不到『天豫』那味藥引，因此不得不再重新開始另想辦法。」歐陽寧說罷又再次叮囑道：「有些事也不太方便跟妳說，總之先前我在車上囑咐妳的記住便可，這麼多年以來，外邊的人甚至連皇上都不知道實情，只當五皇子是天生體弱多病，需要長期治療調理罷了。」

歐陽寧的意思夏玉華自然明白，又看了鄭默然一眼後，很是肯定地點了點頭，表示自己明白。其實，不必歐陽寧或者鄭默然細說，她也猜得到為何一直對外宣稱體弱多病，而非中毒，皇室裡頭的那些生存規則，她不需要明白，只需懂得沈默便可。

見狀，歐陽寧也不再多說，轉而開始讓夏玉華幫忙準備東西替鄭默然進行針灸。才一會兒工夫，夏玉華便很熟練的準備好了一切。

歐陽寧正準備開始針灸之際，不想鄭默然卻擺了擺手示意暫停一下。「先生，既然你說她的針灸術也已經不錯了，那麼今日倒不如讓她來試試，你在一旁看著、指點就行了。」

夏玉華根本沒有想到鄭默然竟會主動提出由她來代替歐陽寧操作針灸，甚至於連歐陽寧也是意外不已。不過，既然如此，那麼自然也不會浪費這樣大好的機會。見歐陽寧也點了點頭，夏玉華這才上前接過歐陽寧手中的銀針準備下針。

歐陽寧在一旁先指出了一會兒下針所要扎的幾處穴位，每個穴位的先後順序以及停留間隔的時間都交代得十分詳細。除此之外，他還將扎這幾處穴位的原因，以及結束之後將會產生的效果都說了一遍，而後這才不再出聲，轉而示意夏玉華自己動手。

按照歐陽寧所說，夏玉華先在腦中重新整理了一遍，而後靜默片刻，這才異常沈穩的動起手來。她的動作冷靜而細膩，每一步都如同已經操作過上百回一般，中途沒有任何的遲疑與猶豫，也不必經由歐陽寧作任何的提點。

每一針都十分精確，而直到所有要扎的穴位全部完成，鄭默然也沒有感覺到半絲不應該有的疼痛，如此嫻熟的手法倒真是讓他頗為意外。他雖不是醫者，不過久病成良醫卻也不是完全沒有道理，他所要扎的那幾處穴位個個都極其特殊，技術稍微欠些火候都是不行的。

而且從頭到尾，他竟然沒有聽到歐陽寧有任何的提示與糾正，自己的感覺也極好，並沒有任何的不適，可知夏玉華的水準當真不是一般。

而一旁的歐陽寧更是欣喜不已，夏玉華每扎完一針，他都不由得暗自點頭，直到最後一根銀針被拔下，整個過程都沒有半絲的問題。

「很好！」他不由得笑了笑，很滿意的朝著夏玉華點頭肯定著。

夏玉華不由得重重的吁了口氣，直到此刻，臉上才綻放出極為輕鬆的笑顏。

歐陽寧重新替鄭默然再次把脈，片刻之後確定一切無誤。「五皇子，一會兒我去藥房將這一個月的藥全部配出來，從現在起，不必一日服用兩次，一日服用一次便可。若無異樣，我下個月再來，若是有什麼不對勁的地方，隨時立刻派人去找我便可。」

「有勞先生了！」鄭默然微微點了點頭，以示謝意。

見一切妥當，歐陽寧也沒有再耽擱，直接起身去五皇子府中的藥房抓藥。而夏玉華這個時候才知道，原來五皇子府中有獨立的藥房，各種所需的藥材一應俱全。而因為對外宣稱五皇子只不過是先天體虛，因此所謂的藥方向來都不過是個擺設。

再加上各種藥材用量極為細微，甚至每次服藥的時間不同，各藥材的用量也不盡相同，一般之人極難嚴格控制得到。所以歐陽寧向來都是看診後一併親自去將下個月所需要的藥量全數抓出，做好標記交給專門負責煎藥的僕人。

原本，夏玉華是想跟歐陽寧一併去藥房抓藥的，不過歐陽寧卻讓她在這裡等著就行了。藥房在後院，離這裡有點遠，而外頭風雨越發的大了，對於穿著本就略顯單薄的夏玉華來說，一旦淋濕極容易引起風寒。

歐陽寧很快便帶著歸晚一併去了藥房，而夏玉華則不得已留在書房等候。先生不在，單獨面對鄭默然時，她顯然沒有之前那般自在，只得安安靜靜地坐在那裡喝茶，打發著時間，希望先生能夠快些回來。

「看得出來，歐陽先生對妳極好。」鄭默然不知何時已經坐到了夏玉華對面，許是先前扎過針的緣故，這會兒臉色顯得比之前要好了一些。「妳跟他學了多久了？」

「快一年了。」見狀，夏玉華倒也沒有迴避，無意識的撫著手中的茶杯道：「先生人好，對身旁之人都很不錯。」

聽到夏玉華的回答，鄭默然不由得笑了笑，卻也不遮掩，徑直說道：「先生人是好，卻不是對誰都這般用心。」

不到一年的學習便有如此造詣，鄭默然心中暗忖，看來歐陽寧沒有說錯，夏玉華先前應該是有些底子的。只不過他還真是很好奇，以前那個成天忙著糾纏鄭世安的任性女孩，哪來的時間與心思學那些枯燥的東西呢？

夏玉華見鄭默然意有所指，心中不由得有些不太高興，她放下了手中的茶杯，沒什麼情緒地說道：「五皇子想多了，我與先生雖無師徒之名，但師徒之情比起旁人卻不會少掉半分。」

「妳生氣了？」鄭默然再次笑了笑，看著夏玉華漸漸變得清冷的臉孔道：「上一次在那小山坡上妳也是這般，說上兩句話便馬上變得冷冰冰的，這樣的性子不好。」

見鄭默然又提到了上次之事，夏玉華不由得微微皺起了眉頭。「五皇子記性倒不錯，不過我就是這性子，好或不好倒也不關您什麼事。」

見狀，鄭默然並不在意夏玉華的態度，他微微想了想，而後一副很肯定的模樣顧自地說道：「我想，鄭世安現在一定已經後悔了。說句實話，其實那天那個女子當真不過如此，遠不及現在的妳。」

「謝謝五皇子的誇讚，不過我好或不好的與任何人無關，自己覺得舒服就行了。五皇子似乎操的心太多了。」夏玉華此刻倒真有些想朝鄭默然翻白眼的衝動，不過她還是努力的忍了下來。

說真的，現在的鄭默然比起那天在小山坡見到時似乎沒什麼兩樣，喜歡窺探別人的想法不說，而且還全挑些不合時宜的來講，全然不顧別人願意不願意或高興不高興。

「好吧，既然妳這般說，那我不再誇妳便是。」鄭默然一副無所謂的樣子，隨即半靠著臥榻，閉著眼睛養神不再出聲。

見他終於不再說話，夏玉華這才鬆了口氣，可誰知心裡才好過一點，沒想到卻再次聽到了讓她更加不得安寧的話語。

「那天妳騎的馬是被陸無雙動了什麼手腳吧，而且妳心中也應該是清楚的，只不過那馬被人給提前射殺了，妳沒有辦法找到證據。而後鄭世安與陸無雙在營地休息的地方做出苟且之事，這個便應該與妳有些關係了吧？」

第三十五章

鄭默然的聲音不緊不慢的傳了過來，讓夏玉華心中一驚，她不知道鄭默然是真知道了，還只是胡亂猜測而已；她更不知道鄭默然突然對她說起這些到底有何目的。一時間，她的神色微微變得有些異常，所幸那說話之人這會兒並沒有睜開眼睛。

「我不知道你在說些什麼？」暗自調整好情緒，她倒是不必掩飾此刻自己的不滿。「五皇子不覺得這樣的笑話一點意思也沒有嗎？」

不過，鄭默然卻沒有理會她的話，反倒是用著相同的速度與語氣繼續說道：「在小山坡時，那兩人衝動成那樣了尚且能夠控制住，怎麼才一會兒的工夫，在那毫無安全可言的營地休息處，卻突然完全失控做出男歡女愛之事來呢？除非是有人做了些手腳，讓他們情不能自禁，如此想來這事才略顯合理。」

「五皇子這話是什麼意思？」夏玉華眉頭緊皺，質問道：「東西可以亂吃，話卻不能亂說，這些都不過是你的猜測罷了，憑什麼要強加到我的頭上。」

「妳不必急著否認，我之所以敢當著妳的面說出來，自然便不可能只是胡亂猜測。」鄭默然慢悠悠地睜開了眼，看向夏玉華，笑著說道：「當然，妳承不承認也沒有半點的關係，反正這事也不關我任何事。」

「既然不關你事，你老跟我說這些不相干的東西做什麼？」夏玉華見狀，也不再刻意去強調些什麼，此刻她更想知道的是，鄭默然到底想做什麼。

可鄭默然卻依舊不去理會夏玉華的問題，只是繼續顧自地說道：「起先，我還一直想不通妳到底用了什麼辦法辦到的，畢竟這種事並沒有什麼可事先設定的可能，不過是隨機罷了。不過現在我倒是想明白了，對於一個精通藥理之人，想做到這點卻也不是什麼太難之事。

「對了，有件事還真是巧得很，那天回去的時候，我無意中碰到了那個婢女，就是那天在營地裡給妳們上過茶，親眼撞破鄭世安與陸無雙好事的那個婢女，因此便順口問了幾句，倒是聽到了不少外人都不曾注意到的細節。」

鄭默然笑得有些讓人捉摸不透，說完這些後便不再出聲，只是盯著夏玉華瞧，似乎是在看她的反應。

夏玉華心中已經十分明白，鄭默然並非完全是胡亂猜測，雖然他並沒有什麼真正的證據，不過卻是已經完全肯定陸無雙與鄭世安的事就是她動的手腳。

「說了這麼多，你到底想做什麼？」夏玉華也沒必要再繞圈子。「沒有真憑實據，就算你是皇子也不能亂說一氣！還有，不論你想做什麼，我都不會被你威脅到！」

她就不相信堂堂一個五皇子，憑著這樣無憑無據的說法還能夠對她怎麼樣，更何況一會兒歐陽寧便差不多要回來了，鄭默然不至於會有太過激烈的舉動。

只不過，他如此費心到底是何居心、有何目的？這一點著實讓夏玉華心中無比不安。

書房內的氣氛頓時變得格外沈重，夏玉華定定地望著眼前依舊一臉輕鬆的鄭默然，心中情緒變化萬千。她知道這個時候自己必須冷靜，越是沈不住氣便越是不利，而且顯而易見正中了鄭默然的詭計。

她雖然並不知道鄭默然到底想做什麼，可是有一點卻很明顯，鄭默然大有故意激怒自己的用意在裡頭，而她自然不能夠輕易讓他如願。

「說吧，你到底想做什麼？」她不想再跟眼前的人繞圈子，徑直起身說道：「五皇子還是明說吧，沒必要在這裡兜圈子，爽快些為好。」

見狀，鄭默然很是無辜的擺了擺手道：「妳誤會了，我真沒別的什麼意思，只不過就是坐在這裡有些無聊，所以隨便說說罷了。」

隨便說說？鬼才信你的話！夏玉華終於忍不住白了鄭默然一眼，她不得不承認，這個看似毫不起眼的五皇子實則比她之前見過的任何人都要來得厲害。

或許她早就應該明白，一個看似半點背景與實力都沒有的皇子能夠在各種暗害與算計之中存活下來，本身便足以說明他並非如世人所想的那般簡單，只不過所有的人似乎都被他的病弱所迷惑，並沒有將他當成最大的危險對象罷了。

「妳不信？」鄭默然並不意外，頓了頓後很是委屈地看著夏玉華說道：「其實妳大可以放心，就憑我這身體狀況，妳覺得我還能夠對妳做些什麼呢？」

這話一出，夏玉華頓時有些窘迫，她自然聽得出鄭默然的弦外之音，愍了片刻，索性再次坐了下來，不去理會那個讓她心底深處越發不安的人。

算了！她也不打算再跟他做任何唇舌之爭，從頭到尾，這樣的爭論她似乎根本就沒有占過任何的優勢，反倒是讓自己的情緒一而再、再而三的被人所牽制。與其如此，倒不如沈默以對，看他還能弄出些什麼花樣來。

外邊的風雨聲越來越大，歐陽寧似乎也還沒這麼快回來，夏玉華頭一次感覺到了一種來自於外界的強大壓力，那種看似隨意實則讓她有些喘不過氣來的無形壓力。

見夏玉華不再說話，一副不打算再作任何回應的樣子，鄭默然倒是頗有意思的看著夏玉華此刻的模樣，片刻之後，這才站了起來，徑直往書桌方向走去。

坐回書桌，他隨手拿起一本書，準備翻看之前，像是朝著夏玉華解釋又似自言自語地說道：「其實我真沒有什麼不良的居心，不過就是太無聊了些，所以才會閒談幾句。既然妳不喜歡聽，便當我沒說過吧，不必擔心我會怎麼樣。畢竟妳也算是歐陽先生沒記名的弟子了，我這條命還得指望歐陽先生，再怎麼樣也不可能為難妳的。」

說這幾句話時，鄭默然的神色難得比先前正經認真了幾分。夏玉華依舊沒有出聲，只是抬眼看了一下，心中卻總是有種被人窺伺到了內心深處，甚至被人抓住了把柄的不痛快感。

也許鄭默然此刻真的並沒有什麼具體的目的，可是這個人她日後卻是不得不防。她不敢過久的看著鄭默然的眼睛，那樣的目光彷彿可以看透所有的一切，讓人沒有半絲的安全感可言。

見狀，鄭默然不由得再次笑了起來，剛剛好不容易認真了幾分的神色片刻間蕩然無存，他打量著夏玉華，而後如同想到了什麼似的，用半認真半開玩笑的口吻說道：「其實，妳還是太過善良了些，如果是我的話，就不會僅僅只是給他們下點催情藥之類的東西了。」

最後幾個字，讓夏玉華心中最後一絲僥倖也徹底的消失了，她猛的側目看向鄭默然，絲毫不再掩飾自己內心之中對這個讓她完全捉摸不透的人的防備。

對上夏玉華極其不善的目光，鄭默然也不在意，微微搖了搖頭，又道：「當然，男人與女人報復的方式往往並不一樣，或許那樣更有意思，對嗎？」

「不要總以為你可以看透所有人的心！」夏玉華終於不再沈默，她冷聲說道：「既然五皇子這麼些年都完好的隱藏住了自己，沒有讓任何人對你太過注目，今日又何必一反常態表露太多？我不是個愛管閒事的人，但如果有人讓我不得安生，那我也不會讓他過得舒坦！」

「這算是威脅嗎？」

「你覺得是便是！」

「何必如此認真呢，我早說過並沒有任何的目的，只不過……」他微微一笑，望著夏玉華頗為認真地說道：「有時候隱藏得太深，若不適時的找人顯露一下真實的一面，怕是很容易忘記真正的自己。」

這話頓時讓夏玉華愣了一下，她沒有想到鄭默然竟然會這般說，下意識裡她不由得有些迷惑起來。

不過，她還是很快恢復了常態，並不贊同地說道：「五皇子不覺得太過冒險了嗎？你應該找一個更合適、更安全的對象顯露，那樣對你對我都好！」

「我們原本便是同一類人，妳心底的秘密絕對不會少於我，所以肯定是最能夠明白這種感受的，我又有什麼好擔心的呢？更何況，就目前來說，除了妳以外，我還真沒有遇到過這般能夠讓我有傾訴慾望的人，多說了幾句倒也是再正常不過的事。」

鄭默然說罷，一副再自然不過的樣子朝夏玉華示意了一下，而後便不再多說，翻開手中的書顧自的看了起來，不再理會一臉凝重的夏玉華。

整個書房頓時安靜了下來，夏玉華不由得深吸了幾口氣，一時間卻是更加看不明白眼前之人。好一會兒，她這才收回了目光，心中思緒萬千。

鄭默然說得沒錯，她心中的秘密比任何人都要多得多，她不知道鄭默然到底窺探到了她多少的秘密，但有一點卻是可以肯定，這個人是她重生以來所遇到過的對於揭露她的秘密最具威脅性的人！

或許作為一種自保的手段，她的確有必要掌握更多關於這個人的事情，如此一來，即便他猜到了些什麼，哪怕是最大限度的接近了她的秘密，也不會輕舉妄動。

接下來的時間，兩人倒是相安無事，也沒有再作任何的交談。而後，歐陽寧便從藥房回到了書房，與鄭默然稍談了幾句後，便帶著夏玉華與歸晚離開了五皇子府。

出門之際，風雨卻突然停了，夏玉華凝望著陰晴不定的天空微微出神，在歸晚的催促下，這才上了馬車。

與來時一樣，回去亦是由五皇子府的人駕車相送。馬車啟步後，歐陽寧這才朝向一直沒有再說過話的夏玉華問道：「妳怎麼啦，臉色不太好，是不是哪裡不舒服？」

「我沒事，先生不必擔心。」夏玉華搖了搖頭，並不想讓歐陽寧發現自己的異常。

見狀，歐陽寧也不再說什麼，只是徑直拉過夏玉華的手，替她把起脈來，片刻之後才又道：「我去藥房時，五皇子是不是跟妳說了些什麼？」

歐陽寧也是極其聰敏之人，只是稍微搭了下脈、看了下神色，便猜出先前他離開後，夏玉華與五皇子之間一定發生了些什麼。

「只是簡單的閒聊了幾句，並沒有什麼特別的。」夏玉華並不想讓歐陽寧擔心，只不過她也知道自己不可能完全騙得過先生，因此便說道：「只是知道了五皇子的病因，心裡頭有些感慨，總覺得這世間的人與事實在是太過險惡。」

聽到夏玉華這般說，歐陽寧倒是沒有再多想，他略微點了點頭道：「妳年紀小，涉世未深，知道這些而有想法也是難免的。只不過卻也不必想得太多，這世間善惡美醜本就是一併存在的，不妨多想想一些美好的東西，如此也就不會跟自己過不去了。」

面對歐陽寧的開導，夏玉華順從的點了點頭，猶豫了一下後，還是小聲地朝歐陽寧問道：「先生，五年前您為什麼會去給五皇子看病？」

如果她沒弄錯的話，五年前的鄭默然還沒成年，應該身處皇宮才對，難不成先生是奉旨進宮？可是這也說不過去，因為五年前先生剛剛出師來京，並沒有幾個人知道他的能耐，甚至連認識他的人都不多。

聽了夏玉華的疑問，歐陽寧也沒多想，並沒有任何的隱瞞，直接說道：「當年五皇子還不過十六，與妳現在的年紀差不多，我見到他時也就剩下最後一口氣了。他的生母原本是皇上的寵妃，只不過在五皇子出事之前便已經去世，因此皇上也是一向較為疼愛這個兒子。當時太醫已經無力醫治，只說五皇子是油盡燈枯無力回天了，而皇上卻還是存了一絲希望，幾番周折派人找上了我師父。但是師父行動不便，而當年我又正值學成出師，因此便代替師父到了京城。」

「原來是這樣，難怪！」夏玉華聽罷，解了心中疑惑，神情倒是比先前要緩和了不少。

「難怪什麼？」她的反應倒是讓歐陽寧有些奇怪起來，直覺告訴他，先前在書房，玉華與五皇子之間絕對不僅僅只是閒聊了幾句那麼簡單。

面對歐陽寧的反問，夏玉華不由得露出上車之後的第一個笑容，故作輕鬆地說道：「我的意思是，難怪當年五皇子這般好運氣能夠遇到先生，撿回這條命。」

她自然沒有多說心中所思，為了不讓歐陽寧再聯想太多，回答完之後，便朝一旁的歸晚看去，笑著問道：「歸晚，先前來時先生說要將你送去天南山來著，嚇得你一直都不敢再出聲了，那天南山到底是什麼地方呀？」

她的問題成功的將眾人的注意力轉移開來，歸晚一聽，先是馬上看了一眼歐陽寧，見先生並沒有不讓說的樣子，這才笑笑的解釋了起來。

說笑時，倒是很快地到達了，遠遠的便看到鳳兒帶著轎大回到歐陽寧的家門口等著。見狀，夏玉華沒有再多逗留，與先生和歸晚道過別後，先行回府去了。

回到家中，香雪遞上一封書信給夏玉華，說是先前端親王府雲陽郡主派人送過來的。

「送信的人還說了些什麼？」邊拆信，她邊朝香雪問了一句。

香雪搖了搖頭，只說送信之人將信送到後便走了，並沒有其他的交代。

夏玉華聽了也沒有再多問，轉身坐了下來，直接看信。

不過看完信之後，夏玉華依然搞不清雲陽到底要做什麼，信上並沒有寫出什麼具體的事，只是約她明日出去見個面，見面後再細說。

這應該是雲陽頭一次單獨約她嗎？夏玉華估摸著雲陽郡主十有八九是為了李其仁而約她。她似乎也沒有不去的理由，因為信上說得清清楚楚，若是她不去的話，雲陽便會直接派人到將軍府請她。

略帶無奈的搖了搖頭，真不知道自己怎麼就惹上這小郡主了，不過轉而一想，去見個面倒也無妨，好歹前世她為了接近鄭世安也沒少去煩過雲陽。

第二天，夏玉華如約到了茶樓，才一進門，便看到雲陽身旁的婢女已經在一樓等候。

正準備上樓，卻見莫陽從二樓走了下來，見到夏玉華，莫陽顯然也有些意外，下來之後，在夏玉華身旁停了停說道：「其仁今日沒有來這裡。」

聽到這話，夏玉華知道莫陽是誤會了，以為她是來這裡找李其仁的。她也沒介意，而是微微朝莫陽點了點頭，打了個招呼道：「莫公子誤會了，我不是來找他的。今日是雲陽郡主約了我在這裡見面。」

聽到夏玉華的回答，莫陽倒是顯得有些奇怪，他細看了一眼，發現夏玉華的樣子也不像是在說假話，又朝夏玉華旁邊引路的婢女看了一眼，頓時倒是明白了過來。

於是，他也沒再多說什麼，點了點頭示意自己知道了，便不再停留，先行離開。

看著莫陽離去的背影，夏玉華頓時有種說不出來的奇怪感，總覺得剛才這個人好像是有什麼話要說卻並沒有說出來似的。不過她也沒時間細想莫陽的怪異，或許這個人本身便是這般，是她太過敏感了些。

聽到身旁引路婢女委婉的催促聲，夏玉華很快回過神來，轉而跟著人繼續走上樓。

剛一上樓，鳳兒便被在二樓等候的另一名婢女給攔了下來，只說郡主吩咐要與夏小姐單獨見面，不讓鳳兒跟著往裡頭走。

「妳就在這裡等著，我與郡主說些話，一會兒就出來了。」她出聲吩咐著，示意鳳兒不必擔心。

見狀，鳳兒也沒辦法，小姐都發話了，只得老老實實的領命在這裡候著。

婢女將夏玉華帶到了二樓最靠裡面的一間雅間門前，敲了敲門後，卻沒有再引夏玉華進去，而是讓她自己單獨進去。夏玉華也沒多說，只當雲陽是不想讓人打擾，因此便自行推門而入。

進去之後，往四處看了看，卻沒有看到雲陽的身影，一時間心裡有種不太好的感覺，總覺得哪裡不大對勁似的。

「郡主，郡主？」她停下腳步，沒有再往裡走，目光朝一旁的屏風處看去，試探性的叫了兩聲。整間雅間也就只剩下那個地方可以藏得住人了，夏玉華不知道雲陽是不是正躲在那裡，難不成還想嚇唬嚇唬她嗎？

心中的疑問還沒來得及完全解開，屏風後頭卻傳來一個讓她十分熟悉卻意外不已的聲音：「雲陽不在。」

那聲音剛歇，鄭世安便從屏風後頭走了出來，看到夏玉華後，目光之中竟然閃過一絲得逞的笑意。

「是你！」夏玉華頓時怔了一下，隨後馬上明白到底是怎麼一回事。

「看上去妳現在應該已經明白過來了！我知道如果以我的名義約妳出來的話，妳一定不會理睬，所以只好出此下策。」一見夏玉華一臉恍然大悟，鄭世安邊朝她走過來邊接著說道：

「玉華，騙了妳是我的不對，不過既然來了，咱們還是坐下好好聊會兒吧！」

「我沒有什麼好跟你聊的！」夏玉華轉頭便走，不想跟一個設計騙自己過來的人多說什麼。

可鄭世安的速度卻更快，他幾步路便搶先走到了前面，攔住了夏玉華的去路，有些不太高興地說道：「難道妳現在真就這麼討厭我？連坐下來跟我說說話都不可以了嗎？」

第三十六章

如果是上一世，鄭世安能夠跟自己說這些話，夏玉華一定會高興得瘋掉，只可惜現在不但沒有半絲的喜悅，反倒是說不出來的厭惡！

面對那張曾經熟悉無比而此刻卻感覺無比陌生的臉，夏玉華突然發現自己不知何時起竟然連怨罵報復的慾望都不再擁有，無愛亦無恨，或許這句話才最能夠恰當地表達她此刻的內心。

「世子是不是哪裡不舒服了？如果不舒服的話，應該馬上去找大夫，而不是像現在一般莫名其妙的來找我說什麼話。」她面無表情的說道：「你這般若是讓別人知道了，怕是不知會被傳成什麼樣的笑話！還請世子讓開，別做這些無聊而沒有任何意義的事情。」

「笑話、笑話，我知道妳一直對以前的事耿耿於懷。沒錯，以前是我不對，不應該那般忽略妳，更不應該那般嫌棄妳！可是、可是我現在已經知道自己做錯了，我向妳道歉行不行？這樣妳總該滿意了吧？」鄭世安很是無奈的向夏玉華說著。

對他來說，長這麼大還是頭一次跟人道歉，先前他的確是開不了這個口，可是這麼久以來，夏玉華對他的態度實在是讓他受不了啦，因此也管不了什麼面子不面子的，好歹自己也是男人，就當稍微讓一讓女人得了。

他一直認為，夏玉華之所以突然不再纏著他，甚至於完完全全的一改先前的模樣而變成現在這般，都是因為之前自己對她的態度刺激到她，讓她心中氣不過，所以才會故意一直不理他，這個丫頭十有八九是想讓自己先低頭，先向她服軟，以此來發洩一下先前的怨氣。

是的，就是這樣，鄭世安十分的肯定，否則的話一個成天纏得他死死的，再怎麼嘲諷、怎麼打擊她都絲毫不懂放手，並且發誓非他不嫁的固執女子，怎麼可能一夜之間便完全改變了初衷，說不理他便不理他了呢？

起先他一直都沒有在意，只當玉華不過是佯裝著改變，過不了多久便又會原形畢露，所以他雖然最開始有些不太習慣，可也沒怎麼真放在心上。但慢慢的，時間越久，他便發現越是不對勁。

夏玉華不但再也沒有主動找過他一次，而且連碰到面時他主動跟她說話都一副十分不情願搭理的模樣，更重要的是，都快一年了，她竟然一直都保持著改變之後的模樣，並沒有再回復以前的樣子，甚至於各個方面都讓人為之驚豔。

他越來越覺得現在的夏玉華十分的特別，特別到他竟然也不知道從什麼時候起，有事沒事的時候總是會不由自主的想起她。更糟糕的是，不但如此，他還發現只要看到她與李其仁那個小子在一起，心中便會極度的不高興，甚至有種想要馬上跑出來將他們兩人給分開的衝動。

他不是什麼都不懂的毛頭小子，可正因為懂，所以心中一直才猶豫不決，總覺得要拉下臉面、放下身段去找一個當初自己連看都不願看到的人是一件極其丟臉的事。但時間越久，他便越是忍不住了，因為他發現，這次玉華似乎是鐵了心要跟他槓到底。如果他不先開口服軟、不低這個頭的話，這個倔強又固執的丫頭只怕真會一輩子都不再理他了。

所幸，說完這話後，他突然發現原來道歉也並非自己想像中的這般困難，甚至於還有一種十分輕鬆愉悅的感覺。他覺得如今既然他都已經低頭了、道歉了，夏玉華應該便不會再與他賭這氣了。

可是，令他完全沒有想到的是，結果並不如他所想像的這般美好。

夏玉華很是好笑地說道：「世子，看來你今日的確有些糊塗了，第一，我並沒有對以前的任何事耿耿於懷，第二，我也不需要你的道歉，更不存在什麼滿意不滿意的問題。請你不要再在這裡胡說了，就算世子不怕被人笑話，我還怕呢！」

「夠了玉華，妳還要彆扭到什麼時候，妳還想鬧到什麼時候才收場？我已經低頭了，妳還不滿意嗎？」鄭世安頓時很是惱火，一把抻手拉住夏玉華的手說道：「我長這麼大還是頭一回向人道歉，妳還想要我怎麼樣？」

「放手！別動手動腳的！」夏玉華亦高興不到哪裡去，鄭世安這已經不是一次、兩次動手動腳的了，這讓她無比的厭惡，她當即斥責道：「我不想怎麼樣！請世子也別再怎麼樣了！我一早便說過我並不需要你所謂的道歉，也絲毫不在意，你是不是頭一回向人道歉這對我來說更不重要，不要總是將你的想法強加到別人身上！」

看到夏玉華一臉的怒氣，鄭世安似乎也覺得剛才自己的舉止太過衝動了些。

他抬起雙手朝著夏玉華做出了一個不會再碰她的動作，而後說道：「好、好，剛才是我太過衝動了些，我保證不會再這樣了好嗎？可是玉華，咱們能不能坐下來好好說說話，能不能不要一見面總是跟個仇人似的？妳別說氣話，我也儘量控制自己的情緒，咱們好好聊聊，把以前的一些誤會什麼的都解開好嗎？」

「世子，你要我說多少遍才聽得明白？我們之間並沒有任何的誤會，而我更沒有說任何的氣話！」夏玉華搖了搖頭，用異常冷漠的眼神看著那個到現在為止還在那裡自以為是的鄭世安。「我們之間真的沒有什麼好說的了，該說的以前我都說過了，以前的事早就已經成為過去，沒有必要再去提及，而我也不再是過去的夏玉華！」

她頓了頓，最後一次提醒道：「不論你是否相信，也不論你到底如何認為，總之，我再說最後一遍，我不會再纏著你，不會再做以前那種傻事，因為我早就已經不再喜歡你！所以請你日後也不要再來打擾我的生活，我們井水不犯河水，各自過各自的生活，明白嗎？」

聽到這些，鄭世安的神色終於無法再忍耐的黑了下來，可他卻依舊不相信夏玉華真的不再喜歡他，也不願意去相信。

「為什麼？」他極其不快地反問道：「妳當初不是說非我不嫁的嗎？」

夏玉華突然覺得眼前這個男人真是可笑到了極點，她不由得笑了笑，很不可思議地說道：「世子，你都說了那是當初了，許多事情一旦變了就是變了。當初我是喜歡你沒錯，可是，是你用你的實際行動讓我明白自己的確錯了！如今我已經改過自新了，你又何必再來糾纏過去呢？以前是以前，現在是現在，過去了的就再也回不來了，難道你還不明白嗎？」

「說來說去妳這不還是在怪我以前沒有好好對妳嗎？」鄭世安卻還是不願相信，正確的說他是根本無法承認自己竟然會被夏玉華在情感上所完完全全的拋棄。

夏玉華實在是不想再跟這樣的人多費口舌，她嘆了口氣，異常嚴肅地說道：「你實在想多了，我也不想再多說其他，總之現在我們之間真的沒有半點的關係，請你日後不要再來打擾我！如今你也是有家室之人，讓人知道你現在的這些行為實在是不好。而我也不想再被人這般騷擾，世子還請自重！」

說罷，夏玉華抬步想從另一旁繞出去，她實在是不想再在這裡多待片刻，再待下去，她懷疑自己一定會忍不住吐出來。

「原來妳是在介意無雙的事，對嗎？」鄭世安似乎一下子想明白了，再次邁步攔住夏玉華道：「玉華，妳別多心，無雙的事真的只是一個意外，我保證日後再也不會發生類似的事情。更何況她只不過是一個妾侍的身分，根本就無法與世子妃相提並論……」

「夠了鄭世安！別再說這些讓人噁心的話了！」夏玉華實在聽不下去，馬上打斷，一臉厭惡地說道：「你娶什麼人跟我半點關係也沒有，別在那裡自以為是了！我不會嫁給你，妻也好、妾也罷，都跟我沒有半點的關係，請你別再說這些讓我噁心了！」

「行了夏玉華，我也忍夠妳了，就算以前我再怎麼樣讓妳受了委屈，可妳都鬧這麼久了也應該足夠了吧！」鄭世安氣得不行，雙手按住夏玉華的肩膀，幾乎咆哮著說道：「別再裝了，妳若真對我沒有半點心思了，為什麼還會讓妳父親幫忙找什麼破理由，說是非要等到二十之後才談婚論嫁呢？妳若真對我沒有半點喜歡，為什麼要故意跟李其仁走得那麼近來氣我呢？妳要是……」

「鄭世安，求你別再自作多情了！我現在一點也不喜歡你，我只覺得你噁爛無比！」夏玉華萬萬沒有想到都這個時候了，鄭世安竟然還這般自戀，她氣憤地掙扎著。「放手，我要回去！」

「不放！今日妳若不把話說清楚，就別想出這道門！」鄭世安的眼睛都紅了，用力抓住夏玉華不顧她的掙扎，根本就沒有放手的打算。

「你這個瘋子，趕緊放開，再不放手，我叫人了！」夏玉華邊說邊大聲的朝外頭呼救，拚盡全力想要擺脫鄭世安。

「叫吧，沒有我的命令，不會再有第三個人進來的！」鄭世安神色得意了不少。「妳還是別鬧了，乖乖坐下跟我好好說話！」

「放開她！」正當鄭世安想強行拉著夏玉華往一旁的椅子上坐下時，門卻突然被人推了開來。

突如其來的呵斥聲讓鄭世安與夏玉華都不由得朝門口方向看去。只不過夏玉華反應更快，在鄭世安愣住還沒反應過來的瞬間，便一把用力甩開他的束縛，快步跑到了他的控制範圍之外。

「你來做什麼？」鄭世安臉色極其難看，對於這個突然闖入的傢伙十分不滿。他大聲地朝著站在門口、正一臉緊張的侍從吼道：「誰讓你們放他進來的？」

那兩名侍從此刻是大氣都不敢出，從來沒有見到過自家主子如此失態的模樣，其中一人好不容易才找到自己的舌頭，結結巴巴地說道：「奴才該死，請世子恕罪！」

他們心中也是滿腹委屈，進來的這個人不但是這家茶樓的老闆莫陽，而且又是京城首富莫老先生最疼愛的孫子，憑他的身分要強行闖進去，他們這些當奴才的哪裡真敢死命攔著呢？

「一群沒用的東西，都給本世子滾遠些！」鄭世安將滿腔的怒火都發到了這兩名侍從身上，現在莫陽都已經進來了，再怎麼樣也是沒用，索性讓這些礙眼的傢伙滾開一些，省得看著更是來火。

見狀，侍從自然趕緊退下離開，這個時候他們也巴不得離得遠遠的，省得莫名其妙的給主子當了炮灰。

「世子今日火氣太大了些，先喝上一杯清茶消消火。」莫陽看了一眼一旁神色亦難看不已的夏玉華，淡淡地朝鄭世安說道：「我這裡是茶樓，不是武館，世子沒必要為難一個女人。」

見莫陽一副清清淡淡的模樣出言教訓自己，鄭世安更是氣不打一處來，他冷哼一聲，甩了甩衣袖道：「你管得太多了，本世子的事不需要旁人指手畫腳！別以為你是莫家人便有什麼了不起的！」

鄭世安的態度很是囂張，夏玉華見他這般遷怒到莫陽，甚至言語之中還有羞辱的成分，一時間真是厭惡到了極點，若是有這能力，恨不得上前抽他兩耳刮子，一解心頭之氣。

而莫陽倒是冷靜無比，半絲也沒有被激怒到，甚至還很清楚的看到了夏玉華臉上快速閃過的怒火，就在夏玉華準備出聲回擊之際，他朝她微微搖了搖頭，示意不必太過衝動。

夏玉華見狀，只得先行忍了下來，如果只是關係到自己那還無所謂，可現在無故將莫陽給牽扯了進來，她的確是不願給人家平白招來太多的麻煩。

「世子身分尊貴，莫陽自然不能相比，不過若是讓人知道世子今日這般衝動的舉止，只怕有損的不僅僅只是您一人的臉面了，還請世子顧及一下端親王府的顏面，稍安勿躁！」莫陽說話乾脆俐落，並沒有半絲拐彎抹角，也沒有任何畏懼之意。「再者，若是大將軍王知道自己女兒在我這茶樓裡被人欺負，這個責任莫陽擔當不起。」

「你在威脅本世子？」鄭世安沒想到平時一向不多管閒事、話也極少的莫陽，今日竟為了夏玉華而這般不留餘地的跟自己作對，一時間更是憤恨不已。「她是你什麼人？值得你這般得罪本世子嗎？」

莫陽眉頭都沒皺一下，極其平靜地回道：「莫陽不敢威脅世子，更沒有主動得罪之意。而夏小姐也不是我什麼人，只是這家茶樓的客人。世子若是來這裡喝茶，莫陽自然歡迎，但這裡卻不是什麼鬧事之所，還請世子見諒。」

「好、好！」鄭世安連道兩個好字，滿面陰沈的望著面前的莫陽拍起手來。「不愧是莫家三公子，說話做事果然有魄力！今日這茶，本世子就喝到這裡，咱們後會有期！」

說罷，他轉而望向一旁的夏玉華，雖不再說什麼，可那樣的目光如同在說咱們之間還沒完一般，給人一種極其陰森的感覺。

鄭世安終於甩袖離去，帶著他的那些侍從，沒一會兒工夫便怒氣沖沖的離開了茶樓。夏玉華不由得長長地吁了口氣，心想若不是莫陽及時出現，還不知道那個瘋子會做出些什麼事情來。

一想到鄭世安剛才的自以為是與自作多情，她真是欲嘔到了極點，而最後離開時看向她的目光也讓她極不舒服。

原先以為只要這一世自己不再去招惹這種人渣便可以了，卻沒想到世事難料，如今自己卻偏偏被他給纏上了。一切似乎與上一世完全反了過來，真不知道是人弄天還是天弄人。

對於這樣的人渣如果避而遠之還是沒用的話，那看來她還真得想想辦法好好教訓教訓，省得這個時候還有臉自以為是的來騷擾她。

不過，眼下最重要的自然是得好好向及時出現的莫陽道謝，夏玉華不知道莫陽怎麼會突然進來，是巧合也好還是他主動幫忙解圍也罷，總之她都無比的真心感激。

「玉華多謝莫公子出手相助。」她頗為鄭重地朝莫陽行了一禮。「今日之事給你添麻煩了，還請公子見諒。」

莫陽擺了擺手，示意夏玉華不必如此多禮。「夏小姐客氣了，這是我的茶樓，我自然有責任保障來這裡的客人的安危，這本就是我應該做的，所以不必放在心上。」

其實，一開始他已經走出了茶樓，可也不知道怎麼回事，心裡多少還是有些放心不下。先前他看到鄭世安進去雅間，而根本沒有看到雲陽郡主也來茶樓，所以聽說夏玉華是來此見雲陽郡主的，當下心中便有些疑惑。

原本只當夏玉華是隨口找個理由搪塞，實則是與已經到了的鄭世安見面。可後來想起那天在茶樓門口，鄭世安、李其仁還有夏玉華三個人的那番鬧劇，頓時又覺得不可能是特意來見鄭世安的。

其實這事也真與他沒什麼關係，但一想到夏玉華有可能是被設計了，也不知道鄭世安到底想做什麼，他便還是鬼使神差的踅了回來。果然不出所料，一走到雅間門口，便聽到裡頭傳出的爭吵聲，他想進去，但守在外頭的侍從卻說沒有命令不准任何人進去。

如此一來，莫陽自然更加肯定這一次是鄭世安打著雲陽的名義將夏玉華騙過來的，又正好聽到裡頭夏玉華似乎很是憤怒的聲音說著放手什麼的，於是他也沒有再多想，直接硬闖了進去。

「不論如何，自然還是得說聲謝謝的。」夏玉華微微笑了笑，此刻倒是覺得莫陽人雖清冷，不過心性卻當真不錯。

「妳是其仁的朋友，我自然不能不理。若是讓他知道妳在我這茶樓裡被人欺負，那小子一定會找我麻煩的。」莫陽並不想讓夏玉華想得太多，因此很自然的將李其仁這一層關係給說了出來，現在想想他剛才之所以會去而復返，十有八九還真是擔心日後被李其仁責怪。

聽莫陽提到李其仁，夏玉華心中倒是有些小小的擔心，若是讓李其仁知道今日之事，以他的性格一定會去找鄭世安理論的。可她並不想李其仁再因為自己的事而生出什麼事端來，因此想了想後朝莫陽說道：「莫公子，今日之事我並不想鬧大，讓人知道總歸對誰都不好，所以還請公子……」

「放心，我明白的。」莫陽說道：「我這茶樓的人絕對沒有誰會向任何人洩漏半個字的。」

「謝謝！」見狀，夏玉華倒也沒有再多說什麼了，莫陽這人一看就是個極其聰明之人，倒是她有些想多了。

莫陽略微點了點頭，算是接受了夏玉華的道謝，有時候，有些謝意就大方接受，如此一來對方也會安心些。

「我送妳下去吧，妳出來也有些時辰了，趕緊回去吧。」莫陽說罷，轉身往外走，在前邊帶路送夏玉華下樓去。見狀，夏玉華也沒有再說什麼，跟著莫陽一併往外走。

看到小姐總算從雅間出來了，鳳兒連忙迎上前來，她所待的地方離雅間較遠，因此根本不知道裡頭發生了什麼事，不過剛才突然見到世子竟然從那裡頭氣沖沖的走了出來，一時間自然有些擔心不已，心想約小姐的人明明是雲陽郡主，怎麼世子也會在呢？

轉念一想又怕自己弄錯，畢竟這裡是誰都可以來的地方，因此只得繼續等著，所幸沒一會兒工夫小姐也出來了，而且莫公子也在。再見到小姐神色一切正常，倒也稍微放下心來，沒有急著出聲當著別人的面多問什麼。

下了樓，夏府的轎子已經抬到了茶樓門口，莫陽看了看後朝夏玉華問道：「需要我找人護送嗎？」

「謝謝，不過倒是不必了，除了轎夫以外還有兩名侍從跟隨，都是我爹爹專門安排的練家子，莫公子不必擔心。」夏玉華自然不想再麻煩莫陽，再說也的確是沒有太大的必要。

聽到這話後，莫陽點了點頭，也沒再多說。夏玉華正準備轉身上轎之際，卻聽一旁傳來一串銀鈴般悅耳、清脆的笑聲。

她不由得被那陣清新而爽朗的笑聲所吸引，停住了腳步側目一看，卻見一名十四、五歲的少女正朝著她與莫陽這邊走來。

那少女面容姣好，身材高眺，繫粉色長披風，頭髮未綰，只是攏成最簡單的馬尾再用髮帶隨意的束在腦後，渾身散發出一種率性的靈動，讓人眼前一亮。

第三十七章

少女很快便走了過來，在夏玉華身旁停下，一副毫無顧忌的樣子上下左右的打量著，目光中的好奇與興趣半絲也沒有掩飾。

只不過片刻的工夫，少女神情突然一變，扭頭朝一旁的莫陽發脾氣道：「好呀莫陽，我說你怎麼半天都沒來，害我等得都不耐煩了，原來是在這裡私會他人！你給我把話說清楚了，她是誰？你們又是什麼關係？」

少女雙手插腰，一臉的不高興，杏眼圓睜，櫻唇微噘，明明是在發脾氣卻還是給人一種特別的美感，即便看上去有些不講道理可偏偏讓人無法生氣似的。

夏玉華一點也沒有被這少女說的話所影響，反倒面帶微笑地看著這一幕，對於少女還隱約目露欣賞。

「菲兒別胡鬧，妳怎麼又一個人跑出來了，讓……」而莫陽卻好像習慣了似的，只是輕責了一句，可話還沒說完卻被那少女給打斷了。

「我哪有胡鬧，明明是你不對來著！」被換作菲兒的少女見狀，索性直接上前抱住了莫陽的胳膊，滿臉委屈地說道：「昨天你還說會好好對菲兒來著，現在便當著別的女孩面訓斥菲兒，你是不是不喜歡菲兒，喜歡她了？」

菲兒邊說邊騰出一隻手指向夏玉華，目光之中流露出濃濃的挑釁，當然還有一絲隱隱的狡黠。

莫陽一聽，這會兒倒是有些急了，下意識的抬眼看了夏玉華一眼，似乎很窘迫一般。不過，他卻依然沒有推開菲兒的手，只是再次解釋道：「沒有，菲兒想多了，夏小姐只是茶樓的客人罷了，並不是妳想的那般。」

這樣的解釋似乎足以說明一切，不過菲兒卻還是不滿意，依舊逼問道：「我才不相信呢，什麼客人這般重要，還需要你親自送到這兒？我看出來了，你就是對她有意思，對不對？」

這一回，莫陽沒再理會菲兒的胡鬧，只是朝著夏玉華說道：「抱歉夏小姐，讓妳見笑了，我還有些事，就不遠送，請走好。」

說罷，莫陽微微朝夏玉華點頭示意了一下，而後便要轉身離開，結束這個讓他有些尷尬不已的處境。

「不許走！」菲兒卻一把拉住莫陽，硬是不讓走，而後又朝著想要上轎離開的夏玉華大聲說道：「還有妳，也不許走！我的話還沒說完，誰都不准走！」

「妳這人怎麼這麼不講理，我家小姐可沒怎麼惹妳，妳怎麼能這般蠻橫？」鳳兒倒是有些看不下去了，這會兒工夫還不護主那真是太傻了，因此直接便朝著菲兒質問起來。

見狀，莫陽倒實在是有些過意不去，正準備出聲向夏玉華再次道歉，沒想到夏玉華卻是比他先出聲了。

「鳳兒不得無禮！」夏玉華朝鳳兒揮了揮手，示意她暫且退下，而後又朝著菲兒微笑著說道：「莫小姐還有什麼吩咐，只管道來，玉華洗耳恭聽便是。」

「莫小姐？」菲兒沒想到竟然這麼快被人給識破，一時間顯得很不可思議，她鬆開了纏著莫陽的手，轉而滿是疑惑地朝夏玉華說道：「妳怎麼知道我姓莫？我以前沒見過妳呀？難道是莫陽告訴妳的？也不對呀，我這不才剛來嗎，他哪有機會說呀？」

夏玉華被眼前少女自言自語的可愛樣給逗樂了，其實菲兒一來她便認出了菲兒的身分。只不過見這小丫頭一個人在這裡演戲演得這般歡樂，倒是有些不忍當場揭穿罷了。

莫菲應該是莫陽同胞的親妹妹，其實說起來夏玉華與莫菲之間還有點緣分。上一世的時候她曾經在一次郊外踏青時遇到過莫菲，兩人也算是不打不相識，脾氣頗為相投，說話也十分投機。

只可惜後來沒多久，夏玉華便嫁給了鄭世安，之後再也沒有機會見過莫菲。莫菲與上一世的自己有著許多的相似之處，但又不完全相同，大膽、直率、敢作敢為，卻不會如她一般任性而盲目固執。

所以憑心而論，不論是上一世的自己還是這一世，夏玉華對莫菲的印象都十分不錯，只是沒想到這一世她們會以這樣的方式重新相見、相識。

「我不但知道妳姓莫，還知道妳是莫公子的妹妹，是莫家的五少小姐，但這並不是莫公子告訴我的，而是我猜出來的。」夏玉華笑得很是真誠，臉上散發出一種對於莫菲實實在在的親近與喜歡。

這樣發自內心的親近與喜歡極富感染力，不但莫菲感覺到了，甚至於連一旁的莫陽也能夠察覺到。

夏玉華無意識中對她散發出來的這種喜愛，莫菲顯得很是高興，不由得對眼前這個淡定從容而富有親和力的女子有了幾分好感。

「妳猜得真準！那妳能告訴我，妳是怎樣猜出來的嗎？」她一臉好奇地追問著。

夏玉華見狀，自然也沒有拒絕，笑著說道：「妳一來便直接稱呼莫公子為莫陽，這說明了你們之間關係非常親近，妳雖然故作生氣，但神色之間卻並沒有半絲醋意，這又說明了你們之間並非是妳所刻意表現的那種關係。」

頓了頓，看到莫菲不住點頭的可愛模樣，夏玉華繼續說道：「還有，雖然我只見過莫公子兩次，不過卻看得出他是個性子比較清冷之人，但對妳卻這般寵溺而忍讓，除了自己最疼愛的寶貝妹妹，還能是誰呢？」

「妳分析得太好了，比起衙門裡頭那些專門斷案的還要厲害！」莫菲滿臉的佩服，她向來便是有什麼說什麼的人，碰到自己喜歡的人，自然也不遺餘力的讚揚。

夏玉華笑了笑，心中倒是有些不好意思了。「多謝莫小姐誇獎。」

「叫我菲兒吧，我家裡人都這般叫我！」莫菲高興地說道：「剛才我見哥哥似乎在跟妳說話，一時間便起了作弄之心，倒是沒想到竟一早被妳識破，難怪妳一點也不生氣，呵呵！對了，我還不知道妳叫什麼名字呢！」

莫菲這會兒早就將一旁的什麼親大哥給忘到腦後了，顧自地跟夏玉華開心說著話，一副相見恨晚的樣子。「還有，我很快就要滿十五了，妳多大年紀？看妳已經綰髮，應該比我大吧，那以後我可以叫妳姊姊嗎？」

她一口氣說了一大串，而後滿臉期待地看著夏玉華，如同早已認識了許多年的舊友一般，沒有半絲生疏感。

「我叫夏玉華，即將十六歲了，妳若願意當然可以叫我姊姊，我也不介意有一個像妳這般聰明可愛的妹妹。」夏玉華很自然的被莫菲引發了潛伏在體內的那份天性，二話不說便應了下來，她記得上一世她與莫菲見面時，似乎也有過這般愉快的交談。

聽到夏玉華的答覆，莫菲開心不已，拍著手笑著說道：「太好了，以後我又多了一個好姊姊了！夏姊姊，走，為了慶祝今日的相識，咱們一起喝一杯去！」

說著，她伸手便拉著夏玉華想要去喝酒，不過卻被一直給晾在一旁的莫陽攔了下來。

「菲兒又胡鬧了，女孩子家的動不動就跑到外頭喝酒，像什麼樣子？」莫陽一把將莫菲給拉到了自己身旁。「還有，人家夏小姐要回去了，沒人會陪妳一起瘋的。」

說罷，莫陽略帶抱歉地朝夏玉華說道：「不好意思，小妹生性頑劣，倒是讓夏小姐見笑了。時辰不早了，我們便不耽擱夏小姐回府了。」

「無妨，菲兒可愛得很，哪來見笑一說。」夏玉華自是不會在意，轉而朝著一旁被莫陽給阻攔而一臉不高興的莫菲說道：「菲兒，今日我出門已久，再不回去的話，怕家人會擔心，不如咱們改日再約，一併聊天小聚，玩個盡興如何？」

菲兒一聽，這才臉色緩和了些，連連點了點頭。「那夏姊姊可別忘記了哦，夏姊姊要是有空了，便讓人去莫府知會我一聲就行了，我保證隨叫隨到！」

聽到這話，夏玉華不由得笑了起來，而莫陽則實在有些無語，還隨叫隨到，這都成什麼樣了，怎麼話一到這丫頭嘴裡就完全變了味了。

「放心，不會忘的，我先走了，菲兒有空時，也可以去大將軍王府找我。」夏玉華說罷，便不再逗留，轉身上了軟轎，很快便離開。

望著漸漸遠去的轎子，菲兒半天沒動，直到莫陽拉著她往裡走，她這才猛的驚跳了一下，一臉恍然大悟地朝著莫陽說道：「哎！原來夏姊姊就是那個大將軍王的女兒呀！三哥，你怎麼認識她的？怎麼不早些告訴我呀？你不知道，我聽過有關她許多的傳言，好的、壞的，舊的、新的，只要是與她有關的我一個都沒有遺漏過的。老早我就想要見她一面、認識她，只可惜一直沒有這個機會罷了。」

「菲兒，妳那麼想要認識她做什麼？」莫陽已經被自己這個妹子弄得有些迷糊了，這一驚一乍的真不知道她成天在想些什麼。

見莫陽一臉不解的樣子，莫菲不由得搖了搖頭，一副連這都不明白的表情，看著自己這個有夠木訥的三哥，真不知道爺爺他們怎麼都說三哥最聰明，依她看，三哥還沒有夏姊姊那般聰明呢。

「三哥，你也太笨了吧，難道你以前就沒聽說過關於夏姊姊的那些傳言嗎？」莫菲挑了挑眉，一臉興奮地說道：「夏姊姊可是我最仰慕之人，我自然是想與她結識呀！」

「妳仰慕她什麼？在她轉變之前還是轉變之後？」莫陽一聽，更是對自己這個妹妹的想法無法理解了，他還從沒聽說過有人會仰慕一個流言蜚語多如牛毛之人。

更何況關於夏玉華的那些傳言裡不好的內容可是占多數，真不知道他這個妹妹怎麼單單憑著所聽到的各種良莠不齊的傳言，便會輕易的仰慕起一個人。

向來他便不是一個輕信之人，哪怕是親眼見到也會再好好分辨一番，從不輕易作出判斷。特別是親眼見過夏玉華之後，更是如此。他發現那些傳言根本就沒幾個是正確的。

以前的那些傳言就先不提，畢竟那個時候他也不認識夏玉華，更沒有見過她本人，而現在的這些傳言他卻是完全能夠肯定全都不夠客觀，且過於偏頗。

在他看來，現在的夏玉華既沒有傳言所說的那般一改先前所有的脾氣，變得溫順賢慧，更沒有傳言所說的那般霸道刻薄：其實，用內秀通透、克制而不失膽識這樣的形容才算真正客觀一些。

聽了莫陽的話，莫菲倒是眼睛一亮，不由得拍了拍莫陽的肩膀，滿臉興奮地說道：「行呀三哥，聽你這話，想來夏姊姊的事你平時也沒少聽說吧，我還以為你半點也不感興趣，什麼都不知道呢。」

莫陽心中頓時有些不太自在，其實先前他倒還真是沒有注意過這些，只是偶爾聽人說過一點點。但上次自從李其仁帶著夏玉華到茶樓來之後，他也不知道怎麼回事，有意無意的倒是將外頭那些與夏玉華有關的傳言都給聽了個完全。

不過，他的神情並沒有半絲異常，依舊簡單地說道：「那麼多的傳言，多少總會聽說一些的。」

見狀，莫菲倒也沒再追問，點了點頭回答莫陽先前的問題道：「對於我來說，夏姊姊不論是轉變之前還是轉變之後都讓我很是喜歡。」

「為什麼？」莫陽反問了一句。

「因為在我看來，無論是轉變之前還是轉變之後，其實夏姊姊最本質的特點一直都存在。」莫菲這回的答覆倒是爽快無比，徑直點明道：「那就是，敢愛敢恨、敢做敢當、同時拿得起又放得下；還有，她勇敢而堅強，從不在意別人的看法，活得比誰都要自在！比起長年都只能關在閨房中自嘆自憐的可憐女子來說，夏姊姊就是我心目中的英雄！」

這一番話頓時讓莫陽怔了一下，不過隨後他卻很快回過神來，拉下臉訓斥莫菲道：「三哥總算是聽明白了，原來菲兒還嫌現在自己的日子不夠自在！妳看看妳，一個女孩子家成天的四處亂跑，若是再讓妳自在，怕是得飛上天去了……」

聽了莫陽的訓斥，莫菲瞬間頭都大了，娘親一天到晚就是這般嘮叨著她，這才好不容易找著機會跑出來一趟，她自然不想將時間白白的浪費在再次聽三哥嘮叨上面來。

「行了行了，你這些話我都可以背出來了！人生苦短呀，在我還沒嫁人之前，你就讓我多自在自在吧，要不然日後就算你想管教也根本找不到機會了，求求你了三哥，今日就先放過我，讓我好好玩玩吧！」

菲兒索性耍起賴來，邊說邊直接將莫陽往茶樓裡頭推，而莫陽確也拿自己這個妹妹一點辦法都沒，只得搖了搖頭任由著她去了。

日子過得極快，轉眼到了冬末，京城已經下過好幾場雪了，不過先前都不算太大，而這一場鵝毛大雪，下了一整個晚上，直到天快亮時才停了下來，也將外頭的天地裝扮成一片粉妝玉琢。

一大早起床便看到這樣漂亮的雪景，夏玉華不由得心情很好。連忙讓鳳兒服侍她洗漱穿戴好，連早膳都等不及用，直接便繫上純白色的狐毛披風走出屋子，想去園子裡頭四處轉轉，好好欣賞整個冬天以來最大的一場雪。

到達前院時，這才發現原來還有人比她起得更早。伴著夏成孝開心無比的笑聲，她很快便看到了成孝在雪地裡不停跑來跑去的快樂身影。而旁邊還堆好了四個大小各異的雪人，看上去倒是可愛無比。

見到夏玉華也過來了，成孝高興的叫著姊姊，並且拉著夏玉華一併去看他剛剛堆好的雪人。

「姊姊妳看，這些都是成孝堆的！」成孝自豪的說道：「小狗子他們想要幫忙，我沒讓。」

夏玉華連忙看了看成孝已經凍得通紅的小手，邊將自己暖手的手爐塞到成孝手中，邊責備一旁的奴才不知道侍候好主子，這大冷天的也沒給備個手爐之類的隨身暖著。

「姊姊別怪他們了，我一點也不冷，身體壯實著呢！姊姊妳來看。」成孝顯然一點也不在意，興致勃勃的拉著夏玉華，指著面前的四個雪人一一說道：「這個是爹爹，這個是娘親，這個是姊姊，還有這個最小的是成孝！這是我們一家人，所以成孝要一個人單獨完成，不能讓那些奴才幫忙的。姊姊喜歡嗎？」

聽了這話，夏玉華心裡頭頓時湧現一陣暖意，如同見到冬日裡的陽光一般，溫暖無比。看著成孝目光中的喜悅，她亦快樂無比。「成孝堆得真好！姊姊很喜歡，我想，一會兒兒爹爹與你娘看到了，也一定會很喜歡的。」

摸了摸成孝的頭，她突然發現這個弟弟似乎又長高了不少，一時間倒有些感慨日子過得實在太快，重生至今已將近一年了。

「姊姊，這是我送給妳的第一個生日禮物，不過估計再過兩天，這些雪人便都要融掉了。」夏成孝略帶惋惜地說著，可很快的語氣一轉，再次高興地說道：「不過到時成孝還有第二個生日禮物要送給姊姊的，那個禮物可以一直保留下去，永遠都不會沒有的！」

「生日禮物？」夏玉華突然聽成孝提到這個，這才記起再過三天便是她十六歲的生辰，心中不由得一陣唏噓。這是她人生中第二個十六歲，在這個充滿轉折的十六歲中，但願一切都能夠平順安好！

看到姊姊似乎有些出神了，夏成孝只當姊姊是不記得自己生辰一事，連忙拉了拉她的衣袖道：「姊姊不記得了嗎？三天後便是姊姊的生辰，娘親還說那天要親自下廚給姊姊做壽桃和壽麵。」

聽到夏成孝說的話，夏玉華很快回過神來，她笑著牽起夏成孝的小手說道：「姊姊記起來了，不過到時成孝還要送給姊姊什麼禮物呢？」

「這是秘密，現在不能說的，到時姊姊自然就知道了。」夏成孝一副神秘兮兮的樣子，眼睛都快笑成一條小縫了。

「那行，反正再過幾天就知道了，成孝都忙了一個早上，現在咱們一起去用早膳吧！」見狀，夏玉華自然也沒再多問，笑嘻嘻地牽著成孝往前廳而去。

其實差不多一個月前梅姨便問過她今年生辰想如何過，還問她要不要宴請一些朋友之類的，只不過她覺得並不是多重大的事，沒必要太過操辦；再者，如今整個夏府都被盯得死死的，她也不想讓人乘著這樣的機會找父親的麻煩。

有些道理在任何時候都是一樣，多做多錯，少做少錯，不做便不會錯。因此她便告訴梅婕不必知會外人弄什麼慶賀宴會的，自個兒一家人聚在一起吃個飯意思一下就行了。

用過早膳，成孝便去學堂了，而夏玉華則被父親給叫住，說是還有些事要跟她說。

很快的，便看到三個僕人各自端了一個托盤走進來，每個托盤上都擺放了好幾樣大小各異的禮盒，僕人們依次站成一排，而後陸續放下禮盒。

待僕人們都退下後，夏冬慶這才起身走到桌前，將其中一個托盤上的兩個禮盒打開來。

「玉兒，妳過來看看這些東西。」

夏玉華探身一看，其中一個禮盒裡面放著一對價值連城的鳳血翡翠鐲，而另一個則是一把鑲嵌了許多稀有寶石的匕首，一看便知道不是普通的東西。

「爹爹，這是怎麼一回事呀？」見狀，夏玉華不由得問道：「這些應該不是咱們家的東西吧？」

第三十八章

夏玉華很清楚自己家中根本不可能有這些東西，其他那些沒打開的就不說了，光說眼前看到的那對鳳血翡翠鐲便算得上價值連城；還有那把匕首，上面鑲的寶石亦是極其罕見，不比那對鐲子差。光這兩樣東西就比家中現有的最好的物件都要值錢。

見狀，夏冬慶也沒有再賣關子，徑直說道：「這些東西都是妳東方叔叔派人快馬加鞭特意送過來的，說是駐守西北的那些將領給妳準備的生辰賀禮。他們的意思是去年因為事情太多，錯過了妳的成年禮（注），連件禮物都沒來得及送，所以今年便一併補上。」

夏冬慶的神情看不出什麼開心之處，反而還有一種說不出來的正色，彷彿對這事有其他看法似的。

夏玉華聽了，這下才明白過來是怎麼一回事，覺得這事怎麼看都讓人覺得有點奇怪。父親提到的東方叔叔是現在鎮守西北邊境的副帥，也是父親這麼些年來出生入死的好兄弟之一。夏玉華以前也見過不止一、兩次，還有另外一些將領也都曾見過，全是父親的左膀右臂、生死兄弟，關係極其親密。

注：成年禮，古時成年禮指冠禮和笄禮。男子滿二十歲時舉辦冠禮，即加冠，表示已成人，之後可以娶妻。女子則是在滿十五歲時舉辦笄禮，及笄之後可以嫁人。

正因為有了這些人全力擁護與支持，所以父親這兩年才能夠安枕於京城，即便面對著皇上的猜忌與不少朝臣的暗中打壓亦能夠巍然不倒。

原本這些人給她送生辰禮物也不是什麼特別之事，除了去年因為邊境正值多事之秋外，以往每年她過生辰都能夠收到這些叔伯們命人送過來的禮物。但問題是，往年的禮物大多都是些比較普通的小東西，甚至許多都是他們親自製作的，純粹只是一種真心的祝賀罷了。

而今年，眼前的這些東西實在是大大出乎意料，夏玉華不敢相信，以東方叔叔他們現在的家底，怎麼可能一下子拿出這麼多的好東西來？

父親向來治軍甚嚴，因此軍中風氣頗為清廉，而那些叔伯們也都深知父親的秉性脾氣，怎麼可能會做出一些反常的舉止來呢？

夏玉華微微想了想，朝著父親說道：「爹爹，東方叔叔他們怎麼會有這麼多好東西？而且，他們明知您最反感這些事情了，為何還會明知故犯？這中間是不是有什麼誤會？」

夏冬慶原本心中早就已經惱火不已，這會兒見女兒並沒有被那些所謂的好東西吸引住，反倒清醒無比，內心多少感到些安慰，心想總算還有個明理的。

他嘆了口氣，搖了搖頭道：「誤會怕是不至於，送東西來的人是妳東方叔叔的親信，錯不了的。這些送過來的還只是一部分，想來他們那裡好東西更多！為父因為皇上的關係，已經兩年沒有親臨西北邊境，卻是沒想到妳東方叔叔竟然已經到了如此驕縱奢侈的地步！」

「爹爹不必過早下結論，興許事情並不是您所想像的一般，畢竟這麼多年以來，東方叔叔他們一直都是您帶出來的，他們的秉性您應該最清楚不過。」夏玉華勸說道：「玉兒以為，東方叔叔不是那種貪婪之人，什麼是應該拿的，什麼是不應該拿的，不會不清楚。」

「誘惑面前，又有幾個人能夠把持得住，始終不變呢？」夏冬慶說道：「為父擔心妳東方叔叔能夠禁得起戰場上的血雨腥風，卻不一定抵擋得住官場上的紙醉金迷。有些事一旦嘗到了甜頭，想打住的話，怕是很難！」

「那爹爹打算如何？」夏玉華知道父親對東方叔叔他們的感情，因此說道：「要不然，爹爹讓人將禮物送回去，並且修書一封，好好規勸一番。他們向來都最聽您的話了，一定會聽從您的勸告有所收斂；再者他們都是國家社稷的功臣，現在又肩負著鎮守邊境的重任，只要在沒釀成大禍前就此收手的話，想來朝廷也不會太過較真兒的。」

「玉兒，為父想的與妳差不多，這些東西自然得送回去，而妳東方叔叔他們，我也得管一管。不過，光靠一紙書信，怕是根本起不了太大的作用。所以，為父想親自去一趟西北邊境，只有我親自去，他們才有可能聽得進去，也才有可能重新改過。」夏冬慶看著寶貝女兒，倒是沒有隱瞞自己的想法。

而聽到這話，夏玉華卻是坐不住了，她不由得上前兩步道：「爹爹不可，這個時候您怎麼能夠親自去西北邊境呢？皇上雖然沒有拿回您手中的兵符，也沒有取消您西北大軍大統帥的封號，可是卻明令禁止過，無詔不可私自離京，更何況是去西北邊境與東方叔叔他們見面！」

「玉兒，為父知道妳的擔心十分在理，可這一趟卻是不得不去。否則，就算是現在為父置之不理得以自保，他日妳東方叔叔他們出了事的話，照樣也會牽扯到為父身上。為父與他們早就是一體，一榮俱榮、一損俱損！」

夏冬慶堅定說道：「這事我已經打定主意了，所以妳不必再勸為父。今日為父單獨留下妳跟妳說這些，是因為怕我走後，光靠妳梅姨一個人不足以應付所有的事情，所以才會提前將一切告知於妳，讓妳與妳梅姨幫為父一併演一場戲，不讓外人起疑。」

聽到這些，夏玉華的確無法再勸說什麼。父親說得對，就算現在避開面前的風險不去理會，可是日後一旦東方叔叔他們出了什麼事的話，父親照樣也逃不了干係，甚至有可能會成為讓他身敗名裂的導火線。

再者父親似乎已經想好了偷偷離京的對策，因此她唯一所能夠做的便是儘量幫父親平安度過這一次的風險。

「爹爹想要玉兒怎麼做？」如此，倒也沒有什麼好猶豫的了，父女之間也不需其他任何表面的話語，有的只是全心全意的信任。

見狀，夏冬慶示意夏玉華靠近一些，而後在女兒耳畔低聲嘀咕了起來。

交代好一切之後，父女倆便各自去忙自己的事情。夏冬慶還有好些事要去做準備，等到玉華生辰過後便要開始行動，而夏玉華亦是如此，時間緊迫，她必須抓緊些才行。

隔天，有婢女手中捧著一個大錦盒進來稟告，說是清寧公主府派人送過來的，是給夏玉華的生辰賀禮。一聽是清寧公主府，夏玉華自然便知道這東西肯定是李其仁送的，沒想到他竟知道自己即將過生辰了。

夏玉華自己並沒有急著想知道錦盒裡頭裝的是什麼，倒是一旁的鳳兒好奇不已，輕聲朝小姐詢問了一聲，見小姐並沒反對，連忙高興的上前去將盒子打開來讓小姐過目。

「哇，小姐，妳快看，是一隻木雕的小老虎，好可愛呀！」鳳兒歡喜不已，連忙將那尊小老虎的木雕抱了過來遞給夏玉華看。

接過來一看，竟然還能夠十分清晰的看出這是一隻年歲不大的幼虎，活靈活現的，神情還帶著幾分憨態，果真可愛得很。

夏玉華也不由得笑了起來，暗道這李其仁果然就是跟旁人的想法不太一樣，上次雲陽生日時送的也是些極為可愛的小玩偶，不似其他人那般金呀玉呀的俗禮。

「小姐，這盒子裡頭還有一張小信箋。」香雪卻是比鳳兒細心多了，檢查了一遍盒子，將鳳兒剛才遺漏的東西呈了上來。

見狀，鳳兒臉一紅，自是很不好意思，剛才只顧著看那隻惹人歡喜的小老虎，根本沒想到要查看盒子裡還有沒有別的什麼東西。

幸好小姐的注意力很快便轉移到了那張小信箋上寫的內容，接過小姐遞過來的小老虎，鳳兒趕緊老實的站到了一旁候著，再也不敢得意忘形了。

信箋上也沒寫太多內容，只有簡單兩行字，說明這隻小老虎是李其仁自己一刀一刀雕刻出來的，希望夏玉華會喜歡。

收好信箋，夏玉華不由得笑了，還真是沒想到李其仁有這樣一手出色的雕工，如此用心而富有新意的禮物，她又怎麼會不喜歡呢？

「香雪，把這個放到那邊書櫃第二層。」重新又把玩了好一會兒，夏玉華這才指了指屋子北邊書櫃上那個比較顯眼的位置，示意將這隻小老虎擺到那裡去。

香雪見狀，連忙笑咪咪的應了。看得出小姐是真心喜歡小侯爺送的這份禮物，不過別說是小姐，怕是任何一個女孩子見到這麼可愛的禮物都會歡喜的；更何況這小老虎還是小侯爺親手為小姐雕刻的，單憑這份用心就比什麼都可貴了。

東西剛剛放好，外室又傳來先前婢女的請示聲，說是又有人送來了禮物。

夏玉華喝了一口茶，不由得笑了起來，看來她現在已不似以往那般不受歡迎，前幾天杜姊姊與上次兩位貴人姊姊已經讓人提前送了禮物來，再加上今日李其仁，還有這會兒外頭又送過來的，倒是沒想到知道她生辰的人竟然也不少。

「進來吧！」見小姐微微點了點頭，香雪便將外頭的婢女給叫了進來。

婢女進來後，將手上的長條形錦盒恭敬呈上。「小姐，剛才管家將這個送了過來，說是有人將此物送到大門口，指明了是給小姐的生辰賀禮。」

看著那錦盒的模樣、大小，應該是什麼字畫之類的，夏玉華直接問道：「東西是哪個府上送來的？」

「回小姐，管家說送東西的人並沒有報上名姓，而且那人也已經早早離開，所以奴婢並不知情。」這婢女心中也有些納悶，今日連著碰到這樣的事，還真是有些稀奇了。

往常要是送賀禮之類的，誰不是等著拿了賞銀才走的，今日倒好，一個比一個怪，這回索性連名姓都沒留，直接將賀禮放下便走了。

聽到婢女的回話，夏玉華也沒有再多問，直接揮了揮手，而那婢女也很是機靈，馬上便明白了主子的意思，將長形錦盒遞交給一旁的鳳兒之後，便自覺的退了下去。

「小姐，興許跟剛才小侯爺送的禮物一樣，這錦盒裡還有書信之類的，看了就能知道到底是誰派人送來的。」鳳兒這回自然是長了心眼，斷是不會再出現先前那樣的疏忽。

見狀，夏玉華點了點頭，示意可以將錦盒打開，先看看再說。鳳兒很快便將手中的錦盒放到了附近的桌上，小心的打開後發現裡面果然如她所料是一幅捲好的字畫，因此連忙先將字畫取出，再往空盒裡查看。

只不過，這一回她沒有遺漏，但送禮之人似乎漏了什麼，裡頭空空的，什麼也沒有。

「小姐，裡頭除了這卷東西以外，並沒有其他任何的信箋之類。」

鳳兒邊說邊雙手將手中卷軸呈給夏玉華，心中也嘀咕不已，不知這到底是怎麼回事。

接過那卷軸，夏玉華也有些不知所以，香雪見狀，連忙過去重新查看了一番，發現鳳兒果然沒說錯，裡頭此刻已經空空如也。

「小姐，既然是字畫什麼的，那是不是夾在裡頭呢？要不，先打開卷軸看看再說吧？」香雪估摸著卷軸裡頭一定會留下什麼訊息，否則的話，這禮豈不是白送了？哪有這樣送禮還不想讓人知道的人呢？

夏玉華略微點了點頭，卻是擺了擺手，並沒讓鳳兒過來打開卷軸，而是自己親手解開了紅繩，而後慢慢將卷軸展了開來。

但卷軸剛剛拉開一部分，夏玉華手上的動作卻不由得停了下來，一時間整個人都怔住了。

「天呀，小姐，這畫上的人是妳呀！」鳳兒不可思議地喊了出來，聲音夾雜著難以平息的興奮與驚訝，的的確確沒有想到這卷軸裡頭會出現如此讓人驚嘆的畫像。

香雪也是一臉驚訝不已，先前覺得不論是誰送的，但肯定應該都是比較名貴的字畫之類，卻是沒想到竟然會這般讓人無法想像。

「小姐，奴婢幫妳吧。」一見夏玉華半天都沒什麼反應，只是定定的望著那幅才露出一個頭像的畫卷，香雪小聲提議道：「奴婢與鳳兒幫妳將畫完全展開，呈給妳看吧。」

在香雪想來，這送禮之人應該就是這作畫之人，畫卷下邊一準會有什麼題字落款之類的，那樣便能一目了然看得出到底是誰送的了。

夏玉華終於回過神來，雖然沒有看完整幅畫，可是她心中卻已經有了答案，猜到了這送禮之人、或者說作畫之人到底是誰。因此她並沒有反對，如今回過神了也同意不如先將這畫看完整再說。

很快的，鳳兒與香雪兩人各自輕執一邊，將這幅畫完完全全的在夏玉華面前展了開來，這一下，不但夏玉華心中震撼不已，而鳳兒與香雪兩人也是一時間都說不出話來，完完全全被眼前所看到的美麗畫面所吸引住。

畫中的夏玉華正微閉著雙眼，半昂著頭，張開雙手站在一處風光如畫的山坡上，彷佛正沈醉在那一地的芬芳，靈動之感躍然紙上。那嘴角微微向上的弧度極其的迷人，給人一種十分愜意而滿足的溫暖與幸福，就連眼簾上的睫毛都清晰可見，如同真實存在似的，一根根長而微捲，甚至於還有種微微顫動的感覺。

整幅畫畫得實在是太過逼真，畫中的人如同隨時都有可能睜開眼，從畫中走出來站在面前似的，而那樣的姿態又將夏玉華最美的一面展現得淋漓盡致，如仙子一般散發著靈動的氣質，讓人幾乎有些挪不開眼睛。

連夏玉華都不知道自己竟然會有這般完美而迷人的時候，若不是這幅畫她真的根本無法想像。只不過，此刻她心中最大的感觸卻並不是這個，而是沒想到那天的那個時候，在她自認為那個天地只剩下她一人時，無所顧忌的模樣竟然都被在那棵樹上偷窺著的鄭默然看了個完全。

好一會兒，一旁看得入了神的香雪這才反應過來，笑著朝夏玉華說道：「小姐，這畫畫得真好，將妳的神韻全都表現無遺，猛一看去跟真人一樣，實在是太有意思了。看來，這送禮之人倒也是花了不少心思的。」

聽到這話，鳳兒這才將目光從畫上移開，四下看了看，一副失望的樣子說道：「小姐，這畫怎麼沒有任何題字，也沒有落款呀？這送畫之人到底是誰呀，怎麼弄得這般神神秘秘的，連個名都不留下。難不成還想讓咱們小姐當回提刑官（注）不成？」

香雪見狀，倒是沒有鳳兒這般著急，她看到自家小姐此刻早已是一臉淡定的樣子，估摸著已經猜出送畫之人到底是誰了，畢竟在小姐認識的人裡頭誰有這樣的畫功，又有可能知道小姐生辰並記得送賀禮的人肯定並不多。

「小姐，奴婢幫妳將這畫掛起來吧，妳看要放在哪個顯眼的位置呢？」香雪詢問著夏玉華的想法，在她看來，這幅畫不會比先前小侯爺送的木雕少用心，想來小姐也應該是極其喜歡的。

可是，這一回香雪卻是料錯了。只見夏玉華微微搖了搖頭，一副並不在意的模樣說道：「不必了，將它收起來放好就行了。」

香雪一聽，不由得朝一旁的鳳兒看了一眼，只見鳳兒也是一臉不明白的樣子，這麼好的一幅畫就這般收起來放回錦盒保存起來，似乎太過可惜了一些。

只不過，既然小姐這般說了，那麼自然是有她自己的考量，因此香雪也沒有多問什麼，點了點頭，按夏玉華的吩咐將畫給捲好放回錦盒，收了起來。

「這畫的事，妳們不要跟別的任何人提起，明白嗎？」夏玉華最後又吩咐道，不論那鄭默然到底是什麼意思，總之，她是不願讓父親還有家人再分出精神操心她的事了。

「是！」鳳兒與香雪連忙領命，微微朝那放畫的地方看了一眼，不再說什麼。

第二天，夏玉華按時到了歐陽寧家，今日除了解惑幾個問題，歐陽寧並沒再單獨講授什麼新內容。從第一次跟著歐陽寧出診之後，她後來又相繼跟著看診過其他不同的一些病患。特別是最近一次，她去了先生在京城開的那家義診堂，一整個上午，完全由她獨力進行診治、開方子等等，這讓她在實際經驗的積累上有了不小的收穫。

「玉華，這裡有些舊的病案以及對症開出的藥方，其中有一部分藥方與病案之間存在著問題。」歐陽寧不知道從哪裡拿出一些病案記要與藥方來，遞給夏玉華道：「妳現在坐下慢慢查看，將有問題的地方記下來，並且寫出正確的藥方來，一會兒我再來檢查。」

說完，歐陽寧便離開了書房，忙他的事去了，而夏玉華則很快便被歐陽寧交給她的那些功課所吸引住，她一份一份的查看了起來，馬上便進入了狀況。

一旁的筆墨紙硯早就已經準備好了，寫寫停停中，一個個有問題的地方不斷的被夏玉華挑出並記錄了下來。直到挑出了所有的錯誤之後，她這才一一開始重新開出藥方。

收筆之後，夏玉華又從頭到尾細細的檢查了一遍，再次抬頭時，卻見歐陽寧已經不知何

注：提刑，古代官名，是「提點刑獄公事」的簡稱。朝廷選派文臣每年定期到所轄的州縣巡查，審理疑難案件，清理積壓的舊案。

時站在面前。

「先生，我弄好了。」她舒心一笑，起身將手中記錄好的紙張遞給歐陽寧。

「我看看，妳先喝點茶休息一下。」歐陽寧接了過去，順手將手中的茶杯放到了桌邊。

很快的，歐陽寧便將夏玉華剛才所寫的東西看了一遍，他點了點頭，看向正在那裡喝茶的夏玉華道：「速度挺快的，錯處全部都挑了出來，重新開的方子也沒有什麼不對的地方。只不過有一點妳得注意，那就是有些藥材比較昂貴，不是所有病人都能夠用得起，所以在開方子的時候，儘量考慮周延一些，可以的話用一些藥效相同的普通藥材來代替。」

「先生說得在理，玉華記住了。」夏玉華倒還真是疏忽了這一點，經歐陽寧提醒後馬上記了下來，所謂的醫者的確應該如先生一般處處為患者著想才行。

整體來說，夏玉華已經做得十分不錯了，因此歐陽寧也沒有再多說這方面的問題，他放下了手中的紙張，轉而朝著夏玉華說道：「劉嬸今日難得做了一桌子正宗的于陽菜，妳要不要一起嚐嚐？」

夏冬慶的老家便是于陽，因為距離太遠，所以夏玉華回去老家的次數並不多，但對於當地正宗的于陽菜卻是非常喜歡的。

聽了歐陽寧這話，她很是吃驚不已，這可是歐陽寧頭一次開口留她在這裡用飯，而且還準備了道地的于陽菜，實在是太出乎她的意料。

第三十九章

這樣的邀請，夏玉華自然沒有理由拒絕，笑咪咪地跟著歐陽寧到了前廳，卻見歸晚已經在那裡對著一桌子好吃的菜流口水了。

「先生、玉華姊姊，你們總算來了，趕緊坐下來吃吧，涼了味道就不好了。」歸晚也是個好吃的主兒，以前他曾吃過一次劉嬸做的于陽菜，那味道沒得說，現在想想還直流口水呢。

只可惜，那于陽菜做起來極其麻煩，而且食材也不太容易找，特別是這種季節，若想吃頓正宗的于陽菜那可是件極難的事。因此劉嬸平日裡也沒有再特意做過，而先生也是好幾天前才吩咐讓劉嬸準備食材什麼的，如此方有了今日這一桌正宗道地的于陽菜。

「都坐下吃吧，不必拘禮。」一見夏玉華一臉的欣喜，歐陽寧也沒多說什麼，自己率先坐了下來開始用飯。

見狀，歸晚與夏玉華自然高高興興的跟著坐了下來，面對美食也沒什麼好客氣的，拿起筷子便尋著自己喜歡的先下手而去。

東西味道真的沒得說，夏玉華邊吃邊不時的點頭肯定著，看來這劉嬸絕對也是于陽人，而且還是個廚藝極好的于陽人。

有些菜夏玉華還能夠說出名稱，可有些菜式顯然應該是新菜式，好在歐陽寧倒是清楚得很，邊吃邊偶爾說上兩句，替忙著吃的夏玉華與歸晚隨意的解說菜名以及所用到的一些食材等。

總之，這一頓飯吃下來，歐陽寧吃得不多，夏玉華這回卻是跟個孩子似的一點也沒有客氣，直吃得肚皮都撐得不行了，這才心滿意足的放下碗筷，而歸晚則更是誇張，不時的摸著肚子直道晚上都不用再吃了。

見狀，歐陽寧不由得笑了起來，目光之中流露出濃濃的開懷。「喜歡吃的話，日後有機會再讓劉嬸做便是。」

「先生，哪裡可能經常有這樣的機會，我聽劉嬸說弄這些挺麻煩的，做起來費功不說，有些食材還是特意從好遠的地方專門找來的。」歸晚此刻也顧不得什麼形象了，半趴在桌子上道：「要不是託玉華姊姊的福，今日哪有這麼些好吃的。不抓緊機會多吃一些，下一次還不知道要等到什麼時候了。」

聽到這話，夏玉華頓時有些疑惑起來，難不成這頓飯還是專程為她準備的嗎？她不由得朝歸晚看去，希望這個話多的小子能夠說個明白。

歸晚見狀，知道夏玉華肯定沒怎麼明白，正準備再次出聲解釋，卻被歐陽寧給打斷了。

「好了，多吃便多吃，成天還能找出這麼多的理由來。」歐陽寧朝歸晚道：「吃好了便散了吧，歸晚，去找劉嬸過來收拾一下，玉華也早些回去，省得家裡人擔心。」

聽到這話，歸晚只得將已經到了嗓子眼的話給吞了下去，而後怪怪的看了一眼夏玉華，下了桌按歐陽寧的吩咐去廚房找劉嬸了。

而夏玉華自然也不好再多問什麼，隨後跟歐陽寧道過別後，也沒有再久作耽擱，自行離開了歐陽家。

夏玉華也不傻，先前先生開口留她吃飯時隱隱便有些奇怪了，不過當時她也沒有想太多，只當是湊巧而已，因為之前她聽歸晚說起過劉嬸是于陽人，所以會做正宗于陽菜倒也不出奇。

可是後來聽歸晚說起這些，她這才知道原來想在京城這裡吃上一頓正宗的于陽菜是多麼的不容易，怪不得這些年也沒見父親讓廚房的人弄過幾次。最後歸晚說這頓美味還是託她的福時，緊接著想要解釋什麼卻被歐陽寧給有意無意的打斷了。

至此，夏玉華自然便明白了過來，先生向來對她極好，對她的事也很關心，因此知道過兩天是她的生辰並不奇怪。而以先生這般實在的性子了，特意讓劉嬸準備這麼一頓正宗的于陽菜讓她高興也是他的行事風格。

只不過先生人好，向來做了什麼都不願意讓人有過多的感激，所以這次也一樣，並沒有刻意說明什麼，而是默默的做了便是。既然如此，她也沒有必要去點破，但這些點點滴滴的好，她卻是都會記在心中，永遠銘記、感恩。

接下來的兩天平安度過，夏府並沒有任何不同之處，但是隱藏在這一切風平浪靜之下，暗潮似乎已經接近。

今日是夏玉華的生辰，起身洗漱之後，香雪特意給她挑了一件喜氣些的粉色小襖，款式新穎不說，而且還十分暖和，下邊一圈白色的絨毛柔軟無比，光看著便讓人覺得溫暖不已。

進到前廳，夏成孝最先迎了上來，笑呵呵地跟姊姊道賀著，那歡喜的模樣，跟自己過生日一般，絲毫都不會遜色。一家人一番溫馨祝賀之後，夏冬慶率先讓人將自己送給玉華的禮物拿了出來，是一套上好的象牙箸，款式精巧，上頭的雕刻也極其精美。

阮氏送的是一件自己親手縫製的披風，從選料到做工，再到最後披風上的刺繡都是她一手完成，夏玉華很是感動，從那披風上頭感受到了一股濃濃的母愛，握在手中好久才交給一旁的香雪好好收起來。

最後輪到夏成孝時，他卻一副神秘的模樣說還不到時候，一會兒用過早膳後才能夠公布。夏玉華自然不會催促，之後一家子便都圍坐在一起用膳，除了廚房準備的豐富早膳以外，阮氏還親自給夏玉華做了壽麵與壽桃，阮氏手藝很不錯，做出來的東西色香味俱全，又用了許多的心思，所以夏玉華自然覺得味道更是出奇的好。

用過早膳後，夏成孝便牽著夏玉華的手往廳外而去，一行人便跟著來到了廳外一處空地，今日天氣還算不錯，積雪已經消融，久未露面的太陽也很賞臉的出來了，雖然上午的陽光並沒有什麼真正讓溫度上升太多，不過初春時節只需看到太陽便極其容易溫暖人心。

風和日暖，空氣中更是少了春寒料峭的氣息，而夏成孝臉上所洋溢出來的熱情更是讓眾人心中暖意四起。

幾句簡單的介紹過後，夏成孝竟然當眾打起拳來，只不過這會兒工夫他所打的這套拳卻有些特別。別的人可能都還看不出什麼來，不過夏冬慶自然一清二楚。

自己這兒子打的應該是平時他所教的其中一套拳法，但卻又並不完全是，這裡頭似乎被夏成孝改了不少，才形成現在這一套比較有意思的拳法。總體來說，成孝現在所打出來的這一套更加簡單，同時也更有專屬性。

與其說是拳法，倒不如說是用於強身健體更為合適。因為成孝似乎將原本拳法中那些力道性的難度動作全部都刪除掉，轉而加入了一些身體柔韌性訓練的動作，拳路也較先前要簡單得多，就算是對於一些從沒習武之人來說也是很容易上手的。

打完之後，夏成孝才公布答案，原來他剛才所打的拳，是他從父親教過的拳法中選取一套最為簡單的，而後經過自己的修改，令其成為一套適合女子用來強身健體的運動操。

「姊姊平日裡看書太多，坐的時間過久，又極少走動，長時間這樣的話對身子不好。」夏成孝一字一句極其認真地說道：「爹爹說過，人的身子最需要的便是運動了，成孝以為不僅僅是男兒，女子也是一樣！不過考慮到姊姊是女孩子，所以成孝特意將爹爹教的一套拳法修改了一下，學起來既簡單又實用，姊姊每天打上幾遍，保證身體會越來越好的。

「成孝就把這個當成禮物送給姊姊，而且還會找時間親自教會姊姊，姊姊喜歡嗎？」說罷，夏成孝一臉期盼的望著夏玉華，這份禮物可是他費了不少時間與心思才弄出來的，所以他肯定是希望姊姊能夠喜歡的。

看到這樣的情況，此時此刻，夏玉華無法用言語表達自己心中的感動與喜悅，那種被人如此重視，被人如此關心的幸福真的讓她無比的感動。

半蹲了下來，她拿出帕子替成孝擦了擦額頭上微微冒出的汗珠，異常認真的回答道：「成孝送的禮物是姊姊收到過的最好的禮物，姊姊特別特別喜歡，並且以後會好好跟著成孝學，每天好好的練習，絕對不會辜負了成孝對姊姊的心意！」

聽到這些，夏成孝高興無比，轉而愉快地朝一旁的父親與娘親做了個勝利的手勢，小孩子特有的天真可愛完完全全的在他身上展露無遺。

看到這一切，一旁的夏冬慶心中感慨無比，眼前和樂融融的一家子，讓他覺得自己再也沒有任何的遺憾，而唯一所要做的，便是不論如何也要給這一家人最大的保護，讓他們都能夠平平安安、快快樂樂的生活。

一兒一女在那裡有說有笑的教授、練習拳法，身旁的阮氏不經意的靠過來用手握了握他的手，轉過頭去，相視一笑，是那樣的溫暖、那樣的美好。

一家人給夏玉華簡單的慶生後，只見夏府後門走出一個四十多歲的大絡腮鬍漢子，那漢子長得極黑，滿臉的鬍子將一張臉遮去了一大半，看上去也不知道是打哪裡來的一個莽夫。

左右查看過之後，這個漢子便直接騎上馬往京城西門而去。

這個漢子正是在夏玉華的幫助下，已經易了容的夏冬慶。此刻他正式啟程，城外三十里處，有同樣易容的高手在那裡等著他，一路暗中護行。

第二天，夏府便傳出了夏冬慶身體不適，在家靜養的消息。

當然，這樣的消息也不是事先毫無準備便散布出去的，前幾天夏冬慶已經在朝中適當的做了一些表現，同時也有自己的人暗中配合，所以一開始也並沒有引起任何人的注意。

不過，夏玉華知道，裝病的話，時間短還可以，但時間過長的話便沒那麼容易了。所以，還有一些相對應的事情她也得去及時完成才行。

跟阮氏說了一聲之後，夏玉華便帶著人出門了，今日她要去的地方就是歐陽寧家，只不過這一次不是去學東西，而是代表大將軍王府去請名醫歐陽先生出診。

原本今日便不是她平常約定去的日子，所以到的時候，歸晚說這會兒先生正在會客。對此，夏玉華倒也沒有覺得什麼奇怪的，以歐陽寧的名氣，有求於他的人多得很，只不過絕大部分都已經被歸晚先拒之門外了而已。

說來，歐陽寧出診還有一些很特別的規矩，那就是小病不診、奸惡不診，無緣不診。無論求診之人送上多少診金，哪怕是搬來金山、銀山，只要不合他的規矩，都是不會出診的。小病不診、奸惡不診還好理解，而最後一個無緣不診，其實不過是一條用以拒絕那些品行不良、偽善之人的藉口罷了。

對於歐陽寧的風骨，夏玉華十分佩服，幸好自己父親倒是不在這三條規矩之中，只不過她心中並沒有把握，不確定先生這次會不會幫她一起來圓這個不得已而為之的謊言。

送走客人之後，歐陽寧很快便回到了書房，聽歸晚說夏玉華來了，在書房裡等著，心中倒是有些奇怪，不知道今日這個時候夏玉華來做什麼。

「玉華今日來有別的什麼事嗎？」他倒了杯茶給夏玉華，倒是猜不出什麼來意，因此便直接出聲詢問。

「謝謝先生！」接過茶杯後，夏玉華並沒有喝，略微遲疑了一下，而後說道：「先生，玉華想求先生幫個忙。」

「今日怎麼這般生疏見外？有什麼事直接說便是。」歐陽寧微微笑了笑，看向夏玉華的目光柔和不已。

見狀，夏玉華也不再客氣，徑直說道：「家父因為長年征戰，所以積累了一身的頑疾，前些天又舊病復發，身體極度不適，玉華想請先生辛苦跑一趟，給家父細細診治一番。」

聽到這話之後，歐陽寧不由得看著夏玉華的眼睛說道：「那妳先前可曾替他看診過？既然是長年積累的頑疾，想根治怕是不易，並且也非一日之功。以妳現在的水平，再加上妳對妳父親身體狀況的瞭解，慢慢替其診治應該並不是太大的問題。況且這麼久以來，妳也並沒有想過找我替妳父親診治頑疾，這一次怎麼突然會有些想法？」

倒不是他不願意幫夏玉華這個忙，只不過心中覺得有些奇怪罷了，為何這麼久以來，她一直都沒有提過讓他去給夏將軍診治頑疾，反倒是如今學醫小有所成之後才開這個口呢？

他只是想聽聽夏玉華的說法，想來這姑娘一定還有其他什麼事，並非真的只是求他診治這般簡單，否則的話她的神色也不至於這般鄭重而謹慎。

夏玉華本也沒有打算對先生隱瞞太多，　來這事還需要先生的配合，二來先生的為人她是十分的放心。

見狀，她也沒有多繞圈子，直接說道：「先生，玉華實話實說，此次請先生過去替家父診治不過是個幌子，玉華只是想讓人知道，先生曾經親自去給家父看過病，如此一來，外頭的那些人便更容易相信家父是真的『病了』。」

「妳的意思是說，妳父親其實並沒有什麼不舒服的？」對於夏玉華的坦白，歐陽寧並沒有意外，只不過卻對自己聽到的這個真相有些不太明白。「既然如此，那妳父親為何要裝病呢？」

「父親有一件不得不去做的事，如果他不去的話，那麼他便只能眼睜睜的看著昔日一些好兄弟走上不正之途，再也無法回頭。可是，兩年前皇上便下過旨，無詔不許父親出京城半步！」

夏玉華顯得有些擔心，繼續說道：「所以，此番父親等於是冒著抗旨的死罪去做那件事，我勸不住他，也知道不能去阻止他，所以只能想盡一切辦法幫他度過這一次的難關。

此事關係重大，玉華能夠信得過的也只有先生了，請先生幫幫玉華、幫幫家父、幫幫我夏家！」

聽到這些，歐陽寧什麼都沒有再說，直接點了點頭，應了下來。「妳說，讓我如何幫妳？」

這樣的請求，他自然無法拒絕，夏玉華對他說出了一切，這也就意味著她將自己一家人的性命全都交到了他的手上。這種事不是鬧著玩的，一旦走漏半點風聲，那麼夏家便有可能會被滿門抄斬。而她能夠對自己如實的道出一切，並請他幫忙，這便代表著她對自己絕對的信任。

「多謝先生！」見歐陽寧答應了，夏玉華頓時開心不已，連忙又補充說道：「先生請放心，不論如何，玉華保證，絕對不會讓先生因為今日出診一事而受到任何的牽連。」

「傻丫頭，我不在乎這些。再說也不過是舉手之勞，妳不必太在意。」歐陽寧笑了笑，顯然根本就沒有在意過自己所要承擔的那些所謂風險。「說吧，我可以做些什麼。」

「先生只需今日跟我一併去一趟夏府，而後給家父『診治』一番，開些調養的方子，讓他多休息，多靜養一段時日即可，這樣便可以名正言順的不被人打擾。其餘的事情我都會安排好，不必先生再操心了。」

夏玉華解釋道：「如此一來，父親名正言順的靜養便不至於引起太多的懷疑，而再過個十來天，父親回來後，身體自然也就慢慢康復了。」

第四十章

就這一個環節，夏玉華的安排並沒什麼問題，只不過歐陽寧倒是擔心在夏冬慶回來的這段時日裡會有什麼突發之事，所以心中還是有些替玉華擔心，不知道到時她是否能夠應對得來。不過無論怎麼樣，既然事情已經發生了，那麼唯有一步步努力將其做好才是最重要的。

按照玉華的要求，歐陽寧做完了他能夠幫到忙的那一件事，離開時，他告訴夏玉華若有任何需要，隨時都可以過來找他，或者讓鳳兒來轉告一聲都行，他能夠幫到的都會盡力而為。

對於歐陽寧的幫助，夏玉華心中感激無比，而接下來夏冬慶不在的這些天裡，她也暫停了去先生家學醫之事，全心全意的留在家中與阮氏一併共度這一次的難關。

為了不引人注意，父親院子裡的奴僕並沒有刻意的減少，只不過屋子裡頭服侍的人全部都換成了夏玉華與阮氏絕對信得過的那幾人。

每日的藥膳等都一頓不落的端進屋了裡，畢竟人多眼雜的，也很難保證不會有其他的什麼人是外頭那些想對父親不利之人的眼線；更何況不做得逼真一些的話，難免府中奴才起什麼疑心，一時多嘴說了些什麼，以致生出什麼事端來也是不妙。

因為都已經知道老爺病了要靜養一事，所以對外一律不再見客，裡頭所有的人行事說話都不敢太過大聲，一連七、八天下來，倒也平安無事，並沒有引起什麼懷疑。

算著時間，父親已經離開了近十天，如果一切順利的話，最多再四、五天應該便可以趕回來了。但這幾天夏玉華心中卻隱隱有些不好的預感，總覺得要發生什麼事情似的。

今日用過早膳之後，她便如同往常一般去父親屋子裡頭「探望」，並且幫忙「照顧」。見夏玉華來了，阮氏讓其他人先行退了下去，而後拉著夏玉華單獨在外室坐了下來。

「玉華，我這兩天也不知道怎麼回事，這眼皮總是跳個不停，不會有什麼事吧？」阮氏的音量極小，即使是沒有外人在，哪怕在門外守著的是香雪等人，也還保持著一貫的謹慎。這事實在太過重要，容不得半點的大意，所以哪怕是晚上睡著了，她也不敢說半句夢話。

見狀，夏玉華自然安撫道：「梅姨放心吧，不會有什麼事的，估摸您就是這些天太累了，人也太過緊張了，才會這樣。要不，我幫您把把脈，瞧一瞧吧。」

聽到這些，阮氏不由得點了點頭，她也知道夏玉華學醫已經小有所成，雖然接觸的時間短，但上次歐陽先生來時都誇讚了玉華，因此也沒拒絕，徑直伸出了手。

夏玉華把了下脈，發現倒也沒什麼大問題，就是這些日子操心過度，精神高度緊張，因此才會有些不適的感覺。

喚人拿來筆墨，夏玉華開了個寧神靜氣的方子，並且交代辦事一向細心穩重的香雪去抓藥，按照她所說的方法煎服。

「這藥不必喝太多，梅姨記住一天一次便夠了，喝上三日即可，多了反倒會對身子不好。」等香雪離開去抓藥後，夏玉華又單獨囑咐了一遍阮氏。「還有，就是要多注意休息，別想得太多，休息夠了，自然就什麼事也沒有了。」

阮氏點了點頭，表示記住了夏玉華的話。而夏玉華雖然這般寬慰阮氏不會有任何事，但自己心中卻也是忍不住擔心。特別是這兩天，她也總有些不太好的預感，只不過自然不會當著阮氏的面說這些，免得讓阮氏更加不安。

兩人又聊了一會兒，見暫時沒什麼事，夏玉華便起身準備離開。還沒來得及走出屋子，便聽鳳兒在外頭傳話道：「夫人、小姐，管家說宮中太醫院的吳太醫與劉太醫來了。」

「請管家進來說話！」夏玉華一聽，頓時心中一沈，這個時候竟然有太醫找上門來，十有八九是皇上派來的。

而一旁的阮氏當場臉色便有些白了，怪不得自己這兩天眼皮總跳個不停，看來還真是要出事情了。

「梅姨別急，先看看到底是怎麼一回事。」夏玉華自然看到了阮氏的慌亂，她伸手拉了拉阮氏的手，示意她不要慌張。「坐下再說吧。」

見狀，阮氏這才忙點了點頭，按夏玉華所說再次坐回了椅子，不過神色依然不太好看。

夏玉華也跟著坐了下來，而很快的，鳳兒便領著管家走了進來。

「夫人、小姐！」管家恭敬而小聲的各自稱呼了一聲，一副唯恐驚擾到在裡屋休息的老爺。

夏玉華見阮氏這會兒還有些沒緩過神來，便代替她開口朝管家問道：「管家，那兩位太醫是怎麼一回事？」

「回小姐話，吳太醫與劉太醫剛到，說是皇上聽說老爺這些日子病了一直在靜養中，很是擔心不已，所以今日特意派他們過來，給老爺好好診治診治。」管家俐索地答道：「奴才知道老爺需要靜養，不接見任何客人，可是這兩位是皇上派來的，又有皇命在身，不好阻攔，現在已經請兩位太醫在前廳就座等候了。」

「你做得很好！」夏玉華應了一聲，語氣並沒有任何異常，不過心卻不由得重重地跳了幾下。「行了，你先去前廳裡招呼著吧，好生款待那兩位太醫，一會兒我先過去瞧瞧再說。」

「是！」管家一聽，連忙領命而去。

待人走後，阮氏這才很是緊張地朝夏玉華問道：「玉華，這可怎麼是好？那兩位太醫是皇上親自指派過來的，若是不讓他們給老爺診治的話肯定說不過去，可若是讓他們進來的話，一定會發現真相的。到時他們將這裡的情況稟報皇上的話，那可如何是好？」

「梅姨，妳先別慌！一定要鎮定！」夏玉華異常冷靜地看向阮氏，告誡道：「越是這樣的時候，咱們便越是不能有半絲的慌亂，否則的話不但於事無補，反倒只會讓他們更加懷疑！」

夏玉華的聲音與日光都帶著一種不容抗拒的力量，而同時她的手也緊緊的握住了阮氏的手，給予阮氏最大的精神支持。事已至此，肯定是避不了的，所以，她們必須勇敢面對。

阮氏總算是穩住了神，看到玉華眼中的肯定與沈穩，她頓時覺得慚愧不已。原本這時候應該是她這個大人主動承擔這些壓力，好好想辦法解決，而不是自亂陣腳才對，卻沒想到自己反倒還不如一個小姑娘。

夏玉華快速朝阮氏說道：「梅姨，我想到了個好辦法，一會兒咱們一起去，就這樣做……」

夏玉華比阮氏先一步到達前廳，看到正在那裡喝茶等候的吳太醫與劉太醫兩人後，當下便問道：「兩位太醫，我聽管家說，你們今日是來給我父親看診的，對嗎？」

夏玉華神情平淡，看不出什麼喜怒，一時間正在喝茶的兩位太醫顯得有些不知所措，不明白夏大小姐到底是什麼意思。

不過，他們很快站起身，其中一人率先出聲解釋道：「夏小姐，我等奉皇上之命特意前來替大將軍王診治，皇上記掛大將軍身體，正在宮中等著我等診治完畢回宮覆命，還請小姐准許我等前往後院，為大將軍診治一番。」

說話的是當今太醫院之首的吳太醫，此人年近六十，已經在宮中擔任太醫近三十年，醫術雖然不是一等一，但卻極得皇上信任。

「皇上聖恩，臣女感激不盡！」夏玉華朝著皇宮方向行了一禮，而後跟吳太醫說道：「不過兩位今日來得還真是不巧，家父昨晚半夜醒來折騰了一宿，今日一早喝了藥，此刻好不容易才睡下，怕是不宜驚擾。」

「這樣呀！」吳太醫邊說邊朝一旁的劉太醫看了一眼，而後繼續說道：「那還真是不太巧。不過，若是不進去看上一看的話，我等怕是回宮不好跟皇上交差呀！」

「是呀是呀，我等來時皇上可是千叮萬囑的，一定要我等好好替大將軍診治，即使我等醫術欠佳，但這聖意卻是不敢有半點違背之處呀。」劉太醫倒是反應快，馬上提議道：「要不然您看這樣行不行，就讓吳太醫一人安安靜靜的進去，替大將軍把個脈就走，如此既不會過多驚擾，我等也能夠回去覆命了。」

「這聖意自然是不可違，不過皇上讓兩位過來也是希望家父能夠早日身體康健吧，這好不容易才睡著，進去把脈怎麼可能不會驚醒呢?本就睡得不好，怕是醒了就更是無法入睡了，一旦睡不好，這身體哪裡吃得消。」

夏玉華嘆了口氣道：「要是皇上知道你們一來反倒是讓家父身子更糟的話，只怕是會怪責有人做事不懂得變通吧？」

「夏小姐這話就說得太嚴重了，我等也是好意，皇上更是惦記不已，這不看的話，卻是萬萬不敢的。至於萬一將大將軍驚醒的話，在下定會開副安神的良藥，到時保證將軍能夠夜夜安枕。」吳太醫半絲都沒有被夏玉華的話所影響，那神情分明是勢在必行。

夏玉華見狀，心知這兩人定然是得了皇上的命令，今日不看到父親怕是絕對不會輕易離開的，因而便朝著一旁的鳳兒使了個眼色。

之後，她這才有些好笑地說道：「吳太醫還真是厲害，竟然一副良藥便能夠讓家父夜夜安枕，早知道的話，前些日子我就不必費心費力去請神醫歐陽寧了。一早將吳太醫找來不是省事得多？也省得家父一天到晚被長年征戰所累積下的各種舊傷給折磨得不成樣子。」

「原來歐陽先生已經來給大將軍診治過了，在下倒真是沒有聽說。如此說來，歐陽先生也沒有辦法讓大將軍的病完全康復嗎？」吳太醫這會兒語氣倒是收斂了不少，隱隱的似乎還帶著幾分期待。「不知夏小姐可否將歐陽先生給大將軍開出的藥方拿出來讓我等學習一二，如此一來倒也能夠清楚將軍現在的情況到底如何了。」

「歐陽先生說了，家父這些都是長期積下的舊病，得慢慢調養，一時半刻就算神仙下凡也是沒有辦法完全根治的。特別是要靜養，不能被吵擾。」夏玉華一副頗為生氣的樣子說道：「原本前兩天父親服了先生開的方子好了不少，可昨日白天卻被一個不知輕重的奴才給驚擾到，這才會出現晚上病情復發的狀況。你們說這會兒工夫，我哪裡還敢讓你們進去？」

正說著話，阮氏在丫鬟的攙扶下慢慢走進了廳裡，眾人見狀，自是暫時停下了先前的談話，轉而向阮氏問好。

「梅姨，您怎麼來了？不是讓您在外間好好守著父親嗎？」夏玉華微微皺了皺眉頭，語氣帶著一絲淡淡的不滿。「那些奴才有一、兩個總是不長記性，您走開的話，萬一有人吵醒了父親可怎麼是好？」

阮氏見狀，臉上掠過一絲很明顯的尷尬，顯然當著外人的面，夏玉華如此態度讓她這當家主母有些掛不住臉面，不過她也不好表現出半絲的不快來，只是微微清了清嗓子道：「玉兒，老爺這會兒正睡得沈，我已經吩咐不讓他們進去打擾，應該不會有事的。先前不是聽說宮裡頭來了人嗎，我這個將軍夫人好歹也得出來看看怎麼一回事吧。」

「梅姨這般說是不放心我了？雖然我是晚輩，可處理咱們家的這些事卻是不比您少，您還有什麼不放心的呢？」夏玉華看向一旁的吳太醫道：「吳太醫您說，先前我可曾對你們有半絲怠慢？」

「沒、沒有，自然沒有。」吳太醫見這狀況似乎有些不太對勁，原先聽說夏家大小姐與繼母之間關係緩和了不少，不少人都覺得不過是表相罷了，許多人暗暗等著看熱鬧，看看什麼時候裝不下去了，這會兒看來，這大將軍一病，果真又生出了不少的縫隙來了。

「梅姨，您聽到了吧，我年紀雖小，不過卻不是您所想的那般不中用。」夏玉華聲音不怎麼大，語氣也沒有刻意顯露出什麼難聽的意思，可這種話一出口，任誰聽了都會覺得這兩人間肯定是有問題的。

阮氏見狀，一時間更是窘迫不已，她連忙笑了笑，想要緩和一下眼前不怎麼好的氣氛。「玉兒說得對，是我想多了些。我就是過來看看而已，沒有什麼別的意思，你們先前說道什麼的，只管繼續吧。我還是先回去了。」

「夫人請留步！」吳太醫見狀，心知這阮氏可要比夏玉華這塊硬石頭好磨得多了，因此連忙朝阮氏說道：「我等奉皇命特來給將軍診治，夏小姐擔心把將軍給吵醒，所以不願放我等進去，請夫人體諒一下我等難處，行個方便讓我等去給將軍把個脈，我等保證會儘量不驚擾到將軍的。」

「儘量不驚擾那不還是會驚擾到嗎？」夏玉華卻是根本不理會阮氏是否答應，直接嗆道：「要不然，我索性派人去宮中替你們向皇上求個批示？批示你們不必如此墨守成規，批示你們不必將皇上的一片好意反倒給枉費了？」

「這……這……」兩位太醫一聽，頓時有些語塞，如今也不好點破聖意之類的，因此倒是讓他們成了豬八戒照鏡子，裡外不是人了。

見狀，阮氏連忙打起圓場來，朝著兩位太醫說道：「兩位太醫也別覺得是玉華成心為難你們，她實在是擔心老爺的身體。其實這事也沒什麼難的，要不這樣吧，請兩位太醫在這裡稍坐等候，等老爺睡醒了，你們再進去給他診治不就行了嗎？」

聽到這話，劉太醫不由得問道：「那將軍什麼時候才能睡醒呢？」

「這可就難說了，昨晚一夜都沒睡好，這會兒好不容易睡著，自然一時半刻不會這麼快醒的。」阮氏柔聲笑道：「不過也沒關係，一會兒我讓管家安排兩間客房給兩位，兩位慢慢休息慢慢等就行了。」

這一回，夏玉華倒也沒再說什麼，雖然對於阮氏的自作主張並不是太高興，可也沒再當面拆臺了，好歹還是給阮氏留了幾分臉面，一副不想在外人面前鬧得太僵的模樣。

眼看這事都到這個分兒上了，吳太醫與劉太醫互相對視了一下，一時間倒是不知如何是好。

「行了，既然已經沒什麼事了，那我先走了。」夏玉華一臉不在意的模樣，說著便想抬步離開。

見狀，吳太醫也不再猶豫，連忙叫住道：「大小姐，既然這樣，那能不能讓我等看看歐陽先生替將軍開出的方子？看完方子我們也等於是瞭解了大將軍的症狀，如此回去時也好跟皇上覆命了。」

這話一出，夏玉華沒說答應，也沒說不答應，片刻後，這才朝阮氏說道：「梅姨自己看著辦吧，反正方子也不在我這裡。」

見兩人已然鬆口，夏玉華心中卻並沒有太多的歡喜，因為她知道以皇上的性格，這次沒見著人，用不了多久肯定還會有新的動作，而下一次她們自然不可能再這般輕易的矇混過去了。

第四十一章

阮氏一聽，連忙讓一旁的婢女去取藥方，轉而略帶抱歉地朝著吳太醫與劉太醫看了看，示意他們不必太過介意。

而看到這種情景，兩位太醫並沒有多想，反倒覺得很正常。很快的，婢女將藥方送了過來，兩位太醫看過之後，倒是都不由得點點頭，對歐陽寧的醫術越發的給予肯定。

藥方看過了，病況大致也弄清楚了，所以這兩人倒是沒有必要再留在這裡耗下去，大不了回去時如實呈報便可，想來皇上也應該不會為難他們。

因此，這兩人便出聲告辭，夏玉華沒怎麼理會，倒是阮氏笑著相送，又讓貼身婢女代她送到大門。

兩人走後，阮氏與夏玉華這才不由得相視一笑，重重的吁了口氣，不過她們心中也知道，這事不可能就這般作罷，皇上既然已經起了疑心，沒有真正看到人，又怎麼可能放得下心？

「梅姨，我現在要去準備些東西，您趕緊按我先前說的去做。」沒有浪費時間，夏玉華趕緊與阮氏再次各自行動。

打發掉一、兩個太醫不難，難就難在接下來她們是絕對不可能這般輕易的打發掉皇上再次派來的人。所以現在最重要的是，她們得想個辦法讓「夏冬慶」現身。

半個時辰後，夏玉華不知道從哪裡弄來一大堆的瓶瓶罐罐等物品，而後讓鳳兒與香雪在不引人注目的情況下，分批拿到了夏冬慶住的房間，而等夏玉華收拾好最後一樣物品重新回到那裡時，阮氏顯然也已經做好了她的準備工作。

「鳳兒、香雪，妳們都先退下吧，在外頭守著，別讓任何人靠近。」夏玉華交代之後，便將人給打發了出去。

很快的，屋子裡便只剩下阮氏與夏玉華兩人，幫忙著收拾好桌上放的那些東西之後，阮氏這才朝裡間說道：「出來吧！」

夏玉華抬眼看了一下，不由得微微皺了皺眉，阮氏見狀，只得說道：「時間太緊，而且能夠完全放心的更是不多，所以這已經是最好的了。」

「好吧，請梅姨幫忙助個手，其他的就交給我吧。」夏玉華知道阮氏說得不錯，因此也沒有再挑剔，只希望自己能夠做得更好一些，再搭配上其他的手法，但願能夠瞞天過海，一直堅持到父親回來之日。

屋子裡很快便忙碌起來，差不多兩個時辰之後，裡頭才一切歸於平靜，將剩下的東西全數收好讓香雪處理妥當之後，夏玉華這才稍微鬆了口氣。

時候不早了，兩人正準備用膳，忽聽外頭再次傳來了通報聲，說是皇上派人過來探望大將軍，請夫人與小姐趕緊出去迎接。

夏玉華與阮氏兩人不由得相互對視，暗道這人來得還真快，幸好已經有所準備，再加上有了先前的安排，如此一來，倒是相對來說要簡單得多了。

這一回，兩人自然沒有再遲疑，一併到外頭相迎，與先前奉命看診的太醫不同，這次來的人是代表皇上探視，所以自然不能以先前那樣的方式與態度對待了。

到了前廳一看，這一回皇上派來的竟是他身旁最為信任的太監總管劉公公，這劉公公可是皇上跟前的老人兼紅人，別說宮中的宮人，就連那些妃嬪，甚至朝臣、皇子們也得給他七分顏面。

得了先前回去的兩位太醫的回稟，劉公公顯然也是有備而來，表面上說話倒也還算客氣，笑咪咪地說著皇上特意讓他前來代為探視，而且主動說明若是大將軍還沒醒的話，可以在這裡等到大將軍醒來之後再進去探視，皇上特意交代過了，絕對不允許驚擾到大將軍，不能夠將聖上的一片好意反倒弄砸了。

老神在在的喝著茶，劉公公一副做好了準備在此久等的模樣，看夏家人還有什麼好說的，卻沒想到夏玉華不緊不慢的說道：「劉公公可是代表皇上前來，我等又豈能夠讓公公在此久等呢？」

「無妨，皇上說了，等多久都不打緊，關鍵就是不能夠影響到將軍的休息。」劉公公尖細的嗓音聽上去格外的讓人不舒服，特別是再配上那種怪怪的笑，更是如此。

夏玉華亦笑了笑，轉而說道：「家父在你們來之前才剛剛醒來了一會兒，用了些膳食之後又沈沈睡去，估計著不到晚上怕是不會醒的。我等又怎麼好意思讓公公在這裡等這麼久呢？」

「那夏小姐的意思是，讓咱家跟之前那兩位太醫一般，怎麼來的就怎麼回去嗎？」劉公公倒是沒有其他公公那種翹起蘭花指的習慣，不過這說話的語氣可就不怎麼好了，顯然對於夏玉華的說法有些不滿。

阮氏見狀，連忙說道：「公公不要誤會，玉華不是那個意思，她……」

「行了，夏夫人，夏小姐是什麼意思，您讓她自己說就行了，咱家也是明理之人，倒是不想讓妳難做人。」劉公公絲毫不怎麼給阮氏臉面。

的確也是，人都是這樣，什麼都挑軟的捏，再者對於劉公公這樣的人來說，阮氏的身分真的沒有半絲能夠讓他有所顧忌的地方。

夏玉華見劉公公這般態度，心中自然不快，不過卻並沒有表現出來，反倒顯露出幾分對於阮氏被奚落而有些得意的表情。

「公公說得對，我的意思自然只有我自己明白，旁人倒是不必在那裡多說其他。」她說了這麼一句後，轉而朝劉公公說道：「公公可是代表皇上來探視的，玉華就是有一千個膽子也不敢讓公公沒見著人便回宮。只不過……

「只不過公公乃皇上身旁的大紅人，要做的事情可是多得不得了，哪能夠將時間都浪費在這裡呢？」夏玉華一副好意模樣，繼續說道：「依我看這樣吧，公公現在便跟我單獨進去瞧瞧家父，看到人了自然就是完成了皇命，安安靜靜的也不會吵到人。不似先前那兩位太醫，還要把脈看診的，那樣不驚醒家父才怪。」

夏玉華的話倒是讓劉公公甚為滿意，其實皇上的意思也就是無非想看看夏冬慶是不是真在府中，沒看到人的話，說破了天都沒用，看到了人自然一切就不同了。

「如此也好，還是夏小姐考慮周全。」劉公公點了點頭，他的時間的確也寶貴得很，這樣的話自然最好，就不必在這種不值得的地方浪費太多精力了。

「那公公請隨我來。」夏玉華做了個請的手勢，轉而起身引路。

一行人在夏冬慶住的院子前停了下來，夏玉華朝著劉公公說道：「公公，人多太吵，還請公公單獨隨我進屋吧。」

劉公公點了點頭，示意其他宮人在外頭等著，夏玉華也沒讓阮氏跟著一併進去，只說人越少越好。

進到屋子後，夏玉華無聲地將劉公公引到裡屋床前，而後朝他示意了一下，表示自己沒有說假話，這會兒家父真的還沒睡醒。

劉公公上前幾步，挨著床前細看了一下，夏冬慶此刻果然熟睡，臉色微微顯得有些蒼白，人雖然是背對著他們朝裡面睡著的，不過卻也能夠看到臉，確認是夏冬慶並不難。

片刻之後，劉公公這才朝夏玉華做了一個先行出去再說的手勢，而後兩人便動作極輕的退了出去。

「剛才咱家見夏將軍雖然臉色還不太好，但氣息卻較為平穩，想來有歐陽先生的治療，再加上好好靜養的話，應該很快便會好起來。」劉公公心想人都已經見到了，自然也沒什麼必要再多留。「等將軍醒後，還請代為轉達皇上的關懷之心。咱家就不久留了，告辭！」

說罷，劉公公略微點了點頭，而後帶著先前跟來的兩名小太監轉身離開。

劉公公代表皇上，阮氏與夏玉華自然得親自相送，將人送走之後，阮氏這才命人關上大門，吩咐守門人沒有特別重要之人都不再見客。

「玉兒，妳跟我來，有樣東西要給妳看。」阮氏小聲的在夏玉華耳畔說道，而後便先往屋子裡頭而去。

進屋之後，兩人將其他的人都打發出去，阮氏這才不知從何處拿出一個小紙條遞給夏玉華道：「這是剛才妳帶劉公公進屋後，他隨身跟來的一個小太監悄悄塞給我的。」

見狀，夏玉華不由得吃了一驚，連忙接了過來，打開紙條一看，一時間卻是不由得怔住了。

紙條上只寫了一行小字：府外已被御林軍監視，府中有聖上耳目，務必當心！

「玉華，妳知道寫這紙條給我們通風報信的人是誰嗎？」阮氏搖了搖頭，一臉疑惑地說道：「不知道這到底是有人在暗中提醒我們，抑或者又是一個圈套？」

再次細看了一下紙條上的字跡，夏玉華突然覺得這字跡有些眼熟。微微想了想，這才記起前些日子她快生日時，李其仁派人送來的禮物裡頭留了一張信箋，那信箋上的字跡倒是與這個很相像。

「梅姨，我想我知道這是誰在提醒我們了。妳別擔心，這事讓我來想辦法！」夏玉華這會兒才恍然大悟，想想也是的，如今能從這宮裡頭給她傳遞消息，又是她認識且關係不錯的也就只有李其仁一人了。

想來一定是李其仁在皇上身旁當差，知道了些什麼，卻又不方便跟她聯繫，所以這才利用今日這機會傳遞消息給她，以示提醒。

雖然看上去，剛才似乎又度過了一劫，可是最關鍵的是，到時父親回來時如何做才不會引起外頭那些監視者的注意呢？這其中只要有任何一點的差池，怕是都會被皇上所派來的人注意到，而一旦再次引起皇上的猜疑，那麼即使父親回到了府中，這事怕也不是那麼容易便能夠輕鬆過去的。

夏玉華不想讓阮氏擔心，因此並沒有說太多，不過她心中卻明白得很，事情不是那般容易解決。現在躺在床上代替父親的人其實不過是府中的一個親信僕人，是夏玉華利用易容術矇騙了劉公公。說來這易容術也是屬於醫學的一門旁支，夏玉華曾經在醫書上看到過一些教授這方面的技能，這次實在是無計可施，只得冒險嘗試了這個辦法。

可是這假的畢竟是假的，若是過幾天父親還不能夠順利回府的話，那麼一切便都等於是白費，整個夏家將要面臨的有可能便是滅頂之災！

整整一個下午她都在想這件事，但卻半點頭緒也沒有。晚上也沒怎麼睡好，心裡頭跟壓著塊大石頭一般，無法安心。

第二天，夏玉華還沒有想到一個兩全其美的辦法，既能夠提前通知父親，同時又能讓父親神不知鬼不覺的回到府中。

就在她憂心不已之際，管家前來稟報，說是外頭有位叫莫陽的公子來訪，問她是見還是不見。

一聽竟然是莫陽，夏玉華當下便心中一亮，整個人精神都來了，她趕緊讓管家去將莫陽請進來。

夏玉華很快便意識到莫陽的到來一定與李其仁有什麼關係，這個時候李其仁自然不方便找她，而莫陽與他關係非同一般，加上莫陽的身分也不容易引人注目，因此他才會讓莫陽來找自己。

見到莫陽時，夏玉華整個人都不由得鬆了口氣，因為莫陽是以給她送預訂好的極品新茶為由，而她並沒有在他的茶樓預訂過任何的茶葉，所以這樣一來，當下便明白了莫陽所來的確是為了別的事情，送茶葉不過是一個藉口罷了。

「有勞莫公子了，還勞煩您親自送一趟真是不好意思。」夏玉華笑了笑，朝莫陽說道：「最近家中有些事，所以倒是將預訂茶葉的事給忘記了，實在是抱歉。」

「無妨，反正我也只是順道罷了。」莫陽說道：「聽小妹說，夏府後花園景致頗為清雅，不知在下可否參觀一二？」

聽到莫陽這般說，夏玉華更是確定他有什麼機密的話要單獨跟自己說，因此點頭答道：「只要莫公子不嫌棄，玉華自當陪同公子四處走走。」

說著，她站了起身，吩咐身旁的鳳兒打點一下，讓其他人不必跟著，而她則做了一個請的動作，很快便帶著莫陽往後花園而去。

兩人邊走邊聊，一開始自然說的都是些花花草草的平常事，夏玉華將莫陽帶到了自己的藥園裡頭，這裡四面也沒什麼遮蔽物，若是想偷聽的話完全不可能。見周遭已經沒人了，她這才停了下來，朝莫陽說道：「好了莫公子，這裡很安全，有什麼事可以說了。」

見到那滿園子的藥草，莫陽倒是有些吃驚，只不過這會兒也沒多餘時間說其他的，再看夏玉華如此聰敏，連客套的話都沒說便知道了他來另有目的，因此也不再耽擱時間。

「夏小姐，實不相瞞，今日我是受其仁所託特意來找妳。」他不動聲色地說道：「其仁現在並不方便出面見妳，所以才會讓我代為出面。他讓我轉告妳，昨日皇上派太醫與太監前來夏府探視夏將軍並非偶然，而是另有原因。」

聽到這些，夏玉華心中不由得朝莫陽看了看，而後問道：「其仁知道些什麼？他是不是將所知道的事情都告訴你了？你也應該清楚我父親的身分，牽扯到夏家的話，不論是什麼事，怕是對你們都……」

事情牽扯到了父親還有整個夏家的命運，所以夏玉華心中終究還是有些擔心，李其仁也好，莫陽也罷，不是簡單的信不信得過的問題，而是怕一旦太多人牽扯進來不僅更容易走漏風聲，而且也會給這些人帶來不必要的麻煩。

話沒說完，卻見莫陽徑直出聲打斷道：「這些妳不必多操心，其仁自然有他的考量，他做事向來妥當，不會有什麼問題。而我是他的朋友，他的忙自然得幫，出了這扇門之後，我也只會記得今日是給妳送過來一些茶葉罷了。」

見狀，夏玉華也沒有再多說什麼，感激地點了點頭，等著莫陽將李其仁所帶之話全部說完。此刻不是言謝之時，而有些人、有些事也不是簡單的一聲謝謝便能夠表達。

莫陽抬眼朝四處看了看，見沒什麼異樣，繼續說道：「其仁讓我轉告妳，說有人前些天曾在西北邊境碰巧發現了妳父親的行蹤，因此密報給了皇上，不過因為事情很是突然，密報之人也不太確定到底是不是妳父親，所以皇上這才只是先派太醫到夏府來，以診治為由進行察看，而後再次派劉公公代為探視。」

頓了頓後，莫陽繼續說道：「其仁說了，雖然昨日劉公公回宮覆命說的確看到了妳父親，但是皇上對此事卻還是有所懷疑，因此不但沒有撤去夏府附近監視的人手，而且還命人在西北回京城的沿途布了暗哨，一旦發現什麼可疑之人，便會馬上逮捕。」

聽到這裡，夏玉華心中更是掀起了巨浪，如此說來，整個事情比自己所想像還更複雜且危急得多，父親這一次怕是凶多吉少了，而夏家亦是如此！

見夏玉華並沒有出聲，不過臉色卻明顯有些異樣，莫陽遲疑了片刻，而後說道：「其仁讓我問妳一句實話，夏將軍此時到底在不在府中？」

看到夏玉華略帶警惕的眼神瞬間望向自己，莫陽也沒在意，繼續說道：「其仁說了，他知道這件事的重要性，請妳務必要相信他，他只想幫妳，並沒有任何不良之心！」

「在又如何？不在又如何？」夏玉華暗自沈住氣出聲道：「莫公子，對於其仁我自然是信得過的。只不過這次的事牽涉到家父的性命，還有整個夏家滿門的性命，所以我不得不問清楚一些。」

見狀，莫陽一副意料之中的模樣，點頭說道：「在的話，其仁便放心了，自然也沒有任何的問題；若是不在的話，其仁說讓妳從現在起什麼都不必做，只需保持原樣便可，他會全力幫妳度過這一次的難關。所以，現在妳只需點個頭或者搖個頭便可，其他的什麼都不必說、不必理，也不必擔心。」

夏玉華會有所顧忌，莫陽自然也理解，只不過對於這次李其仁如此奮不顧身的幫夏玉華，多少還是有些出乎意料。

如果是別的什麼事還能理解，可是牽扯到欺君甚至於謀逆這樣的事，自然又得另當別論。

第四十二章

一瞬間，夏玉華被莫陽的話給驚住了，她萬萬沒想到這樣危機的時候，李其仁竟然會主動將這種倒楣事往自己身上攬。

她清楚以李其仁特殊的身分與關係，說不定真的有辦法能夠解決自己所不能解決的大麻煩。可是李其仁這般出手的話，就等於是將一件本來毫不相關的禍事往自己身上攬，一旦出事，那麼他就算不會被扣上同夥的罪名，也一定會被連累得很慘。

夏玉華猶豫了起來，不知道自己到底要不要點這個頭，都到了這個時候，她明白自己猶豫的到底是什麼，不是對李其仁或者莫陽的不信任，而是對於他們攬上這件事的擔心。但此刻，若是不點這個頭讓李其仁幫忙的話，她又能夠怎麼辦？

一時間，這些利弊的權衡讓夏玉華不由得再三猶豫了。

「妳還在猶豫什麼？難道到現在妳還信不過其仁嗎？」莫陽見夏玉華遲遲沒有回應，既沒點頭也沒搖頭，不由得稍微皺了皺眉頭道：「抑或者……妳是信不過我？」

「不，我信得過你們！」夏玉華終於出聲了，她微微嘆了口氣道：「莫公子，實話告訴你，我父親現在的確不在府中，而且他也的確去了西北，但是此事關係重大，我不想其仁被牽扯進來。兩年前皇上明令下旨，不准父親隨意出京城半步，雖然他此次出京實在是有不得已的苦衷，也並沒有任何不良居心，可終歸是違抗了聖旨。所以一旦出事的話，後果實在難以想像，而其仁若是因此而捲入其中，對他自然是不公平的，所以我不想讓他為我冒這麼大的險！」

夏玉華的話讓莫陽不由得鬆開了眉頭，看來李其仁倒是沒有看錯人，這樣的緊要關頭，夏玉華竟然還能夠替別人考慮，若是換成他人，早就巴不得有人能夠出面解圍了。

「我明白了，妳放心，其仁已經想好了周全的辦法，定能夠趕在皇上之前將妳父親平安送回。」莫陽語氣平靜地複述道：「他還說了，夏將軍是國之棟梁，若是因為一些不必要的誤會而出現意外的話，將是整個朝廷的損失。所以他這般做不僅僅是在幫妳、幫夏家，同時也是為了朝廷，妳不必太過將此事放在心上。」

莫陽雖然不是朝廷中人，可是對這些事情卻也清楚得很，如今西北看似平靜，但敵國的威脅卻並沒有根除，而皇上若是不顧大局，一心要將心頭隱患除之而後快的話，日後勢必會讓整個西北大局發生重大的危機。

皇上其實也不是看不明白這一點，可是，當人性中的猜忌過於放大後，衝動便會代替理智，就算是再聰明的人也難免會做出十分愚蠢的行為來。

聽莫陽說李其仁已經有了周全的辦法，夏玉華心底頓時湧現出無限的希望，最後一刻，心底的自私還是占據了一切，相對於父親以及整個夏家的命運，她不得不自私的讓李其仁冒著風險來幫她。

「莫公子，現在我真不知道我能夠說些什麼……」夏玉華臉上閃過一絲慚愧。「麻煩你替我帶句話給其仁，不論如何，他的恩情我這一輩子都會銘記於心！」

莫陽點了點頭。「妳的話我會帶給他的，我得先走了，他還在等我回音呢。記住，妳這府中人多口雜，萬事一定要謹慎當心！」

說完之話，莫陽便自行離開了，夏玉華也沒有再相送，一個人待在藥園裡頭發著呆，臉上雖一片平靜，心底卻是驚濤駭浪難以止息。可此時此刻，除了一個等字以外，她卻什麼也做不了。

接下來的幾天，夏玉華與阮氏依舊如先前一般好生照顧著病中靜養的「父親」，她並沒有將莫陽所說的那些告訴阮氏，只是安慰她自己已經有了應對之策，讓她不必擔心。阮氏雖然心中著急，可見夏玉華這般說，也只好不去多問，省得讓這孩子更加的煩心。

第四天下午，夏玉華從自己屋了出來，剛剛準備去找阮氏，忽然見到有僕人大步朝自己這邊跑了過來，邊跑還邊大聲地說道：「大小姐、大小姐，皇上來了，皇上來了！」

「嗡」的一聲，夏玉華頓時覺得腦海一片空白，最為擔心的事終於還是發生了！

「小姐，您沒事吧？」一旁的鳳兒連忙上前扶住神色異常的夏玉華，心中也急得不行。

「沒事，我沒事！」夏玉華很快便恢復過來，她暗自吸了口氣，強行讓自己鎮定下來，這個時候她若是亂了，那麼一切便都付諸東流了。「皇上現在在哪裡？」

她朝那通報的僕人問道：「夫人知道了嗎，夫人現在在哪兒？」

僕人答道：「夫人那邊管家也已經讓人去通報了，皇上是微服出訪，劉公公說了不必驚動府中任何人，只讓奴才知會一聲就行了，現在皇上已經前往老爺住的院子了，說是要親自去探視老爺，以表皇恩！」

這話一出，夏玉華的心都差點沒停止跳動，她二話不說，直接便朝著夏冬慶住的院子方向急奔而去。鳳兒與香雪見狀，一時也急得不行，什麼都不敢多問，只是快步跟了上去。

一路跑得有些跌跌撞撞的，快到父親所住的院子前時，遠遠的便看到一大群人在院子外頭候著，看樣子，皇上應該已經進屋去了。她的心更是如同掉進了冰窖一般，整個人連感覺都變得遲鈍不已。

走近一看，果真都是皇上隨侍的宮人，一旁的小太監見是夏家小姐，便沒有多加阻攔，做了個請的手勢，示意夏玉華可以進院子來。

她不由得暗自深吸了幾口氣，即使明知進不進去都已經改變不了什麼，可卻依然選擇踏入了院子。不論如何，阮氏此刻還在裡頭，所有的一切，她不能夠讓阮氏一人承擔，她們是一家人，福禍都要在一起！

想到這裡，夏玉華反倒平靜了下來，原本慌亂蒼白的神色也恢復了不少，她不再多想，也沒有再讓鳳兒與香雪跟著，而是自行踏入了院子，獨自去面對雷霆之威以及所有的後果。

「玉華，妳來了？」

剛一進去，夏玉華便聽到一道熟悉的聲音，側目一看，卻見李其仁竟然帶著幾名侍衛站在一旁守著。

「小侯爺！」很快的，她便回過了神，微微行了一禮，當著眾人的面自然什麼都不方便說。而她心中也清楚李其仁本就是御前當差，這會兒跟著皇帝一併來到夏家並不出奇。

只不過，見李其仁神情自若地站在那裡看著自己，夏玉華倒是無法想像眼前的一切到底是說明了什麼。她心中不由得一陣哆嗦，說不清楚那瞬間閃過的到底是希望還是絕望。

「玉華，這些天妳照顧大將軍是不是很辛苦呀？看上去精神不太好，還是得多注意休息才是。」李其仁徑直說了這麼一句，邊說又趁著其他人沒注意，悄悄地對夏玉華眨了眨眼，使了個眼色。

一時間夏玉華心神一頓，瞬間整個人都跟著穩了下來。

她雖然並不明白李其仁到底做了些什麼，可是這個時候他還能夠如此鎮定自若的暗示自己不必擔心，看來事情應該並沒有她所想的那般走入了絕境。

「多謝小侯爺關心，為人子女在父母生病時，隨侍照顧盡孝，這都是應該的。」她謝過之後問道：「皇上進去多久了？」

「進去一會兒了，妳還是在外頭等著吧，就不必進去打擾了。」李其仁笑了笑，一副若無其事的樣子說道：「將軍夫人還有劉公公都在裡頭候著，這會兒皇上正跟大將軍說話，大將軍身體還沒完全康復，想來皇上也不會久留，再等一會兒就應該會出來的。」

聽到這些，夏玉華心中更是驚訝不已，李其仁的意思很明顯，皇上已經進去一會兒了，但裡頭風平浪靜的，半絲異常也沒有，顯然是並沒發生什麼她所擔心的後果。

可是，裡頭的父親分明是假的，皇上怎麼可能認不出來呢？還是李其仁提前知曉，所以做了什麼手腳？

她不由得朝李其仁看去，但也不敢顯露出太多的異樣與疑惑，不過無論如何，事情似乎出現了轉機，而她現在也不宜多做任何舉動，唯有邊走邊看邊說了。

李其仁也沒有再對夏玉華說什麼，當著其他人的面，他也不好表現得與玉華太過親近熟悉，見那丫頭此刻神色比先前好了不少，心裡也安心了下來。

不到一盞茶的工夫，屋裡頭便有了動靜。夏玉華連忙聚精會神的朝那邊看去，只見有人從裡將門簾掀了起來，隨後一身明黃色長袍的皇上大步從裡頭走了出來。

夏玉華眼睛很快瞄了過去，並沒有看到皇上臉上流露出任何的怒意或者異樣，這倒是讓她更加的安心了不少，而緊接著，跟在皇上身後出來的人則讓她原本懸著的心總算是徹底的放了下來。

一臉倦容的夏冬慶在阮氏的攙扶下，堅持要親自將皇上送到大門口，君臣之間在院子裡頭再次上演了感人的一幕。最後皇上以夏冬慶還沒痊癒為由，沒有讓他親自恭送，而夏冬慶也只好遵從皇命，轉而讓阮氏與在院子裡頭候著的夏玉華恭送。

夏玉華顯然沒弄明白怎麼回事，父親怎麼就突然無聲無息的回來了，而且正好趕在了皇上過來的這個時候，這中間也太過巧合了一些。她知道一切都是李其仁所為，只是想不明白這小子到底是如何做到的。

還來不及多想，她得先跟著一大群人先將皇上送走。這會兒人多手雜的，她也更是沒辦法再與李其仁說些什麼，兩人悄悄默契的對視了一眼，而後便各行其事，不再有任何目光上的交集。

送走皇上一行人之後，夏玉華二話不說，直接轉身朝父親院子而去，此刻，她難以按捺心中的激動，想要馬上去見父親，弄清楚一切。

進到屋子，卻見夏冬慶正一臉笑意地坐在那裡喝著茶等著自己，阮氏將其他閒雜人等全部都打發了下去，一時間屋子裡只剩下了他們三人。

「爹爹！」夏玉華在夏冬慶身旁的椅子上坐了下來，極興奮又疑惑地問道：「您是什麼時候回來的，怎麼我都不知道？您不知道剛才聽說皇上來了，我都快被嚇死掉了！」

「玉兒別急，剛才我也被嚇了個半死，這眼看著皇上都快要進院子了，妳爹爹突然不知從哪裡冒了出來，這才解了圍，要不然，這會兒咱們家都不知道成什麼樣子了。」阮氏也是一臉的害怕，坐在那裡連腿腳都還有些不太靈活似的。

夏冬慶收攏了臉上的笑意，滿是慚愧地朝阮氏與夏玉華說道：「夫人、玉兒，這一次讓妳們受驚了，是我不好，是我不好呀！」

「老爺，您千萬別這般說，咱們是一家人，福也好、禍也罷，本就應該一併承擔的。」阮氏不在意地搖了搖頭，為了老爺、為了這個家，讓她做什麼，她也是心甘情願的。

夏玉華也安慰道：「梅姨說得對，爹爹若是這般想，那就是沒將我們當成最親的人，如今沒事就好，又何必分什麼彼此呢？」

夏冬慶一臉欣慰地點了點頭，家有賢妻、賢女，他真的是沒有任何不滿足的了。「說來這一次還真得好好感謝小侯爺，若不是他暗中派人接應，幫爹爹避過皇上設下的幾個暗中攔截點，最後又趁著今日皇上來探視的機會，引開外頭監視之人提前讓我進府的話，咱們夏家這一次怕是在劫難逃了。

「玉兒，妳怎麼會想到找他幫忙的？畢竟，他可是皇上的親外甥，萬一他把這事說給皇上聽，那豈不是更加危險？」夏冬慶一時間也有些想不太明白。

自己女兒與李其仁之間的關係到底如何，其實他原本也並沒有太多的瞭解，可如今見李其仁竟然能夠背著皇上，冒著這麼大的風險來救他，可見李其仁與玉兒之間的關係一定不同於一般。

雖然夏冬慶並沒有明著問，不過夏玉華還是聽出了這其中的用意，她頓了頓，也沒隱瞞，如實說道：「爹爹，我與李其仁是好朋友，雖然認識時間並不長，不過他為人十分仗義，而且對您也極為尊敬。這一次，並不是女兒主動找他幫忙，而是他輾轉讓人帶信進來，告訴我他會主動替您解圍。

「起先我也是心存疑慮，一來這麼大的事不知道到底能不能夠信任他，二來也不願他被牽連進來。可後來我別無選擇，只能夠冒險一試。」夏玉華如釋重負道：「現在看來，先前我那個賭倒是賭對了。」

聽到這話，夏冬慶倒是有些意外，怎麼也沒想到李其仁竟然是主動幫這個忙，攬上這件事，一時間心中更是動容不已。

「對了爹爹，東方叔叔他們的事處理得怎麼樣了？」

見夏玉華提起了自己這一次去西北的最終目的，夏冬慶滿是感慨的點了點頭道：「這一次雖然危險重重，不過卻總算是將妳東方叔叔他們的事情給處理妥當了，為父慶幸去了這一趟，否則的話怕是用不了多久便要出大亂子了。」

「好了玉兒，現在為父已經回來了，所有的事我都會處理好的，妳們也不必再擔心了。」夏冬慶沒有再多說其他，有些事情玉兒她們知道得太多反倒不是什麼好事，所以現在這裡所有的事情都讓他來擔負便行了。

見狀，夏玉華也沒有再多問，見父親這趟回程一路上肯定也累了，便不再打擾，讓父親先好好休息再說。

第二天一早，夏府的一切都已經恢復了正常，養病多日久未露面的老爺也早早就現身在眾人的視線中，而外頭那些監視之人也在夏冬慶回來當日被撤去。

已經很久沒有去歐陽寧家的夏玉華終於可以再次分出心神來繼續學習。來到了歐陽家，卻見歐陽寧與歸晚正在收拾東西，一副要出遠門的樣子。

「玉華妳來了？」歐陽寧邊收拾邊說道：「我有事要出一趟遠門，估計著最少得一個多月，有一件事我想要拜託妳。」

歐陽寧還是頭一次開口讓夏玉華幫忙，因此夏玉華自然沒有不答應的道理，只不過等她知道了要幫的忙到底是什麼時，心裡頭卻還真是不怎麼情願。

「先生，您讓我去給五皇子診治？這個會不會不太好呀？我不是不願意幫先生的忙，只不過怕自己的醫術還沒有那個程度，結果反而幫倒忙的話就不好了。」夏玉華不是不願意幫歐陽寧，只不過那個鄭默然實在是讓她太過顧忌，她躲都來不及了，哪裡還想主動跑到那個人跟前去呢！

聽夏玉華這般說，歐陽寧也沒多想，只當她是擔心做不好罷了，因此便鼓勵道：「妳不必擔心，五皇子現在的症狀頗為穩定，以妳的能力應該是沒什麼問題的。況且我會提前開出三種不同狀況的方子供妳選擇，到時妳根據診斷的實際情況找出恰當的那種方子來照著抓藥便可；至於針灸，一會兒我會將這一次重新調整的穴位與順序告訴妳。」

這一次他出遠門最少得一個多月，因此肯定是趕不上下一次給鄭默然的診治了，所以不得不交代夏玉華，讓她代為幫忙。好在玉華之前也跟著去過，並且按她的能力再加上自己提前作的一些準備，應該是能夠應付得過來。

聽到這些後，夏玉華卻也不好再作推辭。一則自己若是表現得太過不情願的話，怕是容易讓先生聯想到那日到底發生了什麼事，二則先生但凡有其他的辦法，想來也不會找她幫忙，所以她也沒有不替先生解難排憂的理由。

「那好吧，我盡力便是。」夏玉華沒有再多說什麼，轉而問道：「先生這次出門似乎頗為匆忙，一走又是這麼長的時間，不知所為何事？」

「我要回一趟師門，剛剛收到師門傳來的消息，有些緊急之事得趕回去處理。」歐陽寧簡單的解釋了一句，而後將書桌上放著的幾張寫好了的方子遞給夏玉華。「這些妳先看一下，一會兒我再跟妳詳細的講解一下。」

很快的，歐陽寧便收拾好東西，這才找了個位子坐下，詳細地跟夏玉華講解了去給五皇子診治的事情，將有可能發生的各種情況以及分別所用到的方子都細說了一遍，同時又將針灸的穴位以及調整的順序也一一說明了。待夏玉華正確無誤的複述一遍後，他這才放下心來。

「那好，事不宜遲，我與歸晚現在便走。我已經交代了家中僕人，我不在的這些日子，妳可以隨時進出這裡。」歐陽寧指著那幾個大書櫃道：「書櫃上的書我也幫妳做了一些標記，妳可以按照上頭的提示選擇書籍查看，當然也可以按自己的喜好找書閱讀。有什麼不明白的，等我回來後再一起幫妳解答。」

「多謝先生。」夏玉華看了一眼後頭的書，心情倒是好了不少。

時間匆忙，歐陽寧沒有再多說什麼，帶著歸晚當下便動身離開了，門外僕人已經備好了馬車，一小會兒的工夫，馬車便載著他們快速離開。

一直等到馬車走了好久，夏玉華這才收回目光，重新進屋裡去。回到歐陽寧的書房，她仔細挑了好幾本書之後，這才讓宅子裡的僕人好生看好家門，而後便帶著鳳兒離開了。

第四十三章

歐陽寧走後，夏玉華便很少再出門，這些天家中倒也平靜得很，除了昨日夏冬慶一夜未歸，其他的並沒有什麼特別之處。

這麼大的人一晚上不回也不是什麼大事，以前偶爾跟朋友喝酒喝到天亮的情形也是有過。夏府中一切如舊，但過度平靜的氣氛中隱隱卻夾雜著一絲讓人略帶壓抑的感覺，如同暴風雨之前的平靜一般，竟讓人有些喘不過氣來。

「大小姐，不好了，老爺出事了！」慌慌張張的婢女跑進屋裡，一臉焦急地向夏玉華稟告。

「老爺出事了？怎麼可能？妳先別急，慢慢說到底怎麼回事？」香雪一聽，怕小姐著急，趕緊讓那婢女先說清楚到底發生了什麼事。

「剛剛突然來了一夥官兵，二話不說便直接衝了進來到處亂闖，管家已經去通知夫人了，府上護衛這會兒正拚命攔著他們不給亂闖，可他們說老爺現在已經被關進刑部大牢，他們是奉命前來徹查夏府的，不需跟任何人交代，也不必等任何人同意許可。」

婢女這會兒倒還算俐索，沒有結結巴巴的，一口氣便將事情大概全給說了出來。「那夥人可凶了，帶頭的像是御林軍的人，根本就不講理，一進來便打傷了好幾個阻攔他們的家丁，若不是護衛及時趕到，這會兒怕是早就衝進內院了。」

「豈有此理？這些人竟然如此囂張！」鳳兒一聽，頓時怒火湧上心頭，一副要衝出去找那些人理論的樣子。

倒是香雪冷靜一些，連忙拉住她，示意別再給小姐添亂。

夏玉華這會兒早已起身邊往外走邊道：「父親素來奉公守法、忠君愛國，不可能會突然無故被抓，這中間一定有什麼誤會。現在誰都不許亂，先跟我出去弄清楚狀況再說！」

小姐這一番話讓她們如同吃了定心丸，暫時穩了下來，一行人快速朝前院而去。

等夏玉華趕到時，阮氏已經先行一步到達，往常安靜不已的大廳前空地上此時早已變得人聲鼎沸，喧囂不已。夏家的家丁、護衛與闖進來的官兵各自為陣相互對峙，那樣子如同水火，隨時都有爆發衝突之勢。

而阮氏似乎是在那裡質問著什麼，看上去很生氣，但顯然並沒有產生任何的作用，那些官兵絲毫不將她放在眼中，回話的語氣也很不客氣，甚至那帶頭之人還一臉不耐煩的想要直接越過阮氏進屋裡去，幸好被一旁的護衛攔了下來。

「什麼人膽敢在大將軍王府如此放肆？」夏玉華大喝一聲，直接朝那帶頭的御林軍將領走了過去，這些人還真是夠猖狂，只怕她再來遲一點雙方還真會打起來。

眾人見是大小姐來了，連忙讓開來將自家小姐迎到了前方，而那些氣焰囂張的官兵雖然被夏玉華剛才那渾身說不出來的威嚴給一時怔住了，不過卻很快便恢復了過來。

在他們看來，夏玉華再厲害也不過是個十六、七歲的大姑娘，這府中的老小怕她大小姐倒不稀奇，他們這些人可不吃這一套；更何況連所謂的將軍夫人也根本奈何不了他們，一個小姐自然更是不在話下。

「妳就是夏家大小姐？」帶頭軍官極為不耐煩的打量了夏玉華一眼，而後說道：「來得正好，省得還得再多說一遍！聽好了，夏將軍因涉及貪贓枉法，現在已被關押至刑部，我等奉刑部尚書之命，特來徹查夏家，誰再敢阻攔，一律視為同犯帶走！」

夏玉華面無表情地朝著那帶頭將領說道：「既然你說是奉命徹查，那可有書面搜查令？如果沒有，馬上給我帶著人滾出去，否則後果自負，如果有的話，你們卻連搜查令都不曾出示就想擅闖，當這裡是什麼地方？好歹你們也是吃朝廷俸祿之人，不會連這麼簡單的道理還要我來教吧？」

這話一出，那帶頭將領頓時心中一怔，他不由得朝夏玉華細細看去，暗道這夏家大小姐果然名不虛傳，不但膽識過人，而且所說之話讓他無從辯駁，當真不似別家的大小姐那般好糊弄。

他從袖中取出一紙文書遞給夏玉華道：「夏小姐，這是刑部出示的徹查文書，請過目，確定無誤的話，還請夏小姐命府中之人讓開，莫再阻礙我等辦差，否則一切只能依法處置，不論是誰都絕不輕饒！」

夏玉華快速看過那紙文書後，再次朝那帶頭軍官說道：「你叫什麼名字？」

這人一聽明顯有些意外，不過卻還是回話道：「下官何東風！」

「何東風？很好！」夏玉華神色一變，看向何東風的目光頓時犀利無比。「何東風，你可知罪？」

何東風一聽，頓時有些莫名其妙，不知道這夏家大小姐到底發什麼瘋，竟然問他是否知罪，因此本就心不平來著，這會兒更是惱火了。

「下官何罪之有？夏小姐，妳別太過分，再在此胡鬧別怪我等不客氣了。」他邊說邊準備讓人往夏府裡頭闖，不想再跟這個半大不小的大小姐囉嗦個沒完沒了。

「混帳東西，睜開你的狗眼好好看清楚這文書上寫的都是些什麼！」夏玉華一擺手直接將手中的文書給甩到了何東風的臉上，理直氣壯地說道：「核查二字可有看到？刑部尚書都沒敢定我父親半點實罪，你們一個、兩個倒口口聲聲說大將軍王貪贓枉法，還無視文書上所寫不准過於驚擾的注意事項，跟群強盜一般二話不說便想闖入我夏府。」

說到這裡，她目光一抬，如同利劍一般掃過那些官兵，一字一句訓斥道：「你們如此囂張、野蠻，這是想要核查我夏家、還是想要抄家？皇上親賜的堂堂大將軍王府在人們眼中竟是如此不堪？是誰給了你們這麼大的膽子，是誰讓你們如此肆無忌憚？今日你們若不給我一個交代，我自會讓你們明白大將軍王府可不是隨便什麼人都能夠欺負的！」

眾官兵一聽，頓時沒有人敢出聲了，神色亦緊張了起來，特別是那何東風顯然沒有料到夏玉華會有這麼一招，偏生她又半點都沒有說錯，若追究起來，他們的行為的確是不合規矩的。

夏玉華見這些人一個個都不敢出聲了，但那帶頭的何東風顯然有所顧忌卻依然沒有半點服軟之勢，於是也懶得再等，朝著身後的護衛大聲說道：「府中護衛，你們都給我聽好了，今日若還有人膽敢在我夏府作威作福，一律給我打殺出去，死活不論！出了什麼事，我自會進宮面見聖上，請求聖裁！」

「遵命！」夏家眾護衛也不是吃素的，這些人都是夏冬慶精挑細選出來的，如今有了大小姐一聲令下，自然更是沒有半絲的顧忌。

看著眼前的場景，何東風算是徹底的沒了底氣，夏玉華的狠絕還真是有幾分夏大將軍的影子，天不怕地不怕的當真不好惹，而那身後的幾排護衛一看就知道個個不是膿包，這事要真僵下去鬧大了，吃虧的肯定還是他們。

想到這裡，何東風頓時軟了下來，連忙陪笑著朝夏玉華行禮說道：「夏小姐，誤會誤會，您千萬別動這麼大火，傷了身子可就不好了。先前是小人行事魯莽了些，沒有管束好下屬，也沒有及時跟夫人與您說清楚，小人給您賠不是了，您大人不計小人過，千萬別放在心上。」

「呸！仗勢欺人的狗東西，這會兒知道低聲下氣了，先前幹麼去了？一個小小的將領膽敢在夏府如此放肆，真是不知道天高地厚！」鳳兒早就氣得不行了，這會兒工夫脫口便朝那何東風痛罵，替夫人與小姐出口惡氣。

那姓何的倒也沒生氣，越發堆著笑臉一個勁兒的承認自己的不對，向阮氏與夏玉華賠不是。

「夏小姐，這會兒您還是高抬貴手先讓小人將差事辦完吧，要是再耽擱下去，小人這也真是不好交代呀！」何東風強忍著，堆著笑臉想要息事寧人，怎麼都好，先過了這一關再說，日後風水輪流轉，這夏家也風光不了幾天，自然有出氣的時候。

「行！既然你都認錯道歉了，我也不是不講理之人。」夏玉華倒也爽快，沒有多磨蹭什麼，徑直說道：「不過你們都給我聽好了，核查夏府沒有任何問題，但必須得讓我府中之人各自領路，府中的人也好、東西也罷，若是有什麼不應該有的閃失，哪怕是少了一針一線，你們今日也別想平平安安的走出這大將軍府！」

如此明白的威脅令所有的人都震驚不已，就連夏玉華身後的那些護衛都完全沒料想到自家小姐竟這般有魄力，一時間心裡頭激動不已，整個人都跟著熱血沸騰了。

何東風顯然沒有吃過如此大的啞巴虧，偏生卻沒有任何可以回駁的地方，特別是他還真是一點也不懷疑眼前這個比男人還要厲害的大小姐當真說得到做得到。

「都聾了嗎，聽清楚沒有？」

那些官兵正不知所措之際，忽聽那夏家大小姐再次出聲，如同將軍發號施令一般朝著他們冷聲喝問，一時間，眾人竟不由自主的齊聲答道：「聽清楚了。」

何東風亦是如此，說完後這才反應過來自己竟被一個小丫頭給震懾住了，心裡頭可是憋屈到了極點，但又沒有任何的辦法。

「夏小姐，您看，您的要求我們也都聽到了，這會兒是不是可以開始做事了？」他只得咬著牙繼續忍著，先搞定差事再說。

夏玉華見狀，也沒有再說什麼，朝一旁的管家點了點頭，示意可以按她的吩咐行事了。

何東風總算是稍微鬆了口氣，片刻之後這才指揮著屬下有次序的往夏府各個不同地方而去。

「站住！都不許亂動！」只不過這還沒走出三步，門外便傳來了一道淩厲的吼聲，緊接著，還沒來得及弄明白到底怎麼回事，何東風等人便被一大批不知從何而來的御林軍給包圍了。

很快的，眾人這才發現，這一次帶領御林軍全副武裝而入的人不是別人，正是小侯爺李其仁。還沒有來得及作出反應，李其仁已大步直接走到了夏玉華身旁，上下打量了一番後略顯焦急地問道：「玉華，妳沒事吧？」

看到李其仁的瞬間，夏玉華真是有些吃驚，不過換一種角度想的話又覺得再正常不過，特別是看到他身後跟著而來的那一批御林軍，馬上便想到了父親之事皇上肯定是知曉了並且親自作出了指示。

如果不是李其仁帶隊的話，她還真會有些懷疑這核查突然改變性質成了抄家，不過既然是李其仁，這樣的疑慮自然也不會再有。

「我沒事，你怎麼來了？」鎮定地搖了搖頭，她示意自己還有夏家其他人一切都安好，卻並沒有表現出自己已經看出了個大概。

確定夏玉華並沒有受到任何的傷害之後，李其仁也沒有再急著跟她解釋什麼，而是先行掉頭朝一旁的何東風看去，徑直訓斥道：「何東風，你身為御林軍小隊隊長，什麼時候竟成了刑部之人，帶著刑部這些當差的跑到大將軍王府來辦所謂的差事了？你擅離職守、濫用職權，可曾知罪？」

何東風見狀，當下臉色就嚇得蒼白不已，連忙卑躬屈膝地朝李其仁解釋道：「李大人息怒，屬下並非擅自作主，是陸相擔心刑部不夠人手，所以這才特意讓屬下帶了一些兄弟過來協助。陸相說……」

「閉嘴！誰都知道御林軍直屬於皇室，沒有皇上的許可，任何人都沒有權力擅自調動，就算是陸相也一樣，連這點規矩你都不知道嗎？」李其仁很快便打斷了何東風的話。「陸相的事我自會稟明皇上，至於你還是先想好如何同皇上交代吧！

「來人，將他拿下，押回去等候處理。其餘人全部聽我指揮調遣！」李其仁一聲令下，眾御林軍馬上便齊聲領命，不但直接將何東風押下去，而且再無半人敢有一絲大意之色。

而夏府的人一個個顯然受到了鼓舞，若不是當著小侯爺還有夫人小姐的面，這會兒早就想拍手歡呼了，敢這般欺負到夏家的頭上，這何東風的下場便是榜樣。

將何東風之事俐索的處理完畢之後，李其仁這才正式的朝阮氏以及夏玉華解釋道：「夏夫人、夏小姐，皇上剛剛聽聞刑部派人核查夏府一事，擔心驚嚇到府中家眷，所以特意派我等前來協助，還請夫人不要過於擔心，事情沒有水落石出之前，皇上自然不會輕信任何人，也不會讓夏府受到不必要的驚擾。」

「有勞小侯爺了，請小侯爺代妾身感激皇上聖恩。」阮氏心知皇上派人前來並非真是那麼好心，不過李其仁這人倒是讓她十分放心，上次老爺的事她還記在心中，這會兒見李其仁又這般進退有禮，更是對此人多了幾分好印象。

「夫人不必如此客氣，夏將軍乃國之功臣、朝廷之棟梁，皇上自然不會讓其家眷受到半點委屈。核查之事是刑部必走的過程，也是替夏將軍平反的最好方式，所以還請夫人不必太過擔心。」李其仁這話不但是對阮氏所說，同時也是對夏玉華所言。

先前剛進來時他太過急切了些，竟然當著眾人的面喚了玉華的閨名，現在想想，以他今日來此所代表的身分，的確不太合適，雖然自己並不太在意，但就怕一個無心給夏玉華惹上什麼麻煩了。所以這會兒他倒是刻意謹慎了不少。

「多謝小侯爺寬慰，我也知道他們是奉了刑部之令，卻也並沒有阻攔之意。只不過先前那些人氣焰太過囂張，若不是玉兒據理力爭的話，這會兒這府中還不知道被他們給鬧成了什麼樣子。」阮氏邊說邊搖了搖頭。「罷了罷了，既然小侯爺來了，我也就放心了。」

聽到阮氏的話，李其仁一個轉頭朝跟著何東風一併來的那幾個御林軍看去，眼中是滿滿的質問。他早就知道這些人過來肯定是有人暗中指使，沒安什麼好心，果然不出所料。

看到如此嚴厲斥責的目光，那幾個人頓時慌了，其中一人連忙說道：「李大人，先前何隊長帶咱們來時的確是……是那個了些，不、不過後來被夏小姐訓斥後，咱們都不敢再有半點逾越之處，而且也已經準備按夏小姐的吩咐，在府中家丁的帶領下依規矩進行核查，絕對不會讓府中的人與物有半點的損失。請李大人看在我等知錯能改的分上，格外開恩呀！」

這話一出，原本那幾人也都趕緊跟著求起情來，先前一個夏玉華便已經讓他們有些招架不住了，如今李大人又這般明顯的維護著夏家，連何東風都被抓起來了，他們這心裡哪有不怕的道理。

看這幾人的表情不像說謊的樣子，李其仁倒也沒有再多加訓斥他們什麼，見眾人在這裡肯定已經待了不短的時間了，因此便客氣地朝阮氏說道：「夫人，時辰也不早了，皇上那邊也等著這邊的回覆，依我看，現在便開始讓他們進去核查吧。不過時間估計沒那麼快，所以還請夫人先行進去休息一會兒吧，這裡有我在，絕對不會有人敢亂來的。」

「是啊梅姨，您也累了，還是先回房休息一下吧，孝兒還在您屋裡呢，您也順便照看著他，別讓他受到驚嚇，這裡有我在，一會兒等核查完畢，我再去跟您商量父親的事，好嗎？」夏玉華也出聲了，一會兒她還想跟李其仁詢問一下宮裡的事，當著阮氏的面倒是怕李其仁會有所不便，所以索性便讓阮氏先行回房休息，反正這裡暫時也不會再有什麼事情。

見狀，阮氏也沒有多說什麼，點了點頭後，略微交代了夏玉華幾句，便帶著人先行回房去了，她心中明白此刻玉華在這裡主持大局遠遠強過於她，再加上有李其仁在場，所以她乾脆適當迴避一下更好。

阮氏一走，夏玉華便讓管家與護衛按先前吩咐的帶著那些核查之人進屋裡，待那些人都各自離開之後，又吩咐鳳兒等人在廳內備好茶點，請李其仁先行進去喝杯茶休息等候。

待婢女上好茶點之後，夏玉華這才朝廳裡候著的僕人揮了揮手，示意他們暫且先退下，見狀，鳳兒與香雪連忙領著僕人們行禮之後退到了廳外等候。

只剩下他們兩人了，夏玉華直接朝李其仁問道：「其仁，我父親到底出了什麼事？為何會突然被關入刑部大牢？他現在怎麼樣了，我們什麼時候可以去看他？」

雖然父親走之前交代過不論發生多麼大的事情都不必緊張，可是夏玉華卻依舊有些不太放心，而眼前之人又是李其仁，但凡他知道的肯定不會對她有所隱瞞，所以她這才會特意詢問，以便能夠更加心中有底。

再說，發生這麼大的事，若是自己表現得太過淡定，豈不是大有問題？雖然自己信任李其仁，但是他現在畢竟是為皇上辦差，許多事情也不方便透露給他，因此倒也難免還是得做出一些看上去比較正常的反應才行。

聽到夏玉華的詢問，李其仁也沒片刻的耽擱，直接便回答道：「這事我也是剛剛才知道，不過怕妳擔心所以還特意打聽清楚了。原本皇上並不是讓我帶人來夏府協助的，我不放心其他人，怕他們乘機為難你們，所以這才主動請示皇上親自過來了。」

李其仁細細說道：「妳父親的事說來倒是有些奇怪，他並不是被人給抓進刑部的，而是自己去的。據說他是聽聞陸相府中所依附的幕僚這段時日正四處想方設法蒐羅他前些年帶兵時以權謀私、私徵軍餉以中飽私囊的一些所謂罪證，欲聯合狀告於他，因此極為生氣去找陸相理論。誰知後來與陸相不知怎麼回事越發的起了爭端，加劇了兩人之間的矛盾，陸相揚言不會懼怕夏將軍的威脅，一定會找出確鑿的證據來告發他，不讓皇上還有世人受他蒙蔽。

「聽到這些話，以夏將軍的性子哪裡受得了，實在氣得不行，便索性自己跑到刑部去了，自請入獄，讓刑部尚書徹查此事，還他一個清白。」李其仁說道：「這事本就來得突然又棘手，一方是陸相，一方是妳父親，兩邊都不是普通人，因此那刑部尚書也沒有辦法，只得勸妳父親先行回府，但妳父親執意不依，因此刑部尚書只得去請示皇上，皇上斟酌後，答應了妳父親的要求，讓刑部馬上著手辦理此案，以示公道。」

「原來如此。」聽到這些，夏玉華喃喃的說了一句，而後朝李其仁再次問道：「此事皇上是怎麼看待的？難道他也相信了陸相說的話，相信我父親會做出那樣的事情來嗎？」

「皇上怎麼想的我也不是很清楚，只不過……」李其仁微微遲疑了一下，見反正也沒有旁人，便老實說道：「只不過皇上本就對妳父親心存顧忌，如今來了這麼個機會，肯定巴不得乘機好好查查。依我看，這一次夏將軍真是不應該如此衝動，陸相近來本就對他十分不滿，平日也沒少明著在皇上面前進言，如今這麼一鬧，就算最後什麼證據也找不到，怕是也沒這麼快能夠輕易從刑部大牢裡出來的。」

聽到這些，夏玉華倒也沒有否認，點了點頭微微嘆了口氣道：「父親的性子向來如此，被人無中生有的誣衊自是忍受不了。他是個武將，沒有陸相那些文官那麼多的花花腸子，因此為了證明自己的清白，這麼做卻也不足為奇。只不過卻是將自己放到了如此危險的地步，實在是太過不值。常言道，欲加之罪，何患無辭，皇上本就對他不太放心，加上陸相等人的挑唆，這一回還不知道會怎麼樣?!」

看到夏玉華一副擔心不已的樣子，李其仁連忙安慰道：「玉華，事情雖然是有些麻煩，不過妳也不必太過擔心。夏將軍剛正不阿，清廉忠誠，這都是眾人皆知的，我想皇上也應該不致於輕率處理此事。再說即使有人想從中作梗，陷害夏將軍，朝中還有那麼多的忠臣在，又豈會坐視不理？」

「事已至此，想再多也沒有辦法，你放心，我不會自亂陣腳。如今父親出了這種事，我一介女流，沒有辦法替父親去尋找證據洗清冤屈，唯有先好生穩住家中之事，不讓他再分心來擔憂我們。我相信刑部、相信皇上，更相信這世間還有那麼一個理字，我會好好的等著父親回來！」

夏玉華滿面堅定，那樣的沈穩與氣度相較於以前更加成熟了不少，李其仁見狀，心中高興不已，來這裡時他最擔心玉華會因此而驚惶失措，心神不寧什麼的，如今看她這般心意堅定，鬥志不凡，當真是欣賞不已。

果真是夏大將軍之女，臨危不懼的心理顯然是繼承了下來。

「妳能這般想便好，我擔心妳，所以一路上還想了不少的安慰之詞，如今看來倒是都不必了。」李其仁鬆了一大口氣，又道：「夏將軍在刑部妳也不必擔心，那裡的人不敢虧待了他，皇上也發了話，這些倒是不必在意，只需靜心等候結果便可。還有，宮裡頭有什麼最新的消息，或者這案子有什麼最新的進展，我都會馬上讓人通知妳。一會兒妳跟夫人說，讓她盡可放心，萬事總會解決好的。不過探視一事……今明兩天妳們怕是不能夠去探視了，按規定，有些程序得走完，等過了這兩天若可以了，我再幫妳們安排，讓妳們去跟夏將軍見個面。」李其仁當真是將所有的事都替夏玉華想好了，為的就是想讓她能夠多安心一點。

如此用心的安排，夏玉華很是感激，李其仁對她的關心，她已經無法用謝謝去表達，可這會兒除了謝謝之外她也沒有別的方式了。

只不過，感激的話還沒有來得及說出口，卻突然聽到外頭傳來一陣喧譁之聲，很快的，有僕人慌慌張張的跑了進來，也顧不得什麼規矩了，直接朝夏玉華說道：「大小姐，不好了，外邊又、又來了一大群的軍士，也不知道想做什麼，問都沒問直接便往咱們府裡衝了進來，您趕緊去看看吧！」

第四十四章

話音剛落，外頭的喧譁之聲越來越近，而就在夏玉華與李其仁同時起身準備出去看個究竟之際，答案卻已經出現在他們面前了。

看到那風風火火帶著一行人往廳裡這邊走來的身影時，夏玉華不由得舒心一笑，先前在聽到僕人通報之際，腦海中冒出來的所有猜測與顧忌全都一一的消除了。

她快步上前，朝著那走在最前面的中年男子走了過去。「黃叔叔，您怎麼來了？」

來的不是別人，正是夏冬慶在京城裡的另一心腹兄弟黃天剛。黃天剛本也是夏冬慶軍中的一員虎將，兩年前，因夏冬慶被留置在京城，為了顧及其安全，也一併跟著回到京城。這兩年來，一直由他負責處理夏冬慶與西北駐軍的一些聯繫等事宜，算得上是皇上默認的夏冬慶與西北大軍之間的直接聯繫者。

而這一次，黃天剛正是提前得到了夏冬慶的暗中授命，否則的話他也壓根兒不可能這麼快知道夏府被刑部派人核查之事，而來到夏府一看，裡頭竟然還有御林軍，心中更是急了，生怕那些人在夏府裡頭動粗，驚嚇到府中的家眷，所以一進門二話不說，直接便衝了進來找人。

見到夏玉華，黃天剛連忙停了下來，將這個大侄女給拉到面前，上下左右仔細打量了兩遍後這才出聲道：「玉兒，跟黃叔叔說，刑部的人還有外頭那些御林軍有沒有為難你們？妳不用害怕，只管照實說來，黃叔叔來了，咱們什麼都不用怕了，知道嗎？」

「黃叔叔放心吧，玉兒沒事，家中也一切如初，都好好的。」夏玉華見黃天剛一副擔心不已的樣子，連忙解釋道：「先前的確是有些不太愉快，不過後來小侯爺帶了御林軍的人過來便很快平息了，這會兒刑部的人正按命令進行核查，沒有再影響到府中的人與物了。」

聽了夏玉華的話，黃天剛這才抬眼看向一旁的李其仁，這個小侯爺他自然也認識的；他跟清寧公主不熟，不過跟李其仁的父親李執卻還算有些來往。李執也是武將出身，性情坦蕩正直，雖然早就已經不理會朝廷之事，但是對於夏將軍向來也是十分敬仰尊重。

而在黃天剛眼中，李執這個獨子看上去還真不錯，果然是什麼人生什麼樣的孩子，武將調教出來的與其他那些只會享樂闖禍的紈袴子弟就是不一樣。

「原來是小侯爺出手相助，黃某先行謝過小侯爺了，這份人情我黃某人記住了！」黃天剛豪爽無比，也沒有多餘的話，直接便朝著李其仁拱手致意，表示感激。

而李其仁見狀，連忙回禮道：「黃將軍太客氣了，您是長輩，其仁是晚輩，黃將軍直喚其仁名姓便可。況且，我也是奉皇上之命前來協助刑部，見有人乘機使壞，自然是不會坐視不理的。」

「嗯，李執與清寧公主教養出來的孩子果然不一樣，你小子不錯，我喜歡！」黃天剛不由得笑著拍了拍李其仁的肩膀道：「不驕不躁，謙恭有禮，前途無量呀！」

被黃天剛突然這麼一誇，李其仁倒是有些不好意思起來，再見黃天剛如此熱情的打量自己，一時也不知道要說點什麼好，只得朝夏玉華看了過去。

收到李其仁略帶不知所措的求助信號，夏玉華倒是有些忍俊不禁，黃叔叔向來便是這樣的性子，心中想什麼便說什麼，看這樣子，他還真是挺欣賞李其仁的，只不過這個時候倒也顯得太過熱情了一些，難怪李其仁會有些不太自在了。

「好了黃叔叔，咱們別光顧著站在這裡說話，先進裡頭坐吧，父親之事，我還得跟您好好商量一下。」夏玉華適時的出聲，很快便將黃天剛的注意力給成功的從李其仁的身上轉移了過來。

黃天剛神情馬上出現了變化，很是嚴肅的點了點頭，而後大步朝廳裡走去。

進去之後，夏玉華詢問了一下，黃天剛只說自己有朋友在刑部，所以很快知道夏將軍被關起來一事，這邊才剛剛著手去查清楚起因，那邊便聽說了刑部要核查夏家。他向來便知道官差辦事的德行，因此自是擔心有人藉機生事，為難夏府家眷，所以這才馬不停蹄的帶著人趕了過來，好在夏府裡並沒有發生什麼事，倒是稍微安心了一些。

聽到這些，夏玉華自然明白黃天剛所說的都不過只是表面的一部分罷了，他是父親在京城裡為數不多的心腹之一，父親那麼大的動作不可能不與他商量並且讓他幫忙做一些事情。只是在這裡當著李其仁的面，黃叔叔肯定不會多說，但不論怎麼樣，畢竟現在李其仁是代表皇上來夏府的，因此自是不會多說其他。

見狀，夏玉華倒也機靈，很快便將先前李其仁所說的那些關於父親的事情說給了黃天剛聽，黃天剛一聽，頓時氣惱不已，直嚷嚷著要找那個姓陸的算帳。

「黃叔叔，現在可不是找誰算帳的時候，依我看還是儘快替父親洗清污名，早些讓父親回來才是最重要的。」夏玉華見狀，連忙勸導黃天剛，指明了事情的輕重緩急。黃天剛一聽，確也覺得玉兒這話在理，因而冷靜了下來，沒有再那般衝動。

商量了一會兒後，黃天剛一時間也沒有更好的辦法，不過在李其仁的提醒下倒是想到了一個全新的突破口，見這裡暫時沒什麼事，而他也急著去替將軍四處打通一些別的事，因此便不再多作逗留。

「玉兒，既然家中沒什麼別的事，那黃叔叔便放心了。現在我還得去找其他幾位叔叔好好商量一下妳父親的事，一會兒妳替我跟夫人說一聲，讓她不必擔心，將軍之事，我一定會全力以赴，絕對不會讓將軍蒙受不白之冤！」

黃天剛邊說邊起身道：「還有，外頭我帶了一些兄弟過來，這些天就讓他們留下來看家護院，省得又有什麼人乘機前來騷擾你們。」

聽到這話，夏玉華連忙跟著站了起來道：「黃叔叔只管放心，家中我會照顧好的，至於您帶來的人還是帶回去吧，府中護衛已經足夠，再者皇上也發了話，想來暫時也沒有誰會再亂來的。至於父親的事，雖然我相信清者自清，但還是得麻煩黃叔叔多多費心了！」

夏玉華如今的懂事與脾性倒是真讓黃天剛滿意不已，他鄭重的點了點頭，保證自己一定會全力處理好將軍之事，讓其不必擔心，而後再次朝李其仁示意之後，這才按夏玉華所說，帶著人先行離開了。

黃天剛走後，李其仁沈默了片刻，最後還是對夏玉華說道：「玉華，黃將軍等人與妳父親素來交情極深，我擔心他們因為妳父親之事而做出太過激烈的舉動，如此的話怕是反而對妳父親之事會產生些不好的影響。畢竟妳現在只不過是想要討個清白罷了，想來皇上查清楚之後就應該不會有什麼事的。若是黃將軍他們沈不住氣，因此而鬧出其他一些不必要的麻煩來，豈不反倒連累了妳父親？」

「你的意思我明白，你說得對，不論如何行事，總之是不能丟了一個理字。一會兒，我會讓人跑一趟，把這個意思跟黃叔叔他們說一下的，想來他們都是為了父親好，肯定會明白的。」夏玉華自然也不好當面拒絕李其仁的好意，遂點頭應了下來，不想讓他太過擔心。

兩人又談了一會兒，李其仁怕老是提這些事會讓夏玉華心情過於沈重，因此便刻意的說了一起其他的話題，只不過畢竟這種時候太過輕鬆或者刻意的歡笑似乎也不太妥當，因此說說停停的，李其仁這個一向在夏玉華面前談笑風生的人一時間卻也變得有些拘泥了起來。

好在這時有人來報，在李其仁耳畔低語了幾句，顯然是向其報告剛剛核查的大致結果，夏玉華自然也不好多問，不過她心中清楚得很，自己家中不可能被人查出任何的物證來，因此也沒有太過擔心。

片刻之後，所有進入夏府裡頭核查的人員全部都回到了原地列隊等候，李其仁見狀自然也不再久留，朝夏玉華使了一個放心的眼神，而後當著眾人的面說了幾句場面話便帶著所有的人離開了夏家。

等人都走了之後，夏玉華這才令管家帶人重新檢查了一遍家裡頭，確定沒有任何受損之後這才命人關上大門，沒有特別之事不再接見旁的客人。做好一切後，她這才帶著人去後院阮氏的屋裡。

到了阮氏屋裡後，見成孝果然還在，而且小臉上滿是擔憂，正在不停的詢問娘親關於父親的事。雖然他年紀還小，可是應該懂的都已經懂了，知道父親被無故下了獄，自然是著急不已。

「姊姊，妳來了？快告訴成孝爹爹到底怎麼啦？問娘親娘親也不跟我細說，我都擔心死了。」見夏玉華進來，夏成孝二話不說便跑了過來，直拉著姊姊要問個徹底明白。

見狀，夏玉華拉著成孝坐了下來，見阮氏的神情顯得有些無奈，便勸道：「成孝不必擔心，爹爹不過是出門幾天，辦一些他所要辦的事罷了。他不會有事的，相信姊姊好嗎？」

「可是我知道父親都已經被關進大牢了！」對於這個答案，夏成孝顯然並不太滿意，嘟囔著顯得很不高興。

「那是爹爹自己主動要去的，為的就是想讓那些欲陷害他的人還他一個清白。你想想看，如果父親真的出了大事，剛才刑部那些人，還有皇上派來的那些御林軍會這般客氣嗎，正因為他們都知道父親是清白的，所以這才會有所顧忌，否則的話咱們早就被抄家，早就與父親一樣被人抓起來關進大牢了，是不是？」夏玉華反問道。

聽到這話，夏成孝不由得思索了起來，彷彿是在權衡姊姊這話裡頭的意思到底可不可信，片刻之後，他才微微點了點頭，頗為認真地說道：「嗯，我相信姊姊！」

見狀，夏玉華很是欣慰地摸了摸夏成孝的頭，而後才跟阮氏說起了剛才黃天剛來過之事，並且將李其仁所說的一些關於父親的大概情況也都說了一遍，示意阮氏不必過於擔心，父親不會有什麼事的。

幾人又談了一會兒，無非就是夏玉華示意阮氏與成孝安心下來，不必過於著急，至於父親那邊的事自然會有人去辦，有什麼消息她也會第一時間過來告訴他們。

不知不覺中，夏玉華儼然已經成為了這個家中的另一個支柱，在父親以及夏家處於影響命運最關鍵的轉捩點時，她已然不會再有任何的顧忌，全力以赴才是唯一的路。

接下來的三天裡，夏府倒是沒再出什麼亂子，從李其仁以及黃天剛派人送過來的消息裡可以看得出來，此刻刑部也好、皇上也罷，自然都沒有找到什麼真正有作用的所謂證據，能夠讓陸相誣陷夏冬慶的那些罪名成立。

可是皇上卻也沒有馬上下達釋放父親的命令，反倒是故意在陸相等一小部分朝臣的再次聯名呈請下美其名為徹底弄清楚事實，免得冤枉了大將軍王，而再次特意指派了兩名官員，專門負責審理夏冬慶的事情。

事情的發展完全在夏玉華的意料之中，皇上果真藉此事要作文章了，怕是就算明知什麼也查不出來，而父親短時間內也不可能從此事中脫身。

這倒也無妨，反正父親早就已經想好了對策，用不了多久便能夠安全脫身，並且讓那些成天挖空心思的人得到應有的教訓。只不過夏玉華心中終究仍有些擔憂，在這個過程之中，父親在明，而害他之人在暗，若是發生些什麼意外或者不測的話，又當如何？

到時怕是不但打亂了父親的計劃，而且還會讓父親真的處於危險之中。可是，事情到了這個地步，已經由不得她了，夏玉華唯有暗自期盼父親一切順利安好。

今日已經是父親被關的第四天，而對於夏玉華來說，今天的意義卻並不僅僅只是如此。前世的今日便是父親身亡的日子，所以於她而言，這是一個極其重要也是特殊的命運轉捩點。只要過了今日，那麼一切便可見分曉，只要父親能夠平安的度過今日，那麼她相信上一世的厄運便將完全的改變。

所以她特意讓李其仁幫忙，選在這一天去刑部探望父親。其實，從昨天開始，李其仁便已經託人去打理此事了，而最後的探訪時間也如夏玉華預期的一般定在了今日下午。

正當眾人都在做著下午去探視老爺的準備之際，管家卻匆匆忙忙的跑來稟報夏玉華，說是外頭五皇子府的人有事要求見於她。

一聽說是五皇子府的人，夏玉華不由得愣了一下，這些日子實在是事情太多，倒是險些將歐陽寧所交代要為鄭默然看診的事給忘記了。不過算算日子，應該還有幾天才對，為何今日便派人來了呢？難不成鄭默然這個月身子突然有什麼不對勁的地方，所以需要提前診治嗎？

猶豫了一下，她還是讓管家先將五皇子府的人引進來，先問清狀況再說，若真有什麼事的話，畢竟也是人命關天，不可大意，何況她答應過先生會照看好鄭默然的病，再怎麼樣也不能夠言而無信。

那人進來之後，恭敬的朝夏玉華行禮請安，直道自己是五皇子派來給夏小姐傳個口信，說是他家主子昨晚便感到身子有些不太舒服，今日一早起來更是嚴重了不少，所以想請夏小姐現在便跟他過去一趟五皇子府，替他家主子診治。

一聽果然真這般不巧，夏玉華當下使有些無奈的搖了搖頭。所幸的是離下午去看父親還有好幾個時辰，時間上倒也應該不會有什麼衝突。

於是，她也沒有再多想，讓香雪留在家中協助好阮氏，而自己帶著鳳兒趕緊收拾好東西先行前往五皇子府。

這是夏玉華第二次踏入五皇子府，說實話，如果不是因為歐陽寧的託付，她真的不願意再踏進這裡半步，面對那個顯然很是陰陽怪氣的鄭默然。如今家中的事已經夠讓她操煩的，實在沒有多餘的心思與精力再去應付此人了。

而且夏玉華總有一種奇怪的感覺，這鄭默然早不病晚不病，為何這麼巧趕在這個節骨眼上身體不舒服了呢？先生臨走時不是說他病情近來十分穩定的嗎，怎麼這麼快病情便出現了變化？

不過，基於醫者的責任，她還是得來，否則真出了什麼事的話，不但無法跟歐陽寧交代，而且也過不了自己的良心這一關。

進了府，卻發現在前面帶路的婢女並沒有將她帶往上次給鄭默然診治的書房，也沒有去他休息的就寢之處，反倒是直接將她帶到了府中一處水榭涼亭內便不再前行。

夏玉華納悶不已，不是說讓她來診治的嗎？這地方怎麼看都不像是給病人看診的地方，也不知道到底在搞什麼鬼。

不過她也沒有出聲詢問，只是盯著那帶路的婢女瞧，婢女見狀，連忙出聲解釋道：「夏小姐，五皇子吩咐了，請您先在這裡稍等片刻，一會兒他便會過來的。」

「在這裡等？為什麼？妳家主子不是病了嗎？」夏玉華越發的覺得自己先前的猜測可能是對的，這個鄭默然十有八九壓根兒就沒什麼特別不舒服的地方，是在裝病。一想到這個，她心中便上了火，對這人更是沒有什麼好感了。

婢女見夏玉華似乎有些不太高興，只得陪著笑容再次回答道：「夏小姐，您就先在這裡稍等片刻吧，五皇子只吩咐了這一句，其他的並沒有多說，所以具體的事奴婢也不知情。桌上茶點都已經備好，亭子邊上的池子裡養了不少的魚可以觀賞，夏小姐請自便，奴婢先行告退。」

說罷，這婢女也不等夏玉華再出聲，便連忙退了下去，似乎怕稍微走得遲了便會被夏玉華叫住脫不了身似的，一臉的匆忙。

見狀，夏玉華倒是沒有再叫回那婢女，朝四周看了看，見四下無人也只好暫且在這裡等候了。既然都來了，如今雖然估摸著鄭默然身體應該沒什麼問題，可是畢竟還沒見著人也不好一走了之。再怎麼說人家也是皇子，眼下父親與夏家正值關鍵時候，倒是沒有必要再多招惹什麼麻煩。

鳳兒自進府後便被留在了原地等候，府裡的人無非就是說他們家主子喜靜，人太多怕影響到了主子，所以這會兒也就只剩下夏玉華一人在涼亭裡了。

等了片刻，見四下無人安安靜靜的，估摸著鄭默然不會這麼快過來。夏玉華只得耐著性子坐了下來，半側著身子看著那一池的錦鯉在裡頭游來游去。

細心的婢女還在涼亭欄邊上留了些魚食，夏玉華等得無聊，便拿了一點魚食往池子裡扔。這池裡頭的魚平日都有人打理，肯定不曾餓肚子，因此也沒見著那些魚爭搶得怎麼厲害。餵了一會兒，夏玉華實在是覺得沒什麼意思，便直接將那一大袋的魚食全往池裡頭扔了進去。

第四十五章

「像妳這般餵魚，估計用不了多久，我這府中的魚全都會撐死掉的。」鄭默然不知什麼時候竟然出現在夏玉華的身後，見夏玉華如同洩恨似的將那麼多的魚食全都投進池裡頭，不由得笑出聲來。

聽到聲音，夏玉華很快便回過頭去，見這等的神人終於現身了，這才拍了拍手，站了起來。

「五皇子終於來了，我還以為我來得太遲了。」她邊說邊稍微福了福，算是行禮，總歸是皇子，倒是沒必要落人口實。

「我怎麼聽著妳這話說得像是在咒我似的？」鄭默然並沒有介意夏玉華的態度，解釋了一句道：「本來我是打算在這裡等妳的，不過臨時有點急事，倒是讓妳久等了。」

這樣的解釋對夏玉華來說卻是可有可無，現在她只想知道這個看上去並沒有半點不妥，甚至於精神還挺不錯的人為何要裝病派人在這個時候將她找來。

「五皇子看上去並沒有什麼不舒服的地方吧，怎麼去我府中報信的人竟說你昨晚起就不舒服了，今日一早更嚴重了呢？」她也懶得等鄭默然回答，徑直問道：「看五皇子這個樣子，不必診斷，就應該沒什麼問題，不知道為何要拿自己的身體開玩笑？」

見夏玉華一臉的不高興，鄭默然卻是不急不慢，自顧自的坐下，先行端起桌上的一杯茶喝了起來，如同沒有聽到先前那些質問之詞一般。

見狀，夏玉華更是一肚子的火氣，看著那人一臉悠閒的樣子，真有種恨不得上前一把搶過茶杯往他身上砸去的衝動。

「坐下先喝杯茶吧，這會兒喝，溫度正合適。」鄭默然雖然沒有看夏玉華，不過卻是很明顯的感覺到了一股怒氣迎面撲來，因此連忙抬眼看去，面帶微笑，一臉無辜的邀請她坐下喝茶。

看到這情形，夏玉華頓時湧上一種說不出來的挫敗感，取代了先前那股惱火。她不由得暗自嘆了口氣，不知道自己怎麼會遇到一個這樣的人。

鄭默然與她所認識的所有人都不一樣，明明是一個長年有病的人，成日一副柔弱不已的模樣，看上去完完全全沒有任何的攻擊性，可卻偏偏總是給她一種無形的壓力，總是能夠輕易的打破她的冷靜，讓她的情緒變得有些不受控制。

這樣的人真正讓她覺得不喜歡，心底裡下意識的有種排斥與想要遠離的念頭，實實在在的讓她覺得有些無法掌控。

深吸了口氣，她重新調整好自己的情緒，不想自己的情緒被眼前的人所控制。片刻之後，她也跟著坐了下來，不過卻並沒有喝什麼茶，而是換了種較為平和的語氣說道：「五皇子，如果您沒什麼不舒服的話，我想我便沒必要久留了。先生交代過了，除非您身子有什麼不舒服的地方，才可以提前針灸、更換藥方，否則的話，務必得等時間到了進行例行診治方才對您的身體比較好。」

細想之下，她倒也不認為鄭默然真會這般無聊，裝病將她騙來開這種沒有意思的玩笑。只不過，看這人慢條斯理，不急不忙的樣子，估摸自己不主動提出告辭的話，就算真有什麼事他也不會趕緊著說出來的。

所以她這才索性冷靜下來沈著應對，如此一來也不會顯得太過被動了些。

見夏玉華這麼快便冷靜了下來，沒有再被自己的刻意舉動而亂了脾氣，鄭默然心中倒是暗自讚許，放下茶杯後，這才說道：「我聽說妳父親前幾天被關進了刑部大牢？」

父親的事這幾天早就傳得沸沸揚揚，所以鄭默然會知道也是再正常不過的事，夏玉華並沒有太過吃驚，只是不明白以他的身分為何會在這個時候主動提到自己的父親。

「既然五皇子明知我夏家正值多事之秋，何以還要無故將我找來，難不成就是為了跟我討論我父親進刑部大牢之事？」夏玉華覺得跟這個人說話實在是有些累得慌，因此直接說道：「五皇子有什麼事還是直說吧，一會兒還我得去刑部探視，若是錯過了時間的話，怕是不太好。」

「妳只說對了一半，準確來說，我今日藉故叫妳過來是為了救妳父親。」鄭默然這會兒倒也沒有再繞圈子，冷不防的扔出了這麼一句極富震撼力的精簡話語出來，只不過他此刻的神情卻依舊如故，彷彿剛才說的只是請喝茶之類的閒話似的。

夏玉華心中一驚，猛然看向這個一直都讓她瞧不明、看不透的五皇子，腦海中快速閃過各種念頭與猜測，同時也在判斷著這句話的真假以及目的為何。

「怎麼？妳不相信？」見夏玉華半天都不出聲，只是滿臉質疑地望著自己，鄭默然笑笑地說道：「是不相信我有這個能力呢，還是不相信我會有這等好心呢？」

他倒是毫不忌諱，直接道出了夏玉華此刻心中的想法，似乎也並不在意自己在別人心中的看法，而且還會隨時隨地都能看穿對方的內心似的。

聽到這些，夏玉華很快回過神來，她並沒有順著鄭默然的話回答，而是自行說道：「雖然家父現在身陷大牢，但他卻是為了證明自己清白而自請入獄，家父素來行得正、坐得端，忠君愛國是盡人皆知，又豈會被幾句流言污語所構陷。」

說到這裡，她停了停，看著鄭默然那張略帶蒼白卻還算有精神的臉繼續說道：「本就是無罪之人，何來救不救的說法，等皇上替家父平反之後，家父自然會堂堂正正的走出刑部大牢。五皇子有心了，不過此事倒還真是不必麻煩您。」

話音剛落，卻見鄭默然邊點頭邊鼓起掌來，但臉上的神情明顯帶著幾分並不贊同的笑意。夏玉華見狀，也懶得問他這是什麼意思，跟這樣的人打交道，還真是有種言多必失的感覺。

拍了幾下手之後，見夏玉華只是看著自己並沒有其他反應，鄭默然稍微揚了揚手出聲道：「夏將軍的為人我自是不會懷疑，可官場上的事往往不是自己行得正、坐得端便能夠避開禍端的。妳也知道妳父親是自己主動進刑部大牢，但如今查了幾天，連妳家都核查過了，我父皇可有要放妳父親回去的意思？」

「五皇子的意思是，皇上已經偏信了陸相之言，即便這幾天並沒有查出什麼不利於我父親的證據，但卻並沒有打算馬上還我父親清名？」夏玉華這會兒是不由得上心了一些，她自然知道鄭默然的話並非沒有道理，而皇上心裡打的是什麼主意也是不言而喻。可是身為皇上的兒子，鄭默然又憑什麼來說要救她的父親呢？

「我父皇如何想我自是不敢妄自猜測，不過陸相等人肯定不會放過這麼大好的機會。」鄭默然看著夏玉華直言道：「其實有些道理妳也清楚，所謂日久生變，妳難道就不擔心妳父親聰明反被聰明誤？」

一句聰明反被聰明誤，讓夏玉華頓時不由得打了一個冷顫，她不可思議的盯著鄭默然，不確定這個人到底知道了些什麼東西。她看得出來，鄭默然並非張嘴亂說，此人心計實在太過厲害，她真的不得不防。

「五皇子這是什麼意思，有話便直說吧，您身體也不怎麼好，繞得太多話浪費力氣。」她穩了穩心神，轉而端起桌上的茶喝了起來，藉此掩蓋一下內心的不平靜。

見狀，鄭默然倒也如夏玉華所願，不再多繞圈子，點了點頭一副妳聽好了的樣子，徑直說道：「在我看來，妳父親雖是武將，性格耿直，眼中容不得沙子，可是他卻是個直而不粗、有血性又不會魯莽之人，所以單憑陸相的一些沒憑沒據的誣告之言便如此意氣用事，衝動的自請入獄以求清白，這一點細想之下並不太合情理。

「所以，妳父親自請入獄應該是有其他的目的，並非簡單的以求清白，對嗎？」他反問了一句，卻也不指望夏玉華的回答繼續說道：「只不過，任何事都有兩面性，即便先前謀劃得再好，有些風險卻也是很難預料的，就好比……」

「好比什麼？」見鄭默然停了下來，若無其事的看著她，卻不再繼續說下去，夏玉華倒是有些沈不住氣了。

話一出口，她頓時又有些後悔，如此一來，豈不等於是默認了鄭默然說的話了？一時間她有種上當受騙的感覺，卻偏偏無法說出來，只得暫時忍著先不去多想其他。

看到夏玉華臉上的神情變化得極快，鄭默然不由得搖了搖頭，笑著說道：「沒什麼好懊惱的，我早就跟妳說過，這世上只有我不想知道的事，沒有我不能知道的事。妳也不必否認，當然也不需要承認，只需如上次一般聽著便可，我說我知道的，妳選擇信或不信，這樣的默契不是早就已經形成了嗎？」

「好比什麼？」夏玉華見狀索性也不再顧忌了，再次重複問道，現在她只想弄清楚與父親最息息相關的事，這比什麼都重要。

對於夏玉華所表現出來的急迫，鄭默然顯然很是滿意，他已經完全明白了眼前這個女子的弱點到底是什麼，當然從另一個方面來說，這也的確是夏玉華一個極為珍貴的品性。

因此，他也不再逗她，出聲道：「比如今晚，今晚妳父親恐怕會有大麻煩了。」

「什麼麻煩？」夏玉華大驚，手不由得一鬆，連桌上的杯子都差點給弄倒了，鄭默然的話顯然讓她著急萬分。

前世父親身亡正是今日，如今卻聽人說今晚父親將有大麻煩，如此一來，她又怎麼可能不害怕。

看到夏玉華頭一次如此失態，連臉色都變了，鄭默然倒是有些詫異，當然，如果他知道今天對夏玉華來說意義特別重大的話，想來也不會這般奇怪了。

「今晚有人想要妳父親的命，他們會讓人在給他送的食物裡下毒。」見狀，鄭默然倒也沒有再故意賣什麼關子，直接爽快的將謎底揭了開來。

「下毒？」夏玉華喃喃重複了一聲，目光瞬間變得陰鷙無比，果然如此，看來這些人的招數依舊如故，只不過形式略有不同罷了。前一世他們成功了，而這一世，她絕對不會再讓這些人得逞！

看到夏玉華眼中瞬間布滿的陰鷙與恨意，鄭默然一時間卻是沈默下來，眼前的女子越發的讓他覺得不那麼簡單，那種與年紀、經歷完全不相符合的氣質、情感表現更是讓他覺得迷惑不已。

正想著，忽然聽夏玉華再次出聲道：「若我猜得不錯的話，這指使之人應該是陸相了，對嗎？皇上都還不急，他倒是急著要出頭，就不怕賠了夫人又折兵！」

她心中清楚，皇上不可能會選這樣的時候以及這樣的地點讓父親這般不明不白的死在世人眼前，若是皇上授意的話，定然會選一個最為恰當的時機、最為完美的理由，會如同前一世一般讓父親的死在世人眼中就是一個最可惜不過的早逝。

所以，她敢斷定，這一次的下毒計劃一定不是皇上所為，而是陸相。想來陸相在這些天清查之後，竟然找不到半點父親的罪證，一時有些急了，既擔心要為先前的所作所為付出代價，同時也擔心父親出來後更是沒有機會再對付父親，並且還極有可能會被報復。

所以，陸相才會出此下策，反正他心中清楚皇上對父親也是極其猜忌，而且巴不得早些除去父親，所以即使到時皇上知道是他所為，也不會太過追究，相反的說不定還會極力維護於他。所以他才敢如此肆無忌憚。

夏玉華的準確推測讓鄭默然不由得點了點頭，原先還以為她第一反應會以為是皇上要藉機除去她的父親，卻沒想到她看得比誰都清楚。

「沒錯，正是他。看來妳已經心中有數了，我倒是不必再擔心夏將軍的安危了。」略帶輕鬆的笑了笑，鄭默然很快恢復了一貫的神情。夏冬慶有這麼個女兒，還真是有福氣，看來這一次的麻煩應該是不足為懼了。

平息片刻之後，夏玉華也沒急著向鄭默然道謝，而是一臉正色地問道：「五皇子，您剛才所說的一切，玉華自是不會懷疑，只不過，這天下沒有白吃的午餐，我想知道您特意告訴我這些的目的！」

鄭默然可不是那種愛管閒事、打抱不平的人，先不論他是如何得知這些消息，單憑平白無故的告訴自己這麼重要的秘密，肯定是有所圖。所以夏玉華索性問個清楚，省得自己瞎猜測。

聽了夏玉華的詢問，鄭默然咦一聲，而後作出一副考慮的樣子，片刻之後才一本正經的說道：「如果我說，我是因為喜歡妳才會將妳父親的事透露給妳，妳會信嗎？」

「不會！」夏玉華毫不猶豫的否決了，而且臉上沒有半絲的異樣，並沒有讓鄭默然的戲弄得逞。雖然鄭默然看上去一副極其認真的樣子，可她卻是再清楚不過，這說法是絕不可能。

見狀，鄭默然這才輕快地笑了出來，一副竟沒有騙到妳的神情，甚至略微還帶著那麼幾分可惜的樣子。「算了，不逗妳玩了。其實我也沒妳想的那麼功利，只不過是不想看到像夏將軍這樣的將才白白死在一個奸臣手中罷了。當然還是那句話，信不信由妳。」

就這麼簡單?!夏玉華倒也不是完全不相信，鄭默然或許真是基於這個原因，但這絕對不是唯一，更不是最主要的，像他這樣身分的人，無故施恩於夏家，若有私心的話，無非就是衝著父親手中的那幾十萬大軍罷了。

任何一個皇子，若是有了父親的支持，便等於坐擁了半壁江山，奪位那是極其容易成功之事。所以皇上才如此忌諱各皇子私底下與父親走得太近，同時也對於父親沒有放心過一時一刻。而像二皇子、四皇子等人，雖然個個迫於皇上的施壓，不敢暗中拉攏父親，但是估摸著都有此私心，只是暫時沒有這個膽罷了。

難道鄭默然也有此心？想拉攏父親，藉助父親的勢力而爭奪皇位？這個念頭一旦閃過，夏玉華看向鄭默然的眼神亦變得完全不同了。其實這種可能並不出奇，鄭默然雖然身體不太好，可是心智極佳，眾皇子中怕是沒有誰比得過他。

而且，別看他成天一副深居府中不問世事的樣子，卻是消息靈通、無所不知，若是暗中沒有超乎常人的勢力與能力的話，試問又怎麼可能做得到呢？

「你想讓我父親日後能夠站到你這一邊，對嗎？」她定定地望著眼前的男子，瞬間明白了許多。

夏玉華的直言不諱倒是很讓鄭默然欣賞，同女子說話，能夠如此爽快俐索還真不容易。而他似乎也沒有打算掩飾自己心中的想法，從派人去找她過來開始，所謂的攤牌本也就在預料之中。

「如果日後妳父親願意站在我這一邊的話，我自然高興，不過若是他不願捲入這樣的紛爭之中，能夠保持中立，不成為我的阻礙，這便已經足夠。畢竟不論日後誰主江山，像妳父親這樣的將才都是朝廷的基石。我與父皇想法不同，對於功臣能將，若非萬不得已，絕不會除之而心安。」鄭默然坦誠無比，於他而言，只要不是敵人他便少了一大隱患，其他的事也就容易得多。

而夏玉華卻是沒有想到鄭默然竟這般明確的承認了自己的野心以及對於父親的態度，一時間倒是不由得愣住了，片刻後這才再次出聲問道：「你就不怕我洩漏你的秘密？」

「妳不會。」鄭默然搖了搖頭，　臉肯定地說道：「況且，萬一我料錯了，妳真的洩漏出去的話也無所謂，因為不會有人相信，即便有人相信那又如何？身為皇子，有沒有此心都不重要，因為在我父皇眼中，除了太子以外，每一個兒子都是他防備的對象。所以歸根結柢，這樣的事妳說與不說都是一樣的，沒有什麼不同。」

聽到這樣的答覆，夏玉華不由得對鄭默然的膽識與能耐有了一些新的認知。她不知道鄭默然如今到底已經有了多大的實力，但有一點卻是清楚的，如今皇上眾多皇子之中，真正的賢能者寥寥無幾；相較之下，鄭默然除了身體較為羸弱以外，其他各方面的確都勝過那些人許多，只不過這麼多年以來一直為了自保而隱藏鋒芒罷了。

而最讓她覺得認可的一點，便是鄭默然對於功臣的看法，如此胸襟與氣魄倒有幾分明君的樣子。個人猜忌事小，江山社稷為大，太平之時殺掉功臣將才那是給自己的江山自挖墳墓，寒了人心不說，若是動亂之際則江山更是岌岌可危。單從這一點來說，鄭默然倒是比他的父皇要強上幾分。

權衡片刻之後，她也沒有再多加質疑，鄭默然的要求不算太高，也並沒有以此為交換條件，強行拉攏父親。想來以他的聰慧也想得到，憑父親的脾氣個性，受此救命之恩，日後無論如何也是不可能會與其對立。

「五皇子大恩，玉華感激不盡，所謂大恩不言謝，這份恩情家父與夏家都會銘記於心。」見狀，夏玉華也不再多問其他，明白了這些便已足夠。

對鄭默然來說，不過是個順手人情，兩不相誤；對夏家來說，得此人情卻也不必有太大的負擔，唯獨有些事是心照不宣。皇子權力相爭本就是再正常不過的，而他們所能做的就是不主動捲入其中，之後在適當的時候、適當的機會還掉這個人情。

說罷，她便起身告辭，當務之急自是趕去刑部大牢，將一切危險提前告知父親，提前作好對策，出奇制勝，解除危機。

而鄭默然亦十分清楚，今日自己的目的顯然已經達到，無論如何，夏冬慶都會記得他的這份恩情，即使他日這個大將軍王並不明確的支持自己，但最少在時機成熟之際也不會成為牽制、影響他的絆腳石。

對於這樣的大將軍，他不能夠要求太多，否則的話人情反倒成了威脅，而讓這樣的人感到不安的話，對於自己又是一種隱憂，因此這樣的程度剛剛好。他同時也相信，總有一天，夏冬慶會主動的站到他這一邊與他合作，只不過這種事不能過於著急，畢竟欲速則不達，而今日已經是一個不錯的開端。

因此，鄭默然自然也沒有阻攔，這會兒夏玉華心中肯定急著去解決夏冬慶的事，而且就算沒這件事，估摸著這姑娘暫時也是不怎麼待見於他吧?!

「好吧，反正再過幾天咱們很快又會見面的，不是嗎？」他笑嘻嘻的看著準備離開的夏玉華，提醒著到時可別忘了過來給他診治。

「五皇子請放心，玉華自當謹記先生的交代，不會影響到您的身體健康。」夏玉華淡淡的笑了笑，算是對鄭默然先前的一切表示感激。說罷，再次行了一禮，轉而抬步走出了水榭涼亭。

可還沒有走太遠，身後卻再次傳來鄭默然滿含笑意的聲音。「對了，上次妳生日時，我送妳的那幅畫像可還滿意？」

聽到這話，夏玉華陡然停了下來，片刻後這才回過頭看去，裝作有些驚訝地說道：「原來那幅畫竟是五皇子送的，玉華倒是現在才知，多謝了。」

略微點了點頭，她沒有再說什麼，也不再理會那笑得有些讓人渾身不太舒服的鄭默然，大步而去。

看著夏玉華快速離開的身影，鄭默然沒有再叫住她，只待那抹麗影消失在拐彎處後，這才笑著搖了搖頭，喃喃而道：「現在才知道嗎？哎，裝得一點也不像。」

略帶嘆息的聲音輕輕散去，早已離開的夏玉華自然沒有聽到，而此刻，她一門心思想著的都是父親之事。

回府見到阮氏之後，她並沒有將有人要毒害父親的消息告訴阮氏，一來怕阮氏太過擔心，二來這事牽扯到了另外一些勢力在裡頭，所以也不便再讓更多的人知曉。

詢問了一下家裡已作好的準備之後，見沒什麼其他的事，夏玉華便讓香雪去找一隻性情溫馴的貓兒過來，卻並沒有說明要用來做什麼。

第四十六章

待貓抱來之後，阮氏這才聽夏玉華說起這隻貓一會兒要帶到刑部大牢去的，一時間倒是難過不已，直道老爺在裡頭吃苦了。

夏玉華一開始還有些不太明白，後來又聽阮氏念叨了一句帶隻貓也好，晚上老爺才睡得安穩，還直誇她想得周到，這才明白過來，原來阮氏誤以為自己帶貓過去是要在牢房裡抓老鼠用的，愣了一下後也只得在心底微微嘆了口氣。本想說點什麼，見阮氏沒多問便還是忍了下來。

下午差不多要出門前，管家通報小侯爺來了，正在廳外等著，說是夫人與小姐若是準備好了的話，小侯爺現在便送眾人去刑部。

夏玉華一聽倒是沒想到李其仁替她們打點好了探視之事以外，還要親自跑一趟送她們，因此趕緊與阮氏動身準備出發，一來她們本就急著去，二來也不能讓人在外頭久等。

「小侯爺，你為我們忙東忙西的，費了不少力氣了，這會兒還讓你親自跑一趟，實在是太過意不去，真是謝謝你了。」一見到李其仁後，阮氏滿臉感激地說著，她這人沒什麼本事，能夠做的也就只有一聲打心裡頭的謝謝了。

見狀，李其仁連忙說道：「夏夫人太客氣了，您還是叫我其仁吧，這些都不過是順手之事，不必放在心上。」

說罷，他朝一旁的夏玉華看去，沒見到夏成孝的身影，便問道：「玉華，要去的人都來了嗎？妳弟弟呢，他不去嗎？」

「梅姨說先不讓成孝去了，還是等我們去看過再說吧，刑部大牢畢竟不是什麼好地方，他一個孩子，總歸是有些不太方便的。」夏玉華解釋了一下，而後朝眾人說道：「時候也差不多了，我們邊走邊說吧。」

點了點頭，李其仁也沒有再多問什麼，一行人很快便往大門口走去。外頭馬車已經備好，這會兒只等著主子們隨到隨走了。

偶爾一側目，竟發現跟在夏玉華身後的香雪手中還抱了一隻貓，一時間倒是有些奇怪不已，不過李其仁也沒有問，只是忍不住多看了幾眼。

並肩而行的夏玉華自是看到了，見阮氏走在前頭沒注意，便小聲地說道：「梅姨擔心牢裡頭有老鼠，會讓父親睡不好，所以才讓帶了一隻貓過去。」

聽到這話，李其仁卻也信了，刑部大牢雖然比一般地方的牢房要乾淨一些，不過有老鼠的話也是很正常，所以阮氏這般做反倒是讓他覺得考慮周詳。

出了門，夏玉華與阮氏乘車，李其仁則騎馬先行，刑部離這裡不遠，沒多久的工夫便到了。李其仁先行進去打點，等到夏玉華與阮氏到達時一切都已經妥當了。

將她們送到了牢房門口，他這才說道：「夫人，妳們進去吧，夏將軍就在裡面，我在這裡等妳們。」

知道家人見面肯定有很多話要說，特別是在這種地方見到親人，心中難免會傷心不已，女人家哭哭啼啼的也很正常，他在場的話，倒是會有些不太方便。所以李其仁很有自覺的留在外頭等候，順便也能幫她們盯著點，說話什麼也方便一些。

刑部大牢一般關押的都是些比較有身分的人員，因此相對於其他地方的牢房來說條件要好得多，再加上夏冬慶的身分更是特殊，因此所在的牢房亦是最好的單間，不但有床、有桌椅，而且還有單獨的照料，再說他的情況根本不可能會受到私刑之類的，因此倒也不至於吃什麼苦頭。

不過阮氏在看到夏冬慶的一瞬間，卻還是忍不住哭了出來，再好的條件總歸是坐牢，跟家中完全沒法比。再者自家老爺可是堂堂的大將軍，如今卻被關在這等地方，思及此阮氏又怎麼會不難受呢？

見阮氏一進來還沒說兩句話便哭了起來，夏冬慶不由得說道了幾句，不過那話雖是指責阮氏不應該這般哭哭啼啼的，可言語之中卻還是有不少的憐惜與勸慰之意。

阮氏一聽也知道自己有些失態了，趕緊擦乾眼淚，恢復了些平靜，而後關心不已的問長問短，詢問夏冬慶這些天在牢裡頭過得如何，有沒有受人欺辱之類的。

「放心吧，我沒事，我堂堂大將軍又沒有犯任何的罪，誰敢對我不敬？妳就別擔心了，這不好著嗎？」夏冬慶邊說邊拍了拍阮氏的手，語氣也更加的柔和下來，心裡頭也知道不論如何這些天總歸是讓親人憂心了。「這幾天，家裡都好吧？」

「好，都好著呢。老爺只管放心，玉兒現在可能幹了，上次刑部的人來家中核查，一開始很不客氣，後來被玉兒幾句話就給收拾了，說來還真是讓老爺笑話，我這當長輩的沒那個能力護著家裡，反倒是讓玉兒一個大姑娘出面，真是慚愧不已。」阮氏邊說邊朝一旁的夏玉華看去，神色之間總是有那麼幾分不好意思。

「梅姨快別這麼說，都是一家人，沒什麼理當是誰該做的，只要家中一切平安就行了。」夏玉華微微笑了笑，抱著剛才香雪交給她的那隻貓，又將那天李其仁帶了御林軍，以及黃天剛也帶了人過來的事給簡單說了一下，示意父親大可放心，家中一切都正常。

得知這些，夏冬慶倒是點了點頭，黃天剛的出現本就是他安排的，所以沒有什麼好意外，而李其仁跟御林軍受命於皇上過來協助也是情理之中，唯獨就是對於李其仁私下的相助更是必須記在心中。

他看了看自己女兒，發現這孩子在講述李其仁的時候神色平靜自然，雖有感激但卻無其他的異樣，一時間倒是替李其仁那個傻小子感到有些可惜了。他這個當爹的都看得出來那小子對自己女兒的心思，不過玉兒似乎有些沒開竅，並沒有怎麼往那一方面想。

當然，眼下並不是談論這些事的時候，所以夏冬慶也沒有多扯，轉而又問了一下成孝那孩子的情況，阮氏倒是很明白夏冬慶的心思，挑著一些老爺最關心的說了，見老爺多少心中有數也踏實了，這才將放在一旁的食盒提到了夏冬慶面前。

「老爺，這幾天您肯定也沒吃什麼好東西，妾身給您做了幾樣您最愛吃的，您趁熱多吃點吧。」婦人家無非如此，怕自家男人在牢裡頭吃不好、睡不好，身子倒下了可就心痛了，因此說道了一陣子後，便趕緊想要讓夏冬慶多吃點東西。

夏冬慶看了一下阮氏邊說邊往桌上擺的菜式，心裡頭倒是溫暖不已。不過他並沒有急著吃東西，而是朝著阮氏說道：「好了，這些飯菜一會兒我自會吃的，妳先出去等一會兒吧，我還有些事要跟玉華單獨說說。」

知女莫若父，玉兒雖然站在那裡並沒有說什麼，可夏冬慶卻是一早看出這丫頭一定是有什麼事要單獨跟他說，所以夏冬慶見與阮氏也說道得差不多了，便主動出聲讓阮氏先出去迴避一下。

見狀，阮氏倒是什麼都沒說，點了點頭，先行出了牢房。雖然她並不知道老爺要單獨跟玉兒說什麼，可是她卻清楚肯定是有什麼重要的事，因此也不再耽誤時間。

等阮氏出去之後，夏冬慶這才朝自己女兒說道：「玉兒，什麼事這麼重要，不能當著妳梅姨的面說嗎？」

見父親一眼便看了出來，夏玉華倒是沒有浪費時間，隨即便湊到父親身旁小聲的將五皇子所提的事說了一遍，並且還將五皇子所說的那些想法都說了出來，當然也有所隱瞞，比如那幅畫像。

聽完之後，夏冬慶神情亦顯得凝重不已，沒想到這姓陸的竟這麼等不及要對自己下手，原先也只以為姓陸的是摸著皇上的心思來擠兌自己，卻不想他比皇上還急著讓自己死。

好在先前也有所預防，官場上的事他見多了，大河裡沒被淹死，小陰溝裡翻船的大有人在。只不過這一回他倒是對這個原本印象不怎麼深刻的五皇子大吃一驚，沒想到眾皇子裡頭竟然還有如此厲害的角色，好在這五皇子只是簡單的示好，若真要背地裡向他捅刀子，估計著他可就真有得麻煩了。

片刻之後，夏冬慶這才看向自己的女兒，有些好奇地說道：「玉兒，妳怎麼會認識五皇子的？」

見父親問到了這個，夏玉華這才想起先前似乎並沒有跟家裡人提到過，因此便簡單的解釋道：「以前先生帶我見習診治積累實際經驗時曾去過五皇子府一次，前些日子先生有急事離開京城，因為離開的時間較長，於是便把一月一次給五皇子例行診治的事交給了我，上午五皇子以身體不適為由讓他府中僕人將我叫了過去，女兒這才知道了這些情況。」

「原來是這樣，看來五皇子這是想做順手人情，施恩進而想拉攏於我呀！」夏冬慶聽罷也沒有再多想其他，皇子之間的爭鬥歷來也不是什麼秘密，五皇子雖然身體差了一些，但畢竟也是皇子，對於權力的渴望不會比任何人少到哪裡去。

夏玉華點了點頭道：「沒錯，他也直接承認了，不過卻也說了不會讓爹爹太過為難，他還說將來不論誰主江山，像您這樣的定國安邦之人都是朝廷的基石，所以只需日後莫與他為敵便行了。」

「這五皇子倒是個志向遠大之人，為父還真是看漏了眼，沒想到皇上還有一個如此精明能幹又隱藏得如此之好的兒子，看來太子只怕也做不了多久了。」夏冬慶心中清楚，這幾百年的江山唯獨沒有改變過的便是權力相爭，他身為臣子也管不了那麼多，弱肉強食，留下來的不一定是最合適的，但卻一定是最強的。

說罷，他轉而再次看向了夏玉華，以及玉華所抱的貓兒，而後笑著說道：「我說妳好端端的怎麼會想起帶隻貓一起過來，我家玉兒果然聰慧，有為父的風範。」

夏玉華見狀，心知父親已經心中有數，今晚的危機應該沒有什麼問題，因此也鬆了口氣，笑著將懷中的貓兒遞給了父親。「爹爹一會兒將梅姨給您做的飯菜多吃些，晚上的話還是先餵飽這可憐的小傢伙再說，只需過了今日，一切便都不同了。」

夏冬慶將貓兒接了過來，他點了點頭表示認同。他自是想不到玉華說的今晚會是他整個命運的轉捩點，還只當玉華是說過了今日這形勢便將變得不同，並沒有多想其他。

「放心吧，為父心中有數了，這裡頭也有妳黃叔叔安排的人，一旦有什麼風吹草動的，那些人自然不會讓為父有事的。」夏冬慶摸了摸懷中的貓兒，繼續說道：「行了，這裡是刑部，妳也別待得太久了，只管安心回去吧，爹爹不會有事的。再過幾日，妳東方叔叔他們的東西也差不多到了，到時用不了多久爹爹就可以回家了，而好戲也就正式開鑼了。」

見狀，夏玉華也沒有再多說什麼，點了點頭給父親行過禮後，這才略帶不捨地出了牢房。

走出刑部大門，李其仁只說還得回宮中處理些事情，因此便不再送阮氏與夏玉華回府了，今日原本是他當值，為著能夠親自安排好夏家的事，他可是頭一回破了例。現在見事情都妥當了，自然也不能夠再作耽擱。

夏玉華也知道李其仁肯定還有許多事情要忙，因此再次謝過之後便讓他趕緊回去了，她們這裡有護衛，自是沒什麼不放心的。

看著李其仁騎馬匆匆離去的背影，阮氏不由得朝夏玉華感慨道：「玉兒，妳別說梅姨多嘴，我覺得小侯爺這人還真不錯，對妳很是上心，為了妳可沒少幫咱們家的忙……」

「梅姨，其仁這個朋友是沒得說，這一點我心中清楚，日後人家有什麼事我也會盡全力幫忙的。」夏玉華打斷了阮氏的話，似乎猜到了後頭可能會說到什麼似的，沒有再讓阮氏繼續說下去。

聽夏玉華這般說，阮氏只得搖了搖頭，笑著點破道：「妳呀，真不懂嗎?!那孩子心裡頭有妳，不是普通朋友的那種，懂了嗎？」

這一下，夏玉華倒是頓時愣住了，其實，她也不是不諳世事的小女孩，有些東西又怎麼可能真的看不明白呢？只不過對於感情，心中或多或少總是有些陰影，而現在亦是不適合去多想個人感情的時候。

現在的她，只想好好的守住父親，守住這個家，好好的按自己的計劃去努力充實自己，改變命運，至於感情這東西，她還沒有心理準備去碰觸，一切還是等以後再說吧。

「哎呦梅姨，瞧妳說的，人家沒妳想的那樣，其仁這人最是仗義了，對朋友都是這樣。」很快的，她回過神來，牽著阮氏往馬車旁邊走邊道：「好了，您就別說這些了，咱們還是快些回去吧，省得成孝一個人在家裡乾著急。」

見夏玉華不太願意提及這些，阮氏倒也知趣，沒有再多提，一想到家中那個一直纏著她也想跟著過來的兒子，頓時連忙點了點頭，趕緊上車回府。

夏玉華在心裡微微吁了口氣，車子啟動之前，她還是有些不太放心，特意留下一名護衛在刑部附近暗中盯著，一旦晚上有什麼動靜便馬上回來稟告。

第四十七章

回府後隨便吃了點東西，夏玉華再一次什麼也不做，就是靜靜的坐在搖椅上等著時間一點一點的過去。

這種時候，時間真是極其難捱，兩個時辰竟然如同過了兩年一般之久。

總算先前夏玉華留下來打探消息的那名護衛回來了，直接回稟說剛才突然看到刑部裡頭燈火通明、人聲鼎沸，如同發生了什麼大事一般。

後來護衛花了點銀子悄悄找裡頭的人打聽了一番，這才知道不知何人竟在老爺的飯菜裡下了毒，好在老爺運氣好，飯菜被今日小姐給帶去的那隻貓先吃了一點，沒想到那隻貓一下子便嚥了氣。老爺當場發火，怒罵有人要害他，一時間連刑部尚書都被驚動了，匆匆趕了過來處理。

現在已經找到了投毒的人，但還沒有查明這到底是何人指使，不過老爺幸好平安無事，而且刑部尚書也專門調集了人手再度保證老爺的安全，想來應該不會再有人這般大膽了。

聽完這一切，夏玉華暗自鬆了口氣，事情果然如期而至，好在也如他們所安排的一般無聲無息的化解掉了。可即使如此，今日到明日還剩下差不多兩個時辰，只要過了這兩個時辰，一切都平安無事的話，她才能夠徹底的放下心來。

「你做得很好，現在你再去刑部外頭給我盯著，今晚若再有任何異常馬上回來直接向我稟報；若無異常的話，明日一早回來給我報個平安便不必再盯了。」夏玉華邊說邊示意鳳兒拿些銀兩賞給這名護衛。

接下來的時間並沒有想像中的輕鬆，夏玉華幾乎整個晚上都處於半夢半醒之間，前世今生的一切一切也不知道是作夢還是下意識的回憶，不斷的湧現在腦海之中，一個片段接一個片段，一個瞬間接一個瞬間，形形色色的人走馬看花似的粉墨登場，揮之不去。

天亮後，終於等到了再次報信的護衛，得知父親果真一切平安無事的最終肯定消息之後，夏玉華終於露出了這幾天以來最最開懷與安心的笑容，甚至於連她自己也沒發現，一行說不出滋味的眼淚悄然滑落。

從這一天開始，她才算得上是真真正正的改寫了命運，父親安然的活著，讓她明白一切努力都不曾白費，而命運，終將是掌握在自己的手中。

下午的時候，莫菲派人過來帶口信，約夏玉華明日去莫陽的聞香茶樓見面，有重要的事相商。所幸家中暫時也沒有什麼特別的事了，因此第二天夏玉華便跟阮氏說了一聲，而後準時去赴莫菲之約。

到達的時候，莫菲已經先到了，在其中一間雅間內等候，夏玉華進去時這才發現，除了莫菲以外，李其仁與莫陽也在。

莫菲一番關切不已的問候之後，李其仁這才尋到了跟夏玉華說話的機會，直問前天晚上夏將軍在刑部大牢裡險些被人毒害一事她是否已經知曉。

夏玉華點了點頭，託辭是黃天剛派人過來告知的，所幸父親運氣好，沒有被那些奸人得逞，並坦言如此一來，更是說明了那些誣陷父親之人何其可恥，想來用不了多久，便能夠查出指使之人，讓真相大白，還父親一個清白。

李其仁見夏玉華已經知道了夏冬慶險些被毒害之事，倒是沒有必要再多費時間解釋一遍，他今日之所以急著見夏玉華，應該是另有一些更重要的消息要告訴夏玉華，好讓夏冬慶也能夠有所準備，不會老是顯得太過被動。

「玉華，有一件事妳一定還不知道，昨天下午刑部密報皇上，說那名給妳父親下毒的獄卒無故暴斃，追查幕後指使的線索硬生生的被斬斷，現在這事怕是沒辦法再往下查了。皇上知道後也不知道怎麼回事，竟然沒有怪罪，只是吩咐刑部不可再發生類似事件，似乎並沒有再往下追查之意。」

李其仁神情顯得有些嚴肅，繼續說道：「還有一事，比這個對妳父親更加不利。昨日早朝，以陸相為首的幾名官員聯名上奏，彈劾現在正駐守西北邊境的東方將軍等十一名將領，指他們收受賄賂、縱容下屬，對地方的影響極其嚴重。又說東方將軍等人的行為已經威脅到了邊境安危，而且還特意指出東方將軍等人的作為是妳父親縱容的結果，而且利益所得與妳父親脫不了干係，讓皇上徹查此事，以正視聽。」

「什麼跟什麼呀？一會兒說夏將軍貪贓枉法，查了半天卻什麼證據也拿不出來，這會兒又拿西北的這些將軍說事，含血噴人！這姓陸的也太可惡了吧，依我看他才是個大貪官、大奸臣，無事生非，變著法子想要害夏大將軍！皇上怎麼就這麼糊塗，竟然還會重用這樣的人呢！」莫菲倒是比夏玉華還要激動，一拍桌子站了起來，大聲斥責陸相的無恥。

連她都看得出來這哪裡是整肅什麼西北的東方將軍等人，所謂法不責眾，再說就算那十一位將軍真有什麼問題，一時間皇上也不可能真全將他們給查辦了，這不等於是將整個西北拱手讓給敵國嗎？弄來弄去，最後一定是將什麼管教不嚴啊、知情不報呀、縱容包庇、指使謀利什麼的罪名統統給扣到夏玉華她爹的頭上去。如此用心實在是太可惡了！

見菲兒一激動起來竟然連皇上都開始批評了，一旁的李其仁連忙拉著她坐下道：「菲兒，妳小聲點，當朝皇上妳也敢這般說，若是讓有心人士聽到，那可是大不敬之罪！」

「我說的是事實，那個……」菲兒雖然被強行拉了坐下來，可是心裡頭還是不服氣，嘀咕著一副還要辯解的樣子。

「行了，禍從口出妳不知道嗎？」一直不出聲的莫陽此刻卻果斷的打斷了自己這個衝動的妹子，正色道：「妳就算不擔心自己，也得考慮莫家，別成天只顧著怎麼舒坦就怎麼說。」

莫陽這話自是有道理，這種事可大可小，弄不好連累整個莫家都是有可能的，菲兒終究還是經事不足，有些事情欠考慮，聽到兄長這般明確的敲打後，這才癟了癟嘴，不再出聲。

一時間，氣氛倒是顯得有些凝重不已，夏玉華見狀，心中有些過意不去，為了自己家的事反倒是讓這對兄妹鬧得不愉快，那就不好了。

「菲兒，我知道妳是替我父親鳴不平，我很感激。不過莫大哥說得對，有些話還是得注意一些，否則禍從口出就不值得了。」夏玉華微微一笑，拉著莫菲的手以示安撫，說話的同時又朝著莫陽微微致歉的點了點頭。

見狀，莫陽倒是有些不太自在，心中想向夏玉華解釋一下自己並沒有別的意思，只是單純的覺得菲兒這樣的習慣不好罷了。嘴角微微牽動了一下，卻還是沒有吭聲，終究當著這麼多人的面，過多的解釋也不是他慣有的風格。

「玉華，莫陽也沒別的意思，他就是擔心菲兒這般衝動容易惹禍，其實妳父親的事他也挺關心的。」李其仁連忙出聲解圍，似乎是怕夏玉華誤會自己的朋友對她家的事不怎麼上心，幾個人之間惹出什麼誤會，因此這才趕緊替莫陽解釋。

他也知道莫陽這人的性子，向來都是不太喜歡多說，往往就比較容易讓人生出些不必要的誤會。雖然他也知道玉華不是那種小器與猜忌之人，可現在所說的事情畢竟涉及到她最親最愛的父親，所以李其仁是真心不希望自己最重視的兩個人之間存在不必要的誤會。

聽了李其仁這般說，莫菲似乎也意識到了什麼，氣也不生了，趕緊說道：「是呀，我哥這人就是外冷內熱，妳還沒來時，他可是沒少費心思想辦法的，怕這事等妳知道後會來不及，早早的便讓其仁派人給黃將軍送過信了。又怕妳……」

莫菲的話還沒說完，莫陽更加不自在起來，咳嗽了一聲打斷道：「你們先聊吧，我出去外頭看看，先前掌櫃的說有事要找我來著。」

夏玉華心知莫陽是覺得有些不自在，因此連忙站了起身，朝著邊說邊走出去的莫陽說道：「莫大哥，謝謝你。」

她朝他嫣然一笑，那樣的真誠，那樣的坦蕩，不必要解釋過多，對於莫陽這種性格的人來說，一句真誠的謝謝便足以說明她心中的一切。

果然，莫陽整個人似乎自在多了，看了夏玉華一眼，很難得的朝著眾人淡淡一笑，而後這才暫時離開了雅間。

隔了一會兒，莫陽才再度返回，也沒多說去忙了什麼，只是不經意的看了夏玉華一眼，才自行坐回原處，靜靜地喝著茶，聽著菲兒等人談論著，偶爾應上一、兩句簡單的話。

這會兒聽李其仁說，朝廷眾大臣如今對於夏冬慶的態度分為很明顯的三派，第一派自然是以陸相為首的打壓派，另一派則是以黃天剛為首的力保派，而第三派則是處於中立，目前並沒有表態的意思，顯然是想觀望情勢後再說。

聽李其仁的意思，似乎情勢對夏冬慶並不太妙，最主要的倒不是什麼陸相那些人所謂的罪名，在莫陽看來，夏冬慶目前最大的難題其實還是來自於皇上。原本皇上便對夏冬慶大有打壓甚至除去隱患的意思，如今這麼好的機會又怎麼可能輕易錯過。

而這一點，他知道夏玉華顯然已是看明白了的，有時他還真是不得不佩服眼前這個女子，即使到了這樣的困境亦能夠如此的堅強冷靜。只不過在那張堅強冷靜的面孔下的內心不知道受了多少煎熬，否則的話，短短這麼些天沒見，她又怎麼可能一下子清瘦了這麼多。

莫陽的思緒始終不由自主的圍繞著夏玉華，其實這些天他亦一直在想著夏冬慶的事，只不過莫家終究是商家，即使他再有心似乎也根本幫不到什麼實際的忙，唯有跟其他人一樣，希望夏家這一次能夠平安無事，夏玉華能夠早些安心下來，不再有這般大的壓力與負擔。

小半個時辰後，幾個人各自離開，莫陽不放心菲兒，怕這丫頭一會兒又四處亂跑，因此先行將菲兒給「押送」回去，而李其仁則順路送夏玉華一程。

一直到了夏家大門口，夏玉華正準備進去之際，李其仁這才叫住了她，將先前當著那麼多人的面不方便說出來的話告訴了她。「玉華，妳放心，大將軍的事我一定會想辦法的。雖然我自己能力有限，不過我娘已經答應，過幾天進宮向皇上進言。還有，就算萬一朝中真是小人當道，皇上被人蒙蔽而要對妳父親不利的話，妳也毋須著急。先皇在世時曾經給過我娘一道遺詔，效用等同於免死金牌，我已經求了我娘，萬一事情真到了無可扭轉的地步，也不會坐視不理的。」

聽了這些，夏玉華實在是難掩心中的感動，她萬萬沒想到李其仁竟然為了自己願意做到這樣的地步。先皇那道遺詔她也聽說過，犯了再大的罪都可以一筆勾銷，可是那道遺詔只能使用一次，之後便失去了效用。

李其仁為了她竟然跑去說服他的母親清寧公主，對於夏家來說，這是何等大的恩情！即使她知道這一次並不需要清寧公主出面便能夠解決，更加不會用到那道遺詔，可是李其仁的這份心真真正正的讓她無法不感動。

她真的不知道怎樣才能表達自己心中的感激，同時心中也越發的不安起來，她似乎欠眼前這個男子越來越多，多得根本沒有辦法還清。

「其仁，真的很謝謝你，為了我父親的事你已經做得太多太多了，如今竟然還為此去求你娘，這份恩情我真的不知道要如何回報。」

「玉華，咱們之間這般見外做什麼，妳若總這般謝來謝去的，我反倒……」

李其仁微微笑了笑，一臉並不在意的樣子安慰著夏玉華，不想讓她想太多，不過話還沒說完，卻被夏玉華給打斷了。

「不，你聽我說完。」夏玉華搖了搖頭，不再猶豫，徑直說道：「你的好意我心領了，不過你千萬別讓你娘為了我父親的事而去面聖，更別因此而動用那道遺詔，好嗎？」

「為什麼？」這一下李其仁倒是有些不明白了，他好不容易才說服母親，原本以為說出來後玉華會開心不已的，卻沒想到她竟然讓自己不要這般做。

「因為用不了多久，我父親便會安然無恙的回家，而皇上也會給他洗清一切的污名。清寧公主去向皇上求情不但起不了決定性的作用，反倒會讓皇上誤以為夏家與你李家有什麼不當的瓜葛，如此一來，說不定會影響到你父親。使用遺詔更是如此，皇室之間的那些心思你比我更明白，所以我並不想你們因此而讓皇上猜忌。」

夏玉華想了想，還是選擇完完全全的信任李其仁，簡單的透露了一點好讓其放心。「至於我父親，黃叔叔那邊已經做好了妥善的安排，最多不過再五日，一切便會化險為夷。具體的情形現在我也不便多說，況且我也不是非常清楚，但是你真的可以放心，一切都會過去的。」

聽到這些，李其仁先是愣住了，而後回過神來便開心不已的點著頭，示意自己明白了。

「好的，我明白應該怎麼做了。」

李其仁之所以突然這般高興，最主要還是因為從剛才夏玉華說的這些話語中，他聽出了夏玉華對自己那種發自內心的信任，以及一種難以言喻又極其細微的態度上的轉變。

他也說不出是什麼轉變，可他卻明白自己的心與玉華的心靠近了不少，他希望有一天，能夠真正的走進她的心，而今日這樣的發展則讓他更是欣喜萬分。

至於玉華父親的事，他也大大的鬆了口氣，顯然黃天剛等人已經想出了應對之策，如此的話他倒也沒什麼不相信的，畢竟以夏冬慶的勢力，有那種氣魄自請入獄的話，應該是不可能等著被人這般栽贓陷害的。

目送著夏玉華進去之後，李其仁這才騎馬離開，只不過剛才玉華在轉身的瞬間，他似乎看到玉華身上有道光芒突然閃過。他本想說出來，可那光芒一下子便消失不見，所以也不太肯定自己是不是看花了眼。

不過對此他倒是沒再多想，一來的確也不是什麼大事，說不定就是眼花看錯，二來他還趕著回去，估摸著一會兒娘親聽說進宮面聖、還有遺詔什麼的都不必了，肯定會對著他笑臉相迎的。要知道原本娘親可是不太情願為了一個與她並沒有什麼關係的夏家而做這麼多的。

而這一邊，夏玉華回到自己的屋子後，鳳兒猶豫了再三，倒是有些忍不住了，先前她正好也看到了小姐身上突然乍現、又突然消失的那道光芒，一時覺得有些奇怪，想了想便還是開口了。

「小姐，剛才妳進門時奴婢好像看到妳身上有道光出現，好像是……好像是在放香囊的位置，也不知道是不是眼花了。」鳳兒邊遞了杯茶給夏玉華，邊說道：「小姐先前有感覺到嗎？」

「光？香囊？」夏玉華接過茶杯後，突然想到了什麼，她停了下來，下意識的朝自己腰間的香囊看了過去。

剛才她也感覺到眼前有什麼東西晃過似的，但是速度極快，一下子就沒了，因此也沒在意，不過現在聽鳳兒這般說，頓時倒是聯想到了一些東西。

香囊裡頭裝的正是神秘高僧送給她的那塊石頭，第一次帶回來時便見它發過一次光，而後除了又有異香外，便再也沒看到過什麼異樣了。

第四十八章

鳳兒的提醒一下子讓夏玉華想起了杳囊裡的那塊石頭，於是她也沒有多想，徑直將香囊取下想要查看很久沒有去關注過的那塊石頭。

再次看到那塊石頭的瞬間，夏玉華簡直有些懷疑自己的眼睛，石頭還是以前那塊石頭，形狀大小都沒有任何的改變，也沒有再看到什麼光芒出現，但是最讓人不可思議的是，原本並沒有什麼特殊顏色的普通石頭竟然變成了大紅色，如血一般紅得耀眼，紅得動人心魄。

看來這塊石頭果然不同於一般，從最先拿到手時的平淡無奇，到後來出現的光芒、異香，再到現在不知何時改變了的顏色，一切的一切都讓這塊石頭充滿了說不出來的詭異與神秘。夏玉華久久沒有出聲，只是死死的盯著手中已經鮮紅似血的石頭，腦海之中不斷的閃過種種可能與猜測。

一旁的鳳兒與香雪還是頭一次看到這塊石頭，所以並不覺得有什麼特別神奇之處，只是覺得這塊石頭竟如此紅豔，當真是讓她們驚豔不已。

「呀，小姐，妳什麼時候得了塊這麼漂亮的石頭？這是什麼石呀？紅得這般好看，奴婢還是頭一次見到呢！」鳳兒嘖嘖稱奇，被夏玉華手中的石頭給迷住了。

香雪也不由得點了點頭，接過話道：「真的很漂亮，奴婢也是頭一次見到還有這種顏色的石頭，倒真是長見識了。」

對於兩個小丫鬟的問題，夏玉華並沒有回應，不是沒聽到，只不過一時間還沈浸在剛才一閃而過的靈感之中，她似乎突然想到了什麼，可又沒有完全抓住，所以這會兒正努力的回想著先前那隱約浮現過的念頭。

看到小姐這般模樣，鳳兒與香雪倒是沒有再出聲打擾，只不過兩人相互對視了一眼，而後倒是恍然大悟一般的偷偷笑了笑。

在鳳兒與香雪看來，這麼特別的小東西肯定是小侯爺送的，還記得上次小姐生辰時，小侯爺便送了個親自雕刻的小老虎，這會兒也不知道從哪裡弄來這麼特別的石頭。如此用心還真是讓人感動，難怪連小姐也看得出了神。

這般一想，這兩個丫頭便也沒有再多好奇。而夏玉華則找了個理由將屋子裡頭所有的婢女通通打發了出去。

剛才看到那塊紅如血的石頭時，她的腦海突然憑空多了一些意識，也終於知道了關於這塊石頭的秘密。

原來，這塊石頭竟是一塊世間極其罕見的煉仙石。煉仙石是得道之人在即將成仙之際用來間接體驗世間百態，幫助其感悟天地萬象，以達到最後的飛升積累頓悟的基礎。

而那位高僧顯然便是這煉仙石的主人，之所以選擇她，無非是因為一眼便看透了她重生再世的奇遇，這種兩世為人的經歷相較於一般的人來說，無論是情感還是感悟都要來得更加強烈，所以機緣之下，她才會成為這煉仙石的暫時寄主。

而像她這種暫時寄主在幫助修仙者得到間接體驗的同時，也能夠獲得一些額外的特殊獲益。因為煉仙石本就挾帶著修仙者的慧根與靈氣，所以暫時寄主在得到煉仙石之後也能夠繼承一部分的靈氣，從而改變本身資質。

如同她現在能夠做到過目不忘、記憶力超群，還有獨特的理解力與悟性等等，這些都是受益於煉仙石。更主要的是，在這煉仙石裡頭，還有一個隱藏的小空間存放著一些特別的東西，在達到一定的程度時，寄主若有這能力可以自由進入小空間，亦可以自由支配空間裡頭物品的使用，從而也算是修仙者對於煉仙石寄主的一種報酬。

夏玉華這才明白為何頭一次拿回石頭時，石頭竟然會發出那麼強烈而耀眼的光芒，從那一刻起，便代表著煉仙石已經承認了她寄主的身分。而後的每一分一刻，自己的一切包括最細微的情感都將與煉仙石融為一體，她今後的作為也將決定著煉仙石最終功德圓滿的速度。

煉仙石所謂的功德圓滿一共分為三個過程，第一個是初始期，這段時間內，石頭會漸漸散發出異香，吸納寄主各種各樣的情感與領悟。第二個是昇華期，是修仙者開始感悟煉仙石裡所吸納的各種情感，其間石頭會漸漸改變顏色，依序為紅、藍、紫。當煉仙石變成紅色之後，石頭裡的空間也將隨之而開啟。

至於最後一個過程則是圓滿期，煉仙石完全變成碧綠通透的美玉後，將離開寄主，重新回到修仙者身旁。

三個過程的時間長短都不一定，與寄主有很大關係，而且不是所有的寄主都一定能夠完成這三個過程。有的時候直到寄主死去時還不一定能夠達到第二個過程，進而開啟空間。但一般來說越是有慧根、際遇特別的寄主所需要的時間越短，成功的可能性也越高。

「也許我應該進到煉仙石裡頭的空間看看，這樣一來一切便完全能夠肯定下來了。」她暗自思忖著，片刻之後決定按腦海裡浮現的方法進去那空間查看一番到底是個什麼樣子。

想到這裡，夏玉華再次拿出了香囊裡頭那塊已經變成了紅色的煉仙石，閉上了眼睛，按照腦中認知的方法驅動意念。

瞬間，奇蹟發生了，一道白光閃過，原本還在床上好好坐著的夏玉華頓時如同風一般消失不見，而那塊煉仙石亦跟人一樣無影無蹤。

等她再次睜開眼時，發現自己置身在一處陌生的山林。山林之中迷霧縈繞，風景清幽，如同仙境一般，只不過卻空無一人，顯得格外空寂。

呼氣的瞬間，迷霧漸漸散了開來，眼前赫然出現了一幢林間小屋。夏玉華沒有多想，抬步便朝那小屋方向走了過去。

在竹籬笆圍成的小院門前，她停了下來，一連喊了幾聲都沒有任何回應，夏玉華這才安心下來，這裡果然是一個完完全全獨立的空間。

推開竹門，她慢慢走了進去，發現小院裡頭，一邊種滿了各色說不出名稱的花木，而另一側則是一塊已經被開墾出來的空地，並沒有再種任何東西。空地邊上有一口水井，裡頭不時的冒著熱氣，似乎跟普通的水井有些不太一樣。

看了一會兒之後，夏玉華上了臺階，推開小屋木門，進屋裡查看。

進去之後，她發現裡頭除了一張書桌、一把椅子以及一個大得有些誇張的櫃子以外，別無他物。書桌與椅子一目了然，並沒有什麼特別的地方，因此那個大得誇張的櫃子頓時便成了夏玉華注意的目標。

走近櫃子，她伸手拉開了櫃門，卻發現大櫃子裡頭竟然還有紅、藍、紫三扇不同顏色的小門。隨手拉了拉最右邊的紫色之門，發現根本就打不開，裡頭似乎有一股什麼吸力一般自行將這扇櫃門給鎖上了。

又拉了拉中間那扇藍色的小門，結果也是一樣。夏玉華收回手微微想了想，很快便明白這三扇不同顏色的門應該是對應於煉仙石現在所呈現的顏色。如今石頭還只是紅色，並沒有變成藍色、紫色，所以她打不開這兩扇門也是再正常不過的，因為時機還沒到。

以此類推，那麼現在她唯一能夠打開的便應該是左手邊這扇紅色的小門。想到這裡，她便再次抬手，朝那扇紅色小門伸了過去，輕輕一拉，這一回紅色小門果真應聲而開，完完全全的印證了夏玉華先前的想法。

小門打開之後，她清楚的看到裡頭竟然從上到小被分成了差不多十幾個大格子，而每個大格子裡都擺滿了各色珍稀藥材，有一些她認識，而還有一些她根本就沒有見過。好在每個格子邊上都貼著標籤，上頭清楚記錄著藥材的名稱以及用途。

先是簡單的掃了一眼，夏玉華發現這裡簡直是一個寶藏，光千年人參、靈芝都不知道有多少，還有外頭極其難得的天山雪蓮什麼的也都應有盡有。更重要的是，這些藥材保管得極好，每樣東西都完好無損，也沒有半件生蟲或者變質，看來這個大櫃子便如同一個天然的儲物閣，任何東西放在這裡頭都能夠保持著東西原本的最佳狀態。

視線接著往下頭的大格子移動，看了旁邊的標籤後，夏玉華心中興奮不已，因為這些她不認識的藥材都是人世間裡幾乎沒什麼人見過的，甚至可以稱得上是靈草仙藥，有了這些，許多疑難雜症，甚至於絕症都可以妙手回春。

她越看越激動，實在是沒想到這煉仙石裡頭竟然有這麼多的寶貝。她知道自己身為煉仙石的暫時寄主，是有權利使用這些東西的，所以日後這麼多珍奇藥物只要使用得恰當，不知道可以造福多少的人。想到這裡，她的心情更是雀躍不已，日後待她成為一名真正的醫者時，想來這些一定能夠幫到她不少的忙。

目光掃到最下邊那層其中的一個大格子時，夏玉華突然被那標籤上的字給吸引住了。她深吸一口氣，先將目光移了開來，放鬆了一下，片刻之後這才再次將視線重新移回那張標籤上。

沒錯，果真沒有看錯！夏玉華心中一陣說不出來的驚喜，沒想到先生所說的那種連他的師父也只聽說過卻沒有看到過的極品藥引——天豫，竟然也出現在這裡。

原來這世上真的有這種東西，她暗自驚嘆，發現那標籤上記載著的功效果真與先生所說的一模一樣，而且上頭還說，這種藥引除了仙界等一些特殊地方，在普通人世間已經不復存在。

看到這些，夏玉華不由得微微一笑，看來自己欠鄭默然的那份人情倒是完全可以還清了，有了這天豫，困擾了鄭默然多年的體內餘毒便可以完全清除，而他也不必再月月受那刺骨之疼。

伸手拿起其中的一小塊細細看去，這天豫竟是一種類似於芋頭一般的果實，就她手中這麼一小塊，當成藥引的話便足夠用上好幾次，若是整個一小塊直接使用的話，在特定的情況下甚至還能夠讓一些瀕死之人起死回生。

看完那標籤上所有介紹後，她小心的將手中的那塊天豫放了回去，現在還不到還鄭默然人情的最佳時候，所以暫時是用不到的。

繼續看完其餘的那些大格子，夏玉華發現最後一個大格子裡頭竟然還放了一本小冊子，伸手取了出來，很快便看明白了這冊子上記錄的都是與這個空間有關的一些事物。

小冊子並不太厚，可裡頭記載的著實不少，一個個字小得跟螞蟻似的，密密麻麻的記載著關於這裡的一切。

先前查看那些珍奇藥材已經花了不少時間，夏玉華隱隱覺得自己的腿都站得有些麻了，估摸著這小冊子也不是一時半刻看得完，因此乾脆拿著冊子坐到了一旁書桌前的椅子上，細細的看了起來。

也不知道看了多久，她總算是將裡頭的文字全都看完了，除了一些關於空間裡頭東西如何打理的事宜以外，還交代了外頭那些空地所具備的一些特殊作用等等。看上去倒是事無鉅細，一一交代得清清楚楚，想來應該是這空間原本的主人刻意提前留下的。特別是最後囑咐了一條，得此空間裡頭東西之人，不可用這些東西做任何違背良知的事，否則的話必將受到報應。

最後，夏玉華將這本小冊子放回了原來的地方，並且關上了那扇紅色的小門，連同那些珍貴藥材一併暫時封存了起來，等到要用的時候隨時來取便可。關上櫃子大門之際，她的目光在另外兩扇不同顏色的小門停留了片刻，心中很好奇這兩扇門裡到底又會有些什麼神奇的東西。

紅色門應該是最容易打開的一扇門，藍色門與紫色門則需要更長的時間以及更多的經歷與機緣，相較於這些條件來看，藍色門與紫色門裡頭的東西應該比紅色門裡頭的更加特殊。而紅色門裡頭已經讓她驚嘆萬分了，真不知道那兩扇門打開後又會是何等奇特的景象。

不過，正因為如此，所以這倒還真急不來，煉仙石的變化根本就不是她能夠掌控的，唯有等顏色自行發生了變化，一切機緣來了之後，她才能夠有機會打開並知曉個中奧秘。

收拾妥當之後，夏玉華這才發現自己最少已經在這裡頭待了差不多兩、三個時辰，一想到自己在這裡頭待了這麼久，外頭的人若是找不到她，不知道會急成什麼樣子。

思及此，她也沒有再耽擱，閉上眼睛再次驅動了意念，用先前進來時同樣的方法離開。

眼前白光一閃，夏玉華再次睜開眼時，果然發現自己已經重新回到了先前的房間。

她靜靜的吁了口氣，一切竟跟作了個夢似的，若不是煉仙石還真真切切的在手中，怕是連她自己都會有些不敢相信。

將煉仙石再次收好，夏玉華才發現屋子裡頭靜悄悄的，並沒有如她所料想一般的喧囂、緊張的氣氛。豎著耳朵聽了一下，屋子外頭似乎也平靜不已，完全沒有什麼風吹草動的。

一時間她有些意外，難道過了這麼久，鳳兒與香雪兩個丫都沒有再進來過嗎？

「鳳兒……香雪？」她試探性的朝外頭喊了一聲，有些想不太明白，就算先前自己估計得有些出入，但最少過了兩個多時辰是絕對有的，畢竟看完那些東西還有那本小冊子可得花不少時間。

一會兒後，只見鳳兒與香雪齊齊走了進來，開玩笑地說才一盞茶的工夫小姐便想念她們了。

才一盞茶的工夫？夏玉華當真有些驚喜不已，原來那空間裡頭的時間與外面世界的時間經過竟相差這麼多。如此說來，這裡一個時辰的話差不多便是空間裡頭一天一夜了。

這樣的話，倒又是一個特別的功能，只要利用得宜的話，日後在那個空間裡頭她可以做不少的事了。

第四十九章

次日，黃天剛派人帶來消息，說是東西已到源中一帶，最多不出兩日便可抵達。所謂的東西指的是什麼，夏玉華自然心知肚明，如此一來父親所料一點也沒錯，一切事情逆轉無非就是這兩天了。

正想著要準備一下東西待會兒去趟五皇子府，已經到了替鄭默然例行診治的日子，再忙也不能將先生託付的這事給忘了，何況鄭默然好歹也出手救過父親，所以更是不能夠大意忘掉的。

收拾好要用的物品，帶著鳳兒正要出門之際，香雪卻突然來報，說是端親王府的人來了，指明了要見小姐。

聽說是端親王府的人，夏玉華倒是有些意外，再聽香雪詳細說了一下來人的情況，這才明白要見她的正是已經嫁給鄭世安為側室的陸無雙。

香雪之前沒有見過陸無雙，所以這才沒有先稟明，倒是鳳兒得知來的人是陸無雙，不由得癟著嘴朝夏玉華說道：「小姐，這陸無雙怎麼嫁了人還這麼不安生，不老老實實在端親王府待著，這個時候跑過來見妳，不知道又打什麼壞主意！依奴婢看，妳甭理她得了，省得跟這種人浪費唇舌。」

「既然她都來了，見一見也無妨，且看她到底想做什麼再說吧。」夏玉華微微思量了一下，還是讓香雪先去廳裡頭回話，說她一會兒便到。

自陸無雙嫁進端親王府後，這麼久以來還是頭一次在她面前出現，不過她父親陸相倒是沒有安生過，一而再、再而三的攪起這麼多的是非想要害自己的父親，也不知道陸無雙在這中間有沒有摻和，不過不論怎麼樣，就憑陸無雙對自己的敵意與恨意，最少是確定不會說什麼好話的。

而今日在這樣的情勢下，這女人竟然跑到自己家裡頭來了，她倒是要好好看看陸無雙這葫蘆裡究竟賣的是什麼藥。

來到前廳時，果然看到陸無雙正坐在那裡悠閒的喝著茶，身後站著的是隨行而來的貼身婢女，除了以前陸無雙在娘家時便一直跟在身旁的陪嫁丫鬟以外，另外還多了一個新的面孔，滿臉的恭敬，估摸著就算是嫁入端親王府後給配的，怕是也早就已經被陸無雙給收買了。

「妳來做什麼？」夏玉華在主位上坐了下來，看向一身婦人打扮的陸無雙。許久不見，陸無雙如今是少了幾分少女的粉嫩，多了一些少婦的風韻，更加讓她原本的嫵媚有種從骨子裡散發出來的誘惑。

「聽妳這語氣，好像很不歡迎我呀！」陸無雙輕笑一聲，媚眼如絲，直朝夏玉華拋了過來，那模樣輕佻無比，如同挑釁似的，當真讓人看上去有種無名之火要爆發出來似的。

「是不歡迎妳，這一點咱們都早已經各自心知肚明。」夏玉華並不在意的笑了笑，語氣之中顯然沒有將陸無雙放在眼中。

「哦，我知道，妳是妒忌我搶走了世安，而我父親又壓著妳父親一頭，所以這心裡自然是不可能舒服的，對嗎？」陸無雙越發的得意起來，不過目光之中卻沒有笑意，反倒是帶著一種極大的恨意。

夏玉華沒有遺漏這種眼神，只是不明白像陸無雙這樣的人還有什麼資格對她如此憎恨。微微搖了搖頭，她平靜地說道：「我父親的事長了眼睛的都能看清楚，不是因為誰壓著誰的問題，而是一個奸臣惡意陷害忠良的是非問題，所以我自然不可能無動於衷。至於妳我之間，沒想到妳到現在還沒弄清楚事實，第一，我壓根兒就沒想過要跟妳搶鄭世安，第二，妳也不過是鄭世安的妾，我怎麼可能自損身分，跟一個已為他人妾的人爭什麼呢？」

「哼，果然是死豬不怕開水燙！」陸無雙被夏玉華毫不留情的話語氣得不行，真是沒想到這個死女人都到了這個地步還故作清高。「夏玉華，別以為妳真的贏了我！沒錯，我現在只是世安的妾室，可世安畢竟是端親王府的世子。而妳呢？別看妳現在還是大將軍王府的大小姐，可是過了今日，到明天的這個時候，妳使什麼都不是！到時候妳只不過是一個罪臣之女，就算皇上聖恩浩蕩，沒將妳貶為賤籍，可妳一輩子再也不會有任何翻身的機會！」

說到這裡，陸無雙如同十分解恨一般笑了起來。「什麼大小姐、什麼要比我嫁得幸福？哈哈，全都見鬼去吧，妳就等著替人為奴為婢，低賤至死！別說要嫁人為正室，到時連普通人家的妾室也休想了！而我則不同，日後有的是機會被扶正！夏玉華，妳說說，咱們之間到底誰才是真正的贏家呢？」

「明天?!什麼意思？難道明天妳父親還敢再次派人下毒不成？」她並沒有表現出什麼異常來，而是裝作若無其事的樣子，故意沒將陸無雙的話放在心上。「省省吧，妳還是回家勸勸妳父親，別總做那麼愚蠢而可恥的事情，當真是自損身分！」

「下毒？哈哈哈，夏玉華，妳也太小看我們了吧，不過妳也不必來套我的話，我是不會再給妳透露半個字。等到了明天，一切自然便見分曉了。」

陸無雙痛快無比地說道：「今日我來就是想透露一點小小的消息，想看看妳那種著急卻又毫無頭緒、毫無辦法，只能眼睜睜的看著我所說的一切成為事實的那種痛苦、掙扎的模樣。」

「妳走吧，這裡實在不適應妳這樣的人久待，若是有多的閒工夫，不如好好想想怎麼抓住鄭世安的心吧，省得讓他一天到晚跑出來騷擾別人。」

夏玉華是故意的，對於陸無雙這種不要臉的女人，唯有說到她的痛處才懂得閉嘴，反正她知道是不可能再從這女人嘴裡得到任何關於那個陰謀的內容，索性早些將人趕走，別耽誤她另想辦法的時間。

果真，聽到最後兩句，陸無雙臉都綠了，成親這麼久，鄭世安雖然待她也算不錯，可是她卻知道如今這個男人心中竟然對以前那個厭惡到了極點的女人念念不忘，一想到這點，她的心便一陣一陣的如同刀子在扎似的。

她真的不明白自己到底哪裡比不上夏玉華，不明白這樣的女人到底有哪裡值得鄭世安在意的！所以原本對夏玉華的那種恨，現在更是深入骨子裡！

「好！我走！等著瞧吧，明日便是你們夏家的末日！」陸無雙一把抓住茶杯往地上一摔，而後狂笑兩聲，帶著人徑直揚長而去。

陸無雙離開之後，夏玉華低思片刻，而後吩咐鳳兒，馬上讓人備馬，她得立刻出門一趟。

「小姐先前不是說要去五皇子府嗎？外頭已經備好轎子了……」鳳兒話還沒說完，卻見夏玉華揮了揮手打斷了她的話。

「五皇子府遲些再去，我現在要去找一個人，騎馬方便一些，快去安排吧！」

「是！」鳳兒見狀，也沒有再耽誤，趕緊退了下去。

門口馬匹已經準備好了，夏玉華二話不說，騎上馬便快速的出發了。

現在，她要去找的不是別人，正是鄭世安。不過，她並沒有往端親王府的方向而去，既然今日這個時候陸無雙能夠肆無忌憚的跑來找她，那麼便足以說明鄭世安這會兒肯定不在端親王府。

憑著前一世的記憶，京城裡頭有幾處地方總能夠找到他的身影，所以夏玉華打算先去碰碰運氣，實在不行的話再去端親王府門口守株待兔。

陸相的陰謀，她有十二分的把握肯定鄭世安一定知道，不但如此，估摸這一次的事端親王府也參與了進來，當然這其中除了陸相以外，更有皇上的授意。否則的話，陸無雙也不可能這般自負的提前來向她示威。

一連跑了幾處鄭世安以前常去的地方，卻都沒有找到他，夏玉華沒有洩氣，繼續上馬朝下一個目的地直奔而去。眼下，她別無他路，唯有先弄清楚陸相他們到底想做什麼，才能夠想辦法戳穿他們的陰謀。

很快的，馬兒再次停了下來，夏玉華抬眼看了一下，也沒猶豫，直接上前便敲起門來。門開了，從裡面出來一個十幾歲的小廝，見到夏玉華後，愣頭愣惱地問道：「妳找誰呀？」

「我找戚姑娘。」這裡不同於先前的幾處地方，所以夏玉華一開口並沒有直接說要找鄭世安。

「找戚姑娘？妳一個女孩子家找她做什麼？去去去，我們這裡不接待女客！」小廝顯得有些不耐煩，邊說邊準備關門。

「等一下，我是戚姑娘的朋友，找她有點急事，麻煩小哥通融一下。」夏玉華自然知道這裡是什麼地方，邊說邊拿了塊碎銀子塞給那小廝。

這種地方不同於青樓妓院，但其實也差不了多少，差別只在於這裡的姑娘個個都身懷絕技，色藝雙全，且賣藝不賣身，同時還有權利選擇客人。

看到銀子，那小廝自然好說話了，接過去後笑著說道：「原來是戚姑娘的朋友，可是不巧，白天姑娘原本沒什麼事的，但偏偏這會兒來了位貴客，戚姑娘正在裡頭彈琴陪客呢。要不您下次再來？」

「你說的貴客是不是端親王府的世子呀？」夏玉華一聽，心中倒是有了些底。

「對對對，妳還真是神了，連這個也知道。」小廝轉而說道：「今日還真是怪了，世子來了之後，就點了戚姑娘，可這麼久工夫一直只是讓姑娘在那裡彈琴，連話都沒說過一句，也不知道怎麼回事，唉，這貴人的銀子可也不是那麼好掙的，再彈下去，估摸這手都得傷到了。」

聽到這話，夏玉華連忙又從懷中取出一錠銀子遞給小廝道：「小哥，正好我與世子也有些交情，不如你行個方便，帶我去一併見見他們吧。」

「這……恐怕不太好吧。」小廝看著那錠銀子，顯得有些猶豫。「小姐，這可不合規矩，若是發生什麼不愉快的話，我可是擔不起這個責呀！」

「你放心吧，不會有事的，我真認識世子，進去後一準不會鬧出什麼不愉快來的，再說你不也說戚姑娘再這麼彈下去，手都會傷到嗎，難道你就不想讓她休息一會兒？」夏玉華邊說邊將那銀子塞到了小廝手中，這麼大一錠銀子她就不信不會動心。

果然，小廝見到這麼大的銀子，也不再猶豫，點了點頭道：「好吧，妳跟我來。」

夏玉華跟著小廝往裡走，剛剛進院子沒一會兒便聽到了琴聲陣陣，來到一處屋子前，小廝停了下來。

「小姐，妳自個兒進去吧，若是出了什麼事，可千萬別說是我放妳進來的，知道嗎？」小廝說罷，趕緊往另一個方向快速溜走了。

見狀，夏玉華也沒有再理會那小廝，自行抬手敲了敲門，而後便推門走了進去。

「妳是誰？」琴聲戛然而止，一道十分好聽的聲音響了起來。

戚姑娘說話的瞬間，坐在一旁的鄭世安也回頭看了過來，見到進來的竟是夏玉華，當下便有些愣住了。

「對不起戚姑娘，我想借妳的地方跟世子單獨談談，還請姑娘行個方便。」夏玉華十分誠意的朝戚姑娘點了點頭，以示抱歉。對於戚姑娘這樣的人，夏玉華並沒有任何的偏見，於她而言這樣的人比起許多看似正兒八經的人都要來得乾淨、正當。

「玉華，妳一個女孩子家，怎麼能到這種地方來？」沒等戚姑娘出聲，鄭世安便已經回過神來，邊說邊起身一副準備離開的樣子。「走吧，我先送妳出去，有什麼事咱們換個地方再說。」

見狀，戚姑娘倒是不好再說什麼，鄭世安語氣中帶著對這種地方明顯的輕視，同時也聽得出他對眼前這個突然而來的姑娘是多麼的重視。

「不必換地方了，我不覺得這裡有什麼不好的。」夏玉華平靜地說著，而後再次看向一旁有些不知所措的戚姑娘道：「煩請姑娘暫時迴避一下，多謝了！」

戚姑娘見狀，朝鄭世安看了過去，見其一臉認可的樣子朝自己點了點頭，這才不由得再次盯著夏玉華看了一眼，而後退了下去。

「玉華，有什麼事坐下再說吧。」鄭世安真沒想到夏玉華竟然會主動來找他，而且還是在這種地方，心裡頭一時有些不太自在，想解釋點什麼，卻又不知道如何開口。

自上一次在茶樓與玉華的關係鬧僵了之後，他都不知道該如何去緩解他們之間的僵局，而這一段時間夏家又發生了這麼多的事，更是讓他猶豫不決著到底要不要去找她。如今玉華卻主動找來了，雖然明知肯定是有別的事，但他心中卻還是忍不住閃過一絲興奮。

「不用那麼麻煩了，我就幾句話，說完了就走。」夏玉華也沒多耽擱，徑直問道：「世子，我今日找您是想問您一件事，還請世子能夠如實告知，玉華感激不盡。」

「什麼事，妳說吧。」鄭世安見狀，也不好再勉強，玉華的性子如今他是真真正正的摸清楚了，索性便由著她去了。

夏玉華直直盯著鄭世安的眼睛，挑明問道：「我想知道陸相他們現在到底暗中做了些什麼，而明日我父親又會發生什麼樣的事情。」

聽到這問題，鄭世安神情一怔，不由得沈默了起來，他萬萬沒想到玉華竟然會問出這個問題，更不知道玉華是從何得知明日將會發生大事的消息。

見鄭世安沒有馬上出聲，夏玉華也不催問，只是繼續定定地望著他，給他一些考慮的時間。其實說句實話，不論她覺得鄭世安有多麼的渣，可本質並不算壞，最少並沒有主動的去害過什麼人。所以萬不得已的時候，她才會懷著僅有的一絲希望來找他，希望他能夠良心發現說出真相。

「妳怎麼知道明日會發生大事？」好半天鄭世安這才出聲了，整個人顯得比先前乍看到夏玉華時平靜了不少。

這話一出，等於承認了，夏玉華也沒打算隱瞞，直接答道：「是陸無雙說的，她剛剛去了我家。世子，我只想知道明日到底會發生什麼事，請您告訴我實情。」

一聽竟是陸無雙，鄭世安頓時神色變得很難看，他當然想像得到陸無雙跑去夏家做什麼，以無雙對玉華的恨意，肯定不可能是通風報信，而只會是示威撒潑。原本他便有些不太贊同這一次那些人對夏冬慶的做法，可是事情已經牽扯到了端親王府，卻是根本由不得他的。

「玉華，對不起，這個事情我暫時不能告訴妳。」他顯得有些為難，其實，就算說出來他也知道玉華根本不可能有辦法回天。

「求你！求你告訴我！」夏玉華不願放棄，她放下自己的尊嚴，重生之後第一次這般不顧自己的臉面向眼前這個男人低頭。

聽到這話，鄭世安心中亦很不好受，他知道如今玉華這般求他也是實在沒有別的辦法，否則以她那般心高氣傲怎麼可能向自己低這個頭；可是他真的不能夠說出一切，不單單是不能，而且他也不想讓玉華再因此而作無謂的努力，讓她也跟著捲入其中，越陷越深。

「玉華，這事真不是妳能夠管得了的，我實話跟妳說，這一次，皇上是真的下定決心了，所以妳再怎麼做也是沒有用的。」鄭世安不得已只好說道：「不過妳放心，皇上說過了，妳父親畢竟勞苦功高，因此對夏家其他的人是不會多加追究的！」

「管不了也得管！他是我父親，不是什麼毫無關係的人！換作是世子的話，會眼睜睜看著自己最親的人被人害死嗎？」夏玉華難掩心中的悲憤，突然發現自己來這裡找鄭世安簡直就是一個天大的笑話。「難道世子以為明知自己最親的人要被人害死，卻還能無動於衷的繼續過著自己安穩的日子嗎？」

「不，玉華，我不是那個意思。只是這事牽扯實在是太大，妳得明白我也有我的難處。」鄭世安連忙解釋著，夏玉華那股突然湧現出來的悲憤讓他有種說不出來的不安，可又有誰能夠理解他左右為難的那種複雜心情呢？

「行了，我明白！」夏玉華搖了搖頭，此刻的情形她已然明白，所以也不想再跟眼前的人多說什麼。「對不起，是我太天真了，我本就不應該抱著僥倖心理來這一趟的。你說得對，我沒有資格來為難你，我應該去找皇上才對！」

說罷，夏玉華徑直轉身，大步便朝門外而去。

鄭世安一聽，頓時急了，連忙衝上去拉住了夏玉華。「玉華妳瘋了，這個時候妳要去找皇上，皇上哪裡是妳想見便能見到的，況且就算妳見到了又能如何，只怕到時連妳也不會放過的！」

「我沒瘋，我清醒得很！你剛才也說了，皇上才是真正想要我父親性命的人，我不去找他還能找誰？左右不過一死，我又有什麼好怕的，我倒是要瞧瞧，這世上還有沒有公道，還有沒有天理！」夏玉華此刻力氣驚人，一把便甩開了鄭世安，攔都攔不住，直接幾步便衝到了門口，那副豁出去的樣子任誰看了都會害怕不已。

鄭世安急得不行，見狀腳一跺，一咬牙也管不了其他了。「站住，妳別去找皇上了，我都告訴妳，什麼都告訴妳行了嗎？」

聽到這話，夏玉華這才猛的停了下來，暗自吸了吸鼻子，控制住那一剎那眼中險些落下的淚水之後，這才轉過身來。

「謝謝你！」她張了張嘴，真心誠意的看著鄭世安，朝著他說了一聲謝謝，這一刻起，對於眼前這個男人前世今生所有的愛恨情仇全都隨著那一句「什麼都告訴妳」而真正煙消雲散。

而此刻，看到眼前一臉感激的夏玉華，鄭世安亦只能微嘆一聲，而後不再多想，一五一十的將事情說道了出來。他所能夠做的也就是如此，夏冬慶明日能否逃過一劫，也只能聽天由命了。

聽完鄭世安所說的一切之後，夏玉華不由得驚出一身冷汗。難怪陸無雙那般自信，還敢特意提前跑過來向她示威。為了要自己父親的命，那些人當真可沒有少動腦子。

再次謝過鄭世安之後，夏玉華自然不再停留，這會兒工夫，多爭取一些時間的話，父親才會有更多的生機。

「等等玉華！」鄭世安再次叫住了夏玉華，徑直挑明道：「我知道妳現在肯定急著想去找黃天剛幫忙。不過妳最好還是別去了，這會兒他應該已經被皇上派出的人軟禁了，妳去的話反倒只會讓自己跟他一樣。」

夏玉華萬萬沒想到皇上竟然安排得這麼周全，連這最後一步的退路都把她堵死掉了。她微微閉上了眼睛，平息了片刻之後，這才看向鄭世安道：「我知道了，謝謝你！」

說罷，夏玉華沒有再停留，徑直出了門，離開了這個地方，只留下鄭世安一人獨自站在原地，半天都不曾言語。

騎上馬，夏玉華沒再按原先的想法去找黃天剛，鄭世安這麼多的話都說了，這一點也不可能再特別騙她，所以她現在只能夠另想他法。

第五十章

一口氣跑回家門口，夏玉華回屋裡帶上了先前鳳兒已經替她準備好的東西再次出了門。眼下黃叔叔那邊已經是完全不能夠指望了，所以夏玉華一路上思來想去也只有那個人有能力幫到父親了。

到達五皇子府後，管家很快便為夏玉華引路前往書房，邊走還邊說上午沒見夏玉華過來，五皇子還以為她忘記了今日要例行診治一事，正準備一會兒派人去夏府請她。

進入書房，鄭默然正躺在一旁的睡榻上閉目養神，見夏玉華來了，這才睜開了眼起身坐好。

「妳來了？我還以為妳忘記了今日是例行診治的日子。」他的嘴角掛著淡淡的笑意，看向夏玉華卻意外發現眼前這個女人竟一臉風塵僕僕的樣子，不免打趣道：「妳這是從哪裡趕來的，不過是來給我做個診治，怎麼樣也不至於趕成這樣吧？」

夏玉華下意識的朝自己身上看了看，先前為了找鄭世安，她差不多騎著馬在整個京城繞了一圈，後來趕回去取東西，又直接往這邊趕，這麼一段時間連一口水都沒有工夫喝，看上去顯得有些狼狽倒也並不出奇。

見管家已經退下，書房內並無外人，夏玉華也不繞圈子，徑直說道：「五皇子，實不相瞞，來您這裡以前，玉華突然遇到件十分棘手之事。一路上我思來想去，現在唯有五皇子才能夠助我解決這個燃眉之急。玉華自知此事不易，但我真的已經沒有別的辦法，唯有厚著臉皮求五皇子能夠出手相助。」

「哦，這倒是稀奇，沒想到夏家大小姐竟然會有主動開口求人的時候。」鄭默然話雖這麼說，卻是稍微收斂了些臉上的隨意。他起身站了起來，順手端起一杯茶朝夏玉華走去。「先坐下喝點水吧，有什麼事慢慢說，好歹一會兒還指望著妳診治，我可不想妳出什麼差錯。」

「謝謝！」夏玉華見狀，接過了茶杯就近坐了下來。試了一下，溫度剛剛好，她很快的便將那杯茶一口氣喝了個精光，這會兒才發現自己果真已經渴得厲害。

看著夏玉華竟然喝得那麼急，鄭默然略微有些吃驚，看來這女人還真是遇到了什麼大麻煩，否則的話怎麼可能連喝水這麼小的事都顧不上了。

「還要嗎？」他好意的問了一句，見夏玉華搖了搖頭，這才在她旁邊的椅子上坐了下來。「好吧，看妳那麼著急，妳就先說說到底有什麼事要我幫忙的，不過我可事先聲明，能不能幫忙還得另當別論。」

夏玉華見狀，一臉肯定地說：「憑五皇子的能力，只要您願意出手，一定可以的！」

「行了，妳也別急著給我戴高帽，能夠讓妳這般為難，沒有辦法之下來求我，依我看這事肯定不小。」鄭默然道：「不過，我還是願意先聽聽再說，不論幫不幫得到，反正有一點妳可以放心，今日妳所說的事情我絕對不會再對任何人提及便是。」

鄭默然的這話倒是已經說得十分到位了，不論如何，夏玉華今日來找他，從另一個角度來說也是難得的對於他的一種主動信任，所以他也是得讓人家安心一些才好。

聽到這話，夏玉華自然沒有了任何的顧忌，沈聲說道：「皇上暗中授意，欲在明日朝堂之上將我父親定罪。他們從西北邊境那邊找來了一名所謂的玉石商人還有一個西北將領當證人，證明陸相所彈劾東方將軍等一一位將軍搜刮錢財、貪腐縱容、禍害百姓等罪行的確屬實，並且到時那名玉石商人還會指證我父親才是東方將軍等人利益集團最終的幕後首領。這一切都是陸相等人一手操作，皇上暗中許可而為之的，我父親實在冤枉。

「原本東方將軍他們在陸相還沒有上奏彈劾父親之前，便已經命人出發，將西北那邊一些不法之人意圖拉攏他們而賄賂的金銀財寶一併運送京城，準備交給皇上發落，那些東西到了之後，陸相誣陷父親與東方將軍等人的罪名便會不攻自破。可是皇上知道這事後，不但沒有改變主意，反倒暗中命人要在半路上將東方將軍派人送來的那些東西給劫走。如此一來，明日朝堂之上，他們便可以毫無顧忌的給我父親安上莫須有的罪名。」

夏玉華嘆了口氣道：「知道這些後，原本我是想通知黃叔叔，讓他帶人趕去護衛那批東西，只要能搶先一步，明日那批東西能夠當著文武百官的面按時送到，那皇上便再沒有藉口能夠為難我父親。可是，這會兒工夫，黃叔叔已經被皇上所派的人暗中軟禁，我實在沒有辦法，所以只能求五皇子您出手幫這個忙。」

夏玉華說得明白而簡潔，鄭默然自然一下子便將前因後果給理了個清楚，敢情這小妮子是想讓他派人從皇上的人手中，將那批關係到夏冬慶生死存亡的證據給保下來，按時安全的送到朝廷中。

這事說難也不算太難，可是要冒的風險卻極大。事情沒辦成倒也罷了，萬一露了馬腳，讓皇上知道自己參與了夏冬慶的事不說，怕是這麼多年苦心經營的一切都將付諸東流。

思索了片刻之後，鄭默然這才朝一直盯著他、等著他出聲的夏玉華說道：「這事還真不好辦，我也實話實說，並不是辦不到，只不過這中間的風險實在太高。我父皇生性多疑，萬一讓他察覺到一丁點蛛絲馬跡，那麼完蛋的可不僅僅只是妳夏家，連我也沒有好下場。」

鄭默然的話夏玉華自然明白，讓鄭默然出手幫忙，實際上就是跟皇上暗中對立，這過程萬無一失的話還好說，但稍微有一點點的疏漏，鄭默然便會暴露先前隱藏的一切實力。日後別說爭奪皇位，就算是保住性命怕也難了。畢竟這種事涉及得太廣，就算皇上有心放他，太子以及其他皇子也是不會給他這機會。

所以，鄭默然如今這般猶豫，卻並沒有一口直接回絕掉，就已經很不容易了。夏玉華見狀，起身立於鄭默然面前，恭敬而鄭重地說道：「玉華也知道此事風險太大，可是我現在已經別無他法，請五皇子看在我父親為這國家立過那麼多汗馬功勞的分上，幫幫他這一次！您的恩情，夏家永世沒齒難忘！」

「好吧，既然妳也知道這其中的風險，那我便開誠布公說了。」鄭默然再次思量了片刻後，朝夏玉華說道：「以我與妳父親現在的關係，為他出手代價可能實在太大。但是，若是妳父親日後能夠與我站在同一陣營的話，那麼他的事我自然不會坐視不理。玉華，妳也是聰明人，我之所以在這個時候提出這個，並不是乘機要脅什麼，只是各人都有自己的原則與不得已，唯有能夠確定日後的形勢，我才有值得冒這個險的理由；畢竟這不是我自己一個人的考量，我若是出事的話，有許多人也會因此而受到牽連，甚至萬劫不復。」

鄭默然的坦白不但沒有讓夏玉華覺得反感，相反的，在這個時候他能夠將一切說得這般明確，足見此人夠坦蕩。可是，她卻沒有這個資格代替父親作出這樣的決定，哪怕是生死關頭亦是如此。

「五皇子，您的意思我明白，可是這種事情關係太大，如您所言，亦不是我能夠代替得了父親向您承諾什麼的。」她直言道：「哪怕是為了救父親，我也不能在這個時候敷衍您，父親的性子向來都是寧死也不願被人強迫，所以我真的沒有辦法替他作這個主。」

「不錯，果然有夏將軍的風範！」聽到夏玉華的話，鄭默然不但沒有半絲不高興的地方，反倒誇讚道：「妳說得對，這種事情的確不能夠隨便張口便答應，妳若一口允諾下來，我反倒會猶豫了。」

夏玉華見鄭默然這般說，隱隱覺得此人似乎另有打算，並不似真沒有商量的餘地，見狀，她突然想到了什麼似的，當下心中有了主意。

「五皇子，您剛才說的條件雖然我不能夠做到，可是還有一件事我卻能夠做到，而且相信您也一定會感興趣。」夏玉華想起了煉仙石空間裡頭的天豫，如此一來，眼下倒應該是用到那個藥引的絕佳時機。

「是嗎？妳倒是說來聽聽，看看到底能不能夠讓我感興趣，同時又值得去冒那麼大的風險救妳父親。」鄭默然倒是有些好奇起來，剛才見夏玉華的神情突然變得有些開朗起來，想來這姑娘當真是有了什麼別的主意了。

「如果五皇子能夠出手相助，我有辦法將您體內的餘毒一次性全部清除，讓您再也不用月月飽受病痛折磨。」夏玉華異常自信地說著，在她看來，這樣的條件絕對能夠讓鄭默然動心，畢竟誰都不願一輩子承受那樣的病痛。

聽到這話，鄭默然果然滿臉都是不可思議的神情，他完全沒想到眼前這個年紀輕輕的女子竟然會提出這樣的條件來。

治癒他的身體？連歐陽先生這麼多年來都沒有辦法做到，她卻這般正色的提了出來，難不成她的醫術已經超越了歐陽先生？

如果真是這樣的話，那就太讓人無法置信了，雖然歐陽先生對夏玉華極為肯定，也充分的誇讚了她的天賦與努力，但再怎麼樣她也才學了這麼一段時間，真能做到連歐陽先生都無法做到的事情，豈不是要逆天了？

「我沒聽錯吧？連先生至今都沒有辦法將我體內的餘毒完全清除，難道妳在短短的時間內便真的超越了先生的能力嗎？」鄭默然並沒有看不起夏玉華的意思，只是這實在太讓人無法相信。

夏玉華知道這事聽上去的確有些荒唐，所以也不怪鄭默然這般質疑，她一臉平靜地回道：「五皇子只管放心，我並沒有信口開河，也絕對不是為了讓您出手救家父而編出的欺騙之言。我說能夠治好您，並不代表我的醫術已經超越了先生，而只是我比先生幸運一些，能夠找到他一直都無法找到的那味藥引——天豫。」

「妳是說妳能找到傳說中的神奇藥引天豫？」這一回，鄭默然的態度顯然正色了不少，夏玉華的樣子不像是在說謊，而且以前歐陽先生也說過要尋找天豫這種傳奇般的東西，最主要的還是要靠機緣，夏玉華這人一看就與常人不太一樣，說不定還真是比常人更有特殊機緣。

當然，最主要的是，像他這種被病痛折磨了這麼多年的人，但凡知道有一絲能夠痊癒的希望都不會輕易的放過，所以鄭默然此刻還真是動心了；他尋了這麼多年，派出無數的人，費了數不盡的錢財都沒有找到，而夏玉華卻找到了，因此說不動心那才是假的。

「是的，我能找到。先生估摸著也差不多要回來了，等他回來後，我會將天豫親手交給他，到時他自然便能夠將您治癒。」夏玉華鄭重地點著頭道：「懇請五皇子相信玉華，我絕對不敢有任何的欺瞞，如果到時我拿不出天豫，治不好您的話，要殺要剮，玉華任由您處置！」

「好！妳果然厲害，開出這麼誘人的條件，我又豈有不動心的道理？莫說是冒風險，就算明知不可為，那也得試上一試才行！」鄭默然這一回沒有再遲疑，爽快的答應了夏玉華的要求，而後頗有深意的笑著說道：「只不過，如果到時妳拿不出天豫，根治不了我這病的話，殺呀剮呀的倒是太沒意思了。」

聽到鄭默然答應出手救父親，夏玉華頓時激動不已，連聲說道：「五皇子如何處置都行，玉華絕對不會有半句怨言！」

「這可是妳說的！」鄭默然笑得更加特別了，盯著夏玉華上下打量道：「要不這樣，打打殺殺的我沒興趣，妳若是辦不到的話，索性就嫁給我算了，好歹我也得點兒好處，總不至於竹籃打水一場空吧。」

這話一出，夏玉華臉上的笑容頓時僵住了，她還真是沒想到鄭默然會說出這種話來。一時間也不知道這人是開玩笑還是說真的，可不論是真還是玩笑，先前她都說過任憑處置了，這下可如何是好？

愣了一下，她倒是很快反應了過來，略帶尷尬地笑了笑道：「五皇子可真會開玩笑，以我現在的身分，別說是皇子，就算是其他普通人都是避之唯恐不及，您若娶了我，就不擔心皇上對您起疑心嗎？」

「無妨，反正妳父親不是說妳二十之後才能談婚論嫁嗎？我又不是急著現在娶妳。」鄭默然一臉的無所謂。「等我娶妳之際，這些都已經不是問題了。怎麼?! 妳不敢答應，難不成是根本沒有辦法拿出天豫？」

「當然不是！」夏玉華一聽，頓時有些急了，想想也是，反正自己絕對沒問題，又何必去跟他計較一個壓根兒就不可能發生的事呢。「好，我答應便是，反正我一定能夠治好您的病！」

見狀，鄭默然會心一笑，而後點了點頭站了起來。「那好，事不宜遲，我現在就去安排一下，妳先在這裡休息一會兒，等我回來後這一次的例行診治還是不能少的。」

說罷，鄭默然滿臉愉悅的走了出去，只留下了夏玉華一人繼續留在書房等候著。

夏玉華長長地吁了口氣，一時間雙腿居然軟了下來，幸好反應還算快，就近找張椅子趕緊坐了下來，整個人有種快要虛脫的感覺。

她不知道接下來一切會如何發展，可是現在她能夠做的全都已經做了，剩下的唯有祈求上天慈悲，保佑父親能夠順利度過這次的難關。

休息了好一會兒，她的精氣神才恢復了一些，正欲起身看看，忽然聽到外頭傳來兩聲敲門聲，而後幾名婢女魚貫而入，手上端著一些吃的、喝的食物走了進來。

「夏小姐，五皇子說您肯定還沒吃東西，讓奴婢給送些吃的過來，您請慢用，有任何需要，交代奴婢便可。」那婢女說話的工夫，其他幾人已經將吃食擺放好，請她過去食用。

夏玉華心中暗道鄭默然還算是個不錯的人，除了偶爾跟她開一些沒頭沒腦的玩笑以外，其他倒真讓她對他的印象漸漸好起來。

看著桌上擺放好的吃食，她這會兒肚子竟有些不爭氣的響了起來，自早上到現在，除了剛才進來時鄭默然遞給她的那杯茶以外，她還真沒有再進過半點東西，因此也不再客氣，謝過之後便自行吃了起來。

吃完最後一口，放下碗筷之際，卻聽身後傳來鄭默然笑意盈盈的聲音：「餓了這麼久就吃這麼一點東西，難怪全身上下也看不到幾兩肉了。」

夏玉華回頭一看，鄭默然不知何時已經回來，正站在那邊看著自己，一時間倒是有些不太自在。好在鄭默然也沒有再繼續抓著這事不放，走了進來，示意下人將桌上的東西全都撤下去。

婢女們動作極其快速，片刻後便收拾齊整全數退了下去，整個書房再次只剩下鄭默然與夏玉華兩人。

「妳父親的事我都已經安排妥當了，我讓他們先不急著動手，等我父皇的人先將東西劫下，讓他們幫咱們傳回有誤的情報之後，再動手把東西奪回，而後一路護送保他們明日準時將東西送到朝堂之上，讓妳父親能夠順利解圍。」鄭默然簡單明瞭的解釋了一下，而後安慰道：「放心吧，不會有事的，既然我接手了這事，那麼便不會允許自己白白的搭進去，所以這事只能成功，不能失敗。」

「謝謝！」夏玉華聽到這個計劃，心中稍微鬆了口氣，如此一來，倒是最好的安排，既不會打草驚蛇，又能夠確保萬無一失。看來這五皇子的能耐真是不小，估摸著日後此人還真是會大有作為。

「謝倒是不必了，咱們現在正確的說應該是合作關係，不是嗎？」鄭默然又是一笑，而後也不再多說其他。「好了，接下來是不是應該替我診治了，在妳沒拿天豫來將我徹底治癒之前，例行診治可還是少不了的。」

「是！」夏玉華微微一笑，也沒有冉多說，轉而集中精神，替鄭默然開始診治起來。

第五十一章

鄭默然的情況還算穩定，不過比起幾個月前夏玉華替他把脈的那一次來說，似乎略微退步，難怪先生月月都要來例行診治，估摸著若不是先生努力用藥物與針灸替他長期不懈的抑制體內的餘毒，怕是他也堅持不了這麼多年。

鄭默然還真是個運勢極強的人，天豫不早不遲的出現，說來總歸也是他的一個極大福氣。夏玉華診斷過後，又按先生所說的方法替其進行了針灸，而後找出了最為合適的藥方親自去藥房抓藥。

做好一切之後，又將藥交給了平日專門負責保管煎藥的大夫，這才去書房同鄭默然告辭。

「五皇子，一切已經妥當，待到先生回來之後，玉華一定會將天豫奉上，助先生一併治癒五皇子，以報今日您的大恩大德。」夏玉華極其鄭重的朝鄭默然行了一禮，正如她所說，這份大恩大德，她自是銘記在心，永生難忘。

見狀，鄭默然不由得笑了笑，一臉惋惜地說道：「如此說來，日後我只能再另想辦法抱得美人歸了？」

調侃的意味頓時沖淡了夏玉華聽到這話時的一些不太自在，這一會兒她倒是放下心來，很明顯鄭默然所說的這些不過是玩笑之言，剛才她是太過當真了些。

如此一來，她也自在多了，笑著說道：「時候不早了，玉華告辭，待明日父親平安回家之後，玉華再與父親另找機會前來親自表達感謝！」

離開五皇子府，回到家後，夏玉華一進門便看到了在前廳焦急走來走去的阮氏。很顯然的，阮氏是在等她回來。

「玉兒，妳總算回來了，事情都還順利嗎？」阮氏見夏玉華平安回來，頓時放心了不少，不過一想到之前陸無雙說的那些話，很快又是愁容滿面。

「梅姨，妳放心吧，一切都解決好了，明日不會有事的，而且不出意外的話，爹爹明日就可以回家了。」夏玉華並沒有說太多，不過這些話對於一直擔心不已的阮氏來說，便也足夠了。

「真的？那就好、那就好！」阮氏連連吁了口氣，而後這才關切地說道：「玉華，妳還沒吃東西吧？累了吧，趕緊進屋裡休息一會兒，我馬上讓她們給妳送吃的過去。」

「我已經吃過東西了，不過倒還真是有些累了。」夏玉華反手握了握阮氏的手，特意囑咐道：「梅姨，您記住了，無論明天發生了什麼、也不管聽到了多麼不好的消息，都不要激動，相信我，最後爹爹一定會平安回來的，好嗎？」

夏玉華的話明顯是在提前給阮氏安心，省得到時一聽說什麼風吹草動的就先急暈過去了。阮氏一聽，顯然也意識到了明日之事並不是那般簡單，不過她相信玉華一定不會騙她，更相信這個孩子絕對是已經胸有成竹了，否則的話不可能明知父親有難還這般淡定平靜。

「好！妳也趕緊回屋裡休息一下吧，跑了一整天，可是累壞了，梅姨看著都心疼了。」阮氏眼眶都有些泛紅，每每這樣的時刻，自己卻什麼都幫不上，只能依靠一個還只有十幾歲的孩子來撐起這所有的一切磨難。

衝著阮氏安撫似的笑了笑，夏玉華這才拖著疲憊的身子回屋去了。今日，她的確得好好睡上一覺，養足精神，等到了明天，一切拭目以待！

第二天，夏玉華表面上鎮定如常，只不過這心裡頭卻無時無刻不記掛著父親的事。鄭默然雖然那般肯定的說過不會有問題的，可是不到最後見分曉，不到親眼看著父親回家的那刻，她又怎麼能夠放心得下呢？

時間似乎過得特別慢，如同過了好幾年一般，卻才只是挨到中午時分，她沒有讓人刻意去打聽些什麼，一來宮裡頭的消息也不是那麼容易能夠隨意探聽得到，二來消息延滯些也總是會傳來，她倒是沒必要再讓自己一驚一乍的反倒亂了心神。

好不容易一直挨到了下午時分，估摸著這會兒父親應該已經在朝堂之上跟陸相等人交鋒了，今日陸相等人找到的所謂證人、證據其實都不堪一擊，只要鄭默然的人能夠順利的將東方叔叔的那批東西護送回京，在關鍵的時候讓那批東西公然出現在朝堂之上，攤在文武百官的面前，那麼事實勝於雄辯，一切的不利指控全都會瞬間煙消雲散。

所以夏玉華一直最擔心的是東西是否已經平安到達，望眼欲穿這個詞用在今日確實是真正最貼切的時候。

「小姐、小姐，好消息、好消息！」正在胡思亂想之際，鳳兒從外頭飛快的跑了進來，邊跑邊大聲地說道：「老爺回來了，老爺回來了！」

聽到這句話，夏玉華總算是長長的吁了口氣，將高懸的心給放了下來，而後快速去迎接父親。

夏冬慶的平安回歸讓府裡頭上上下下的人都感覺跟過年似的歡喜，忙上忙下的不亦樂乎。

而當著成孝的面，夏冬慶沒說太多這次入獄以及今日所發生的事，畢竟孩子還小，況且現在也已經平安回來了，沒必要再讓阮氏太過擔心。

不過，有些事情他心中卻還存著不少疑團，想來這家中也就只有玉華才能夠讓他釋疑了。所以，吃過飯後，他讓阮氏先帶成孝回屋裡去休息，轉而將玉華叫到書房，準備父女倆好好談談這些日子所發生的事情。

夏冬慶很清楚今日發生了什麼事情，他自請入刑部大牢這麼多天，皇上都沒有單獨召見過，反倒是這個時候突然命人帶他上朝，與文武百官一併審查此事。

這都不是重點，重點是陸相等人不知從哪裡弄來了幾個所謂的人證，連帶一份所謂的送禮行賄清單，硬是將他給釘成了貪贓枉法等數條大罪的幕後指使，如此大的帽子扣了下來，皇上卻一副心知肚明的樣子，甚至於已經表露出震怒不已、欲將他拿下處置的態勢。就連其他一些正直的大臣當場諫言也不管不顧，顯然已經下定了除去他的決心。

最後若不是東方等人的東西提前在最後關頭送達，怕是這一次他真的會被那些人給聯手害死了。而最讓他不解的是，原本東方派人送來的這些東西應該沒這麼快到達的，並且看皇上他們的樣子當時顯然極其錯愕，完全出乎他們的意料。甚至陸相當場還驚得有些沒控制住，愣是脫口說了一句：這東西怎麼可能出現在這兒！

書房內，夏冬慶將心中疑惑一一說了出來，他下意識裡相信，玉華一定清楚這其中的一切緣由。

而聽到這些後，夏玉華也沒有猶豫，徑直將事情從頭到尾說了一遍，從陸無雙的示威中嗅到危險，再到去找鄭世安問出內情，再到得知黃天剛被軟禁，不得已去找五皇子求助，一切過程就如同在眼前重現。

夏冬慶聽了這些之後，心中也不由得一陣害怕，看來自己當初還是有許多疏漏之處，這次的事情，若不是玉華如此沈著鎮定，想辦法一一化解的話，後果還真是不堪設想。

「玉兒，為父這次能夠僥倖脫險、平安歸來，妳是最大的功臣！爹爹心裡真心感到欣慰，我的女兒完完全全的長大了，沈穩機智、處變不驚，果真是青出於藍、勝於藍呀！」夏冬慶拍著女兒的肩膀，眼中是滿滿的自豪與感慨。

「爹爹過獎了，玉兒只是不希望爹爹出任何事情，情急之下，也管不了其他的了。」夏玉華坦言告知，其實當時自己還真沒想太多，只是一門心思想著不能夠讓爹爹出事而已，其實運氣倒算是占了一大部分。

聽到這話，夏冬慶不由得笑了起來，片刻之後這才想起了什麼似的，神情正色了不少，朝著夏玉華問道：「玉兒，五皇子上一次已經主動幫過我一次，這一次妳再去找他幫忙解決風險如此大的事，難道他就沒有提任何條件？」

見狀，夏玉華自然明白父親在擔心什麼，連忙解釋道：「父親放心吧，先前五皇子是有提過想讓父親日後成為他同一陣營的人，不過女兒知道父親的原則，所以並沒答應。」

「既然如此，那五皇子為何還同意幫妳救我？」這一來，夏冬慶更是不明白了。

「因為我提出，只要他出手救您，等先生回來後，我便送上一味能夠將五皇子的病完全治癒的珍奇藥引，讓五皇子能夠徹底擺脫長年病痛的折磨。」夏玉華沈聲說道：「關於藥引之事，爹爹不需擔心，玉兒不是隨口騙五皇子，而是真有辦法，但請爹爹不要追問女兒如何尋得藥引一事，有些東西女兒現在沒辦法跟您解釋太多，請父親相信女兒一次，也給女兒保留一點點秘密的權利，好嗎？」

沈默了片刻，夏冬慶終於點了點頭沒有再追問這事。

「玉兒，還有件事爹爹要告訴妳。」夏冬慶嘆了口氣道：「情況有變，所以我只得臨時改變了先前的計劃，出宮之際，當著文武百官的面，我已經將虎符給了皇上，交出了手中的兵權。」

聽到這個消息，夏玉華倒也並不太過吃驚，在她看來，如今皇上既然已經這麼明顯的容不下父親，當然也只能夠以退為進了，交出兵權的話，最少就目前來說，皇上完全沒有任何的理由再暗中對父親動手，否則的話將會讓所有文武百官寒心。

「這樣也好，虎符不過是個信物，而西北有東方叔叔他們在，父親大可以放心，就算您手中沒有那所謂名正言順的兵權，但您的威信與能力依舊在，將來重掌兵權，為國效力也是指日可待。況且您這次主動作出這麼大的退讓，相信皇上也應該能夠暫時滿意了，一旦到了用人之際，他還是不得不重新請您出山的。」

夏玉華安慰著父親，她知道父親戎馬一生，如今暫時交出了兵權心中一定有些不是滋味。同時她也相信日後父親一定會再次重掌兵權，為國效力，為民除憂，在戰場之上再一次的展現出他與眾不同而又無可替代的忠誠與價值！

「妳說得對，他日為父一定會有東山再起的時候，只不過在此之前，為父必須先清除掉西北那邊的內賊再說。這一次的計劃出這麼大的問題都是因為內賊所致，不找出來的話無異養虎為患，日後關鍵的時候一定會出大麻煩的！」

很快的，大將軍王獲平反正名卻負氣交出兵權一事便傳遍了整個京城，過沒幾天，甚至於連其他各地也都傳開了。對於老百姓來說，這自然是一件極為重大的事，因為大將軍王是他們心目中的戰神，是他們能夠過安穩日子不受外敵侵犯的保護神，而今夏大將軍交出了兵權，便意謂著西北邊境大軍人員調動肯定也會受到一定的影響。看來這朝堂的風向也將大大改變了！

相對於外頭傳得沸沸揚揚，夏家卻顯得格外的平靜，依舊過著他們自己的日子，甚至於比起以前來說還要更加的踏實。

夏玉華也暫時靜下心來重新回到了以前的生活常軌，而昨日亦收到了歐陽先生捎來的書信，算算時間最遲也就這些天快要回來了

今日天氣不錯，是個適合出門的日子。莫菲一早就派人過來帶話了，說夏玉華這段日子實在太過操勞了，所以今日要帶她出去好好轉轉，放鬆放鬆心情，玩個痛快。不過帶話之人並沒有明說菲兒準備帶她去哪裡玩，只是說先到莫陽的聞香茶樓碰面，再一起出發。

見反正沒什麼事情，夏玉華自然也沒有拂了菲兒的一番好意，那丫頭向來愛玩，而且會玩，估摸著今日的安排應該會有些意思。

跟家人說了一聲後，夏冬慶自然也沒有阻攔，夏家本就沒有一般權貴之家那樣講究表面的規矩，在他看來，孩子沒事多到外頭走走散散心也是件好事，成天悶在家裡人都會憋出病來。

因此夏玉華帶著鳳兒很快便出了門，到達聞香茶樓門口時，莫菲已經在那裡等著了。看那丫頭東張西望的模樣，估摸已經等了好一會兒了。

「夏姊姊，妳怎麼才來呀，妳看我兩顆眼珠子都快掉出來了！」菲兒一把上前拉著夏玉華撒起嬌來，而後又是一長串的話語噼哩啪啦說個沒完，還故意賣關子說著她們一會兒要去的地方如何如何的漂亮，又是如何如何的好玩。

看到菲兒興奮不已的樣子，夏玉華笑著說道：「那還等什麼？咱們趕緊去呀。」

「哎喲，再等一下下吧，我三哥還在裡頭安排點事，馬上就好了，等他出來咱們就走，妳看，馬車都已經備好了。」菲兒雖然心急，可沒辦法，三哥不去的話，自己也不能夠跑出來玩，所以只得老老實實的等著了。

「莫大哥也去嗎？」夏玉華下意識的問了一聲，她還以為今日只有菲兒跟她兩人，卻是沒想到還有其他人。

「是呀，我娘可是不放心我一個人出門，所以硬是讓三哥一起去，好好看著我，不讓我惹禍唄！哎，還是夏姊姊好，不用成天被家人給約束著！」菲兒很是羨慕的說：「夏姊姊要是不累的話，咱們就不進茶樓裡頭了，在這裡稍等片刻就行了。」

「原來是這樣。」夏玉華一聽，笑著說道：「其實妳家人對妳也很好呀，我可是很少見到誰家大小姐能夠成天跑到外頭玩的。」

正說著，身後傳來莫陽的聲音，清清冷冷的，給人一種不太合時宜的感覺。

「妳們說什麼呢，這麼高興？」莫陽交代好事情出來後，便看到菲兒與夏玉華兩人站在一旁一副相談甚歡的樣子，猶豫了片刻，才找到了這麼一句話打斷了她們。

見是莫陽，菲兒倒是笑得更高興，跑過來拉著他的手道：「三哥，我正跟夏姊姊說你壞話呢！」

「說我什麼？」莫陽頓時顯得有些不太自在，邊問邊朝夏玉華看了一眼，也不知道自己這妹子對著人家又說了些什麼不應該說的話。

「莫大哥別聽菲兒瞎說，她可沒說你的壞話。」夏玉華見狀，連忙解釋了一句，見莫陽一副拿自己這個妹妹完全沒轍的樣子，倒是有些略表同情了。

莫陽見菲兒又拿自己尋開心，索性也沒再多問，省得一會兒越說越說不清。菲兒的性子他是再清楚不過了，不去理會永遠是最好的對策。

「時間差不多了，妳們趕緊上車吧，我在前頭騎馬帶路，有什麼事叫我就行了。」他朝菲兒吩咐了一句，而後再次看了一眼夏玉華，便先行過去準備上馬出發了。

見狀，菲兒笑著朝莫陽做了個鬼臉，而後笑嘻嘻地拉著夏玉華上車。

上車之後，菲兒這才向夏玉華說起了這次她們要去玩的目的地，不是別的什麼地方，正是莫家在城郊的一處莊園，用菲兒的話來說，那裡除了有各種各樣好吃的、好玩的以外，還有一個最大的美景保證會讓夏玉華驚豔無比。

說到這能夠令人驚豔的美景，菲兒還是暫時賣了個關子，只說到了之後便能夠看到，保證整個京城找不到第二處那麼驚豔的地方。

夏玉華並沒有太過當真，菲兒這人向來對玩極有熱情，想來比之那莊裡的景色，自由的氣息以及無人約束的感覺才是最大的吸引力。

不過她卻還是饒有興趣的聽著，特別是接下來菲兒提到那些莊園裡特有的新鮮食材所做出的各色美食，聽上去很是讓人有嘗試的慾望。其實骨子裡，夏玉華與菲兒一樣有著一顆嚮往快樂與美好的心，只不過這一世開始到現在，一路走來，她所顧忌的東西實在太多，漸漸的本性也只能深藏於心了。

鳳兒在一旁聽著，暗自開心不已，自家小姐好久沒有這般出來輕鬆痛快的玩樂了，剛剛光聽莫家小姐說起來便覺得相當有趣了，想來今日一定會不虛此行，就讓小姐好好開心開心吧！

「對了夏姊姊，一會兒到了後，有件事我可得拜託妳。」說完了一大串話，莫菲似乎終於扯到了今日約夏姊姊出來最最重要的事情上。

看到莫菲一臉懇求而又認真的模樣，夏玉華笑著說道：「弄了半天，今日妳約我出來玩是另有目的呀。」

「哎喲不是啦，夏姊姊妳可別誤會，玩歸玩、事歸事，一碼歸一碼，只不過順便而已嘛，妳看我像是那種人嗎？」菲兒有些急了，生怕夏玉華誤會似的解釋著：「再說我……」

「好了，我逗妳玩呢，妳還當真了。說吧，什麼事？」夏玉華沒想到菲兒還有這麼好騙的時候，看來這事對她來說一定很重要，否則的話也不至於如此在意了。

見夏玉華這般說，莫菲這才鬆了口氣，拉著夏玉華的手一副撒嬌的表情說道：「夏姊姊，妳不知道，我娘這些日子也不知道哪根筋不對了，說是要找兩個宮裡退下來的教習嬤嬤，好好教導我一些禮儀規矩之類的，不但要改我的性子，還要把我訓練成標準的大家閨秀。而且這一回好像是真的下狠心了，我怎麼求都不改初衷。好姊姊，一會兒到了莊園，妳找個機會替我跟我三哥求求情吧，讓他說服我娘別這樣折騰我了，他的話我娘肯定聽的！」

第五十二章

莫菲的性子夏玉華多少還看得清，只是卻有些不太明白，這求情之事怎麼輪得到她頭上呢？即便菲兒她娘真的聽莫陽的話，或者莫陽有法子能夠說服莫夫人放棄這個念頭，可是她哪有這個能耐左右莫陽的想法呢？估摸著莫陽肯定是站在莫夫人那一邊的，憑她說幾句話可起不了什麼作用。

「菲兒，這事我跟莫大哥求情有什麼用，他怎麼可能聽我的話，妳這不是為難我嗎？」她笑了笑，一臉無能為力的表情。「依我看，莫大哥那麼疼妳，妳自己去求他就行了。大不了多纏著他念叨，他被妳纏得沒辦法了自然就會答應幫妳的。」

夏玉華此話一出，菲兒卻連連搖頭，一臉苦惱不已的說道：「沒用沒用，妳說的這一招我早就試過了，可三哥根本就不理我，還說我這性子遲早得磨一磨，早又比晚好！妳不知道，我三哥是很疼愛我，可他太過死板，做事一根筋，怎麼說都站在我娘那一邊，煩都煩死我了。好姊姊，求妳幫幫我吧！」

「菲兒，妳的心情我能夠體諒，我也不是說不想幫妳這個忙，可是妳的話都不管用，我的話更加如此，莫大哥怎麼可能聽我的呢，妳還是再想想別的辦法吧。」夏玉華同情的拍了拍菲兒的手，卻真是無能為力。

可菲兒似乎卻不這般想，她一臉肯定地說道：「夏姊姊，我三哥一定會聽妳的，妳就試一試，幫我求求情吧。真的，妳的話一定管用，他肯定聽妳的。」

「為什麼？」夏玉華笑了起來，絲毫沒有將菲兒的話當真。「莫兒，妳這可是病急亂投醫呀！」

「才不是呢，我說的都是真的。雖然我也說不上理由，不過相信只要妳開口，我三哥肯定不會不答應的。這是直覺，我的直覺向來很準！」

莫菲一臉認真地說道：「如果是我開口的話，他肯定只會覺得我是在胡鬧。從小到大，他雖然遷就我可是卻極有原則，並非事事都會順著我。特別是那麼大的事，以我的經驗，若不是因為妳的話，他肯定不會同意幫忙的。」

這些話頓時讓夏玉華愣了一下，片刻之後這才裝作不以為然的樣子說道：「傻丫頭，妳想多了，妳三哥怎麼可能是衝著我的面子，他只不過是怕妳日後總做這些讓他頭疼的事，所以才沒有太過明著說罷了。」

「哎喲，夏姊姊我不管了，反正妳得幫我這忙去跟我三哥求情，妳說話向來最有道理了，妳跟他好好說說，以理服他一定可以的！我這也真是沒有辦法了，難道妳就忍心看到我被那些教習嬤嬤虐待、摧殘嗎？好姊姊，求求妳了，求求妳了！」莫菲索性邊說邊往夏玉華身上蹭去，一副可憐兮兮的樣子，還不停的搖晃著夏玉華的肩膀哀求著。

見狀，夏玉華倒是被菲兒給弄得半點脾氣都沒了，只得點了點頭道：「好了好了，妳別再搖了，我答應妳一會兒找機會試試好吧?!」

見夏玉華應了下來，菲兒便放開了手，高興的鼓起掌來，那模樣跟已經得到了她娘的赦令一般。「太好了，夏姊姊出馬，我這事一定能成！」

「妳就別高興得太早，我可是不敢保證一定能成，到時莫人哥要不答應的話，妳可別生我的氣。」夏玉華不由得搖了搖頭，眼前的菲兒實實在在的讓她有種回到了前世十四、五歲的感覺。同樣的活力、同樣的有著小性子，同樣的不喜歡被那些生硬死板的條條框框束縛住。

「夏姊姊出馬，一定會馬到成功！我對妳可是極有信心的！來來來，為了感謝夏姊姊出手相助，也為了提前慶功，不如小妹給姊姊說段笑話助助興吧！」

菲兒一臉的開懷，馬上嘴巴蹦躂了起來，直說道著一些好笑的事情，別說是夏玉華，整個馬車裡的人都被逗得笑開了，一時間馬車裡頭的歡笑聲都傳到了外頭，傳到前面騎馬的莫陽等人耳中，大夥兒也跟著有種輕舞飛揚的好心情。

一路上馬車所經過之處風景越來越好，莫菲索性將車簾全部掀了起來，讓沿途的美景一點不落的映入眼中。約莫小半個時辰之後，馬車到達目的地，路口早已經有僕人等候，不過馬車並沒有停下，而是繼續沿著寬敞的道路往莊園裡頭駛入。

又走了一會兒，馬車這才在一大片荷花池旁停了下來，還沒下車夏玉華便被眼前那幾乎有些看不到邊的綠，還有不時夾雜的粉紅給緊緊的吸引住了目光，真沒想到這裡竟然會有如此大的荷花池。

看到夏玉華的眼神，莫菲得意的說道：「夏姊姊，我早就猜到妳一定會喜歡的，走，下去玩吧，這荷花池大著呢，一會兒咱們還可以乘小船到荷花池裡頭去，可漂亮啦！」

說著，菲兒拉起夏玉華一併下了車，前邊的莫陽早早下了馬，車跟馬很快便有跟著過來的僕人帶了下去，而另外前頭亦有莊園裡的人熟練的領著路。

下車往前走近之後，夏玉華這才發現這個荷花池簡直大得沒法形容，這哪裡是池呀，分明就是一個小湖了，滿湖裡全是荷花，滿眼的青翠與粉紅，看得讓人不由連連讚嘆！

「真美！」她情不自禁的稱讚了一聲，目光遠眺，那層層的荷葉如同望不到邊似的，微風拂過呈現出波浪似的起伏，讓人有種不真實的美感。

「那當然，這裡的荷花可是最美的，整個京城也找不出第二處這麼好看、這麼大的荷花池！」菲兒輕快的介紹著，語氣之中是亦是濃濃的喜愛。

一旁的丫鬟亦忍不住討論了起來，少女的活潑更是為這裡添加了幾分獨特的氣息。鳳兒最是歡喜，還在一旁跟夏玉華說香雪沒來，實在是太可惜了。等回去說給香雪聽，不知道會把她給羨慕成什麼樣子。

幾個女孩子在荷花池旁邊走邊看邊聊，不時親暱的湊到一塊兒，指指點點著，氣氛頗為熱鬧。特別是菲兒，簡直跟放出籠子的小鳥似的，甭提多帶勁。那幾個貼身丫鬟也是，出來玩了也沒那麼多規矩，加上年紀本就小，玩心自然還是很大的。

而夏玉華雖然比起平時來說要開朗得多，笑容不時的掛在臉上很是愉悅，可跟菲兒還有那幾個丫鬟比起來，明顯要安靜不少。倒並非是她故意壓抑著，只是重生過後整個人的心境與前世十幾歲時還真是差得太多。

與夏玉華相比，顯然這裡還有一個人更加的安靜，莫陽原本就是個內斂之人，再加上這個地方已來了不少次，因此自然沒有這一群小姑娘那般雀躍，而是不遠不近地跟在後頭，也不在意這會兒幾乎已經被眾人所遺忘。

有詩云：畢竟西湖六月中，風光不與四時同，接天蓮葉無窮碧，映日荷花別樣紅。在夏玉華眼中，此刻這一眼望不到盡頭的荷花可是絲毫不曾遜色於詩中所描繪的風景。一行人圍著池邊走了好久，卻硬是連個累字都不曾想到，說笑之間那樣的輕鬆、那樣的愉悅，完全印證了來之前菲兒的那一番誇讚之言，簡直是有過之而無不及。

按菲兒的說法，光在這岸邊上看自然還是不能最大的盡興，去年她便來過一次，划著小船進入荷花池裡頭，讓自己與那些荷葉、荷花全部融為一體，這樣的感受才是最直接又最舒暢。

很快的，菲兒便將夏玉華帶到了一旁的小碼頭，已經有好幾條小船在那裡等候，因為荷花密布，所以這些小船都是那種極窄小的，便於在荷花之間穿梭。而除了划船的人以外，一條船一般來說站上兩人就已經差不多了。

準備上船之際，菲兒忽然想到這可是一個絕佳的機會，因此連忙側目去尋那個下車後便一直沒顧上，差點忘到了腦後的三哥。

「三哥，你怎麼這麼慢，快點過來呀！」菲兒看到落在後頭的莫陽，趕緊招了招手大聲催促著。

莫陽見狀，抬步走了過去，見莫菲一副猴急的模樣，便道：「急什麼，妳們先上船吧，我就不去了，在這裡等妳們。」

「那可不行！」菲兒一聽莫陽壓根兒沒打算上船，連忙拉著人說道：「這樣吧，三哥你跟夏姊姊坐一條船先出發吧，夏姊姊就交給你照顧了！」說罷，便想推著莫陽上船。

莫陽頓時不知道自己這小妹又在搞什麼鬼，強行止住步子不解地說道：「妳不上船嗎？」

「哎喲，我……我肚子有些不太舒服，得先找個地方那個一下！你們先去吧，我一會兒再坐別的船就行了！」菲兒邊說邊裝作肚子疼的模樣按著腹部，朝夏玉華眨了眨眼，而後不管三七二十一轉身便快速離開了。

菲兒一走，夏玉華倒是很快明白了這丫頭是特意尋了這個時機來，想讓她一會兒趁著沒什麼旁人的時候跟莫陽說道先前在馬車上所提到的那件事。一時間心中不由得笑了笑，只道這丫頭可真是會找藉口。

莫陽見狀，倒也沒多說其他，見菲兒這麼快便跑得沒影了，只當真是肚子不舒服，又連忙喚了另外一個婢女趕緊跟過去。

如此一來，他自是沒理由讓夏玉華一個人上船，按先前菲兒所說的與夏玉華兩人一併上了一條小船，慢慢駛向荷花池最深入的美景之處。

莫陽本就話不多，夏玉華也早就不是那種會沒事主動找話說的人，因此這兩人坐一條船倒是越發的安靜不已，好在有周遭的美景足以讓人目不暇接，要不然的話還真會顯得有些尷尬。

一開始，夏玉華心裡頭還覺得有些不太自在，可沒一會兒的工夫，就被身處的美景完全吸引住了注意力，漸漸的倒還真是有些將船上的另一人給忽略掉了。

「小心！」正當她看得有些癡迷之際，耳旁突然響起了莫陽的聲音，緊接著，一隻有力的大手幾乎在出聲的同時拉著她的身子快速往下壓。

而就在身子壓下去的那一瞬間，夏玉華感覺到自己的頭頂有什麼東西擦掠而過，若不是莫陽剛才及時出手的話，她壓根兒沒留意到，怕是會被那東西將眼睛給打了個正著。

此刻，兩人的面孔幾乎快挨到了一起，出奇的近，近得彼此都能夠感覺到對方的氣息噴到自己的臉上，那樣的情形頓時讓氣氛變得異常的尷尬。

兩雙明亮的眼睛不由得相互對視，愣了片刻之後，莫陽最先反應過來，連忙縮回手，起身拉開了兩人之間的距離。他極不自然的清了清嗓子，而後快速移開視線，裝作欣賞美景的樣子。

「謝謝！」夏玉華也很快地反應過來，見莫陽那般拘謹、不好意思的神情，甚至於臉都有些微微泛著紅暈的看向了別處的樣子，心底不由得偷笑了一下，倒是讓她不再如先前那般尷尬。

「不用。」片刻的工夫，莫陽也已經恢復了常態，看了夏玉華一眼道：「這荷花池裡的荷花挨得很近，妳得稍微注意點才行。」

「嗯！」夏玉華雖然不再如之前那般不自在，可一時間也不知道說什麼好，只得輕輕應了一聲，也不好再說什麼謝謝之類的。

小船已經在荷花池中穿行好一會兒了，夏玉華不由得想起上船前菲兒朝她擠眉弄眼的樣子。且不論成不成，若是這會兒沒替那丫頭說話的話，上了岸怕是會讓菲兒失望不說，肯定那丫頭還會再想方設法的給她找機會再跟莫陽求那個所謂的情。

一時間，她還真有些猶豫，說到底畢竟這種家事自己並不太適合插手，況且她說的話哪有這麼好用呢？以莫陽這般有原則的性子，肯定是不可能聽她的。但不說的話，似乎又有些對不住菲兒的苦苦央求，連試都沒試過，心裡頭倒是有些不太仗義的感覺。

想來想去，夏玉華還是決定幫菲兒試試，成不成至少能夠心安了。只是這怎麼開口卻還是有些彆扭。思索了片刻，趁著這會兒還在荷花池中央並沒有什麼旁人，這才當機立斷決定直接挑明算了。

「莫大哥，先前來的時候菲兒在馬車上跟我訴苦，說是莫夫人這一次下了決心準備找兩個宮裡退下來的教習嬤嬤來調教規矩，這事是真的嗎？」她邊說邊伸手拔了拔兩旁的荷葉，看向莫陽的神情倒是頗為平靜。

見夏玉華提到了這個，莫陽馬上明白了過來，敢情菲兒那丫頭先前是特意安排自己與玉華共乘一船，賴著人家給當說客來了。

「是有這麼一回事。我娘說菲兒性情太過活潑，沒有一點女孩子的樣子，眼看著馬上都要滿十五了，再不好好調教一番的話，怕是都沒人敢上門提親了。」莫陽實話實說，將自己母親的原話搬了出來，而在他看來自己這妹子是太會鬧了一些，找人來管束一下也不是什麼壞事。

聽到這話，夏玉華微微笑了笑，繼續說道：「原本這事我是沒有什麼資格多說的，不過菲兒先前那可憐的樣子你是沒看到，以她的性子想來肯定不喜歡受那種束縛。估摸她實在是沒有辦法了，所以病急亂投醫，讓我幫忙給她想想辦法。可這種事我能夠有什麼辦法呢，所以也只好幫她一併求求莫大哥了。」

「這個丫頭最喜歡死纏爛打，妳別理她就行了。一會兒上了岸，她若問妳這事怎麼樣了，妳也別理她，到時我自會跟她講的。」莫陽這般說完，又怕夏玉華誤會什麼，便再次補了一句道：「其實我覺得我母親說得對，這事也是為她好，如今她不願過多的受束縛，但日後終究還是免不了的，總不可能一輩子都待在家裡頭吧。」

莫陽的話自是在理，從某個角度來說，這事的確是為了菲兒好，畢竟日後終將要嫁人，嫁到別人家再怎麼樣也不可能跟自己家裡一樣，稍微有些不順遂的地方便極容易引起口角是非，更何況菲兒這種性子，估摸著也不會得到長輩們的太多喜愛。

可是，換一個角度來說，一旦真的將菲兒改造成跟常見的大家閨秀一般，那麼便不再是菲兒了。而且她也想像得到，那樣的菲兒就算日後婆家的人都喜歡，可菲兒自己卻是不會開心也不會幸福的。因為那已經不再是她自己，而不過是一個被迫披上偽裝外衣，要違背自己的性情去生活一輩子的人，那樣的生活肯定不會幸福。

想到這些，她倒是真心想替菲兒說道幾句了，遲疑了片刻，再次朝莫陽說道：「莫大哥，有幾句話玉華不知當講不當講。」

「妳說吧。」莫陽點了點頭，看向夏玉華的目光略微有些收斂。雖然夏玉華還沒有說出具體的內容來，可是他心底卻明白她想說些什麼。但即使是這樣，他卻依舊願意認真的聽她所說的每一句話，沒有理由，只是心底深處最真實的一種感受罷了。

夏玉華見狀，也不再多猶豫，徑直說道：「我也知道你們都是為了菲兒好，為了菲兒的將來著想。你們怕她這樣的性情將來嫁人後會吃虧，會過得不幸福。這些都是再正常不過的想法，說明你們是真心的疼她。可是……」

微微頓了頓，她抬眼看向莫陽那雙明亮的眼睛，再次說道：「可是幸福到底是什麼呢？我想每個人的想法都不一樣，但在我看來，各人心底深處那分最真實的感受才能夠真正說明自己到底幸福不幸福。菲兒純真、樂觀、活潑而好動，這一切都讓她顯得與眾不同。雖然這樣的菲兒日後嫁人未必能夠贏得所有人的喜歡，可是這卻是她最真實的一面；也正因為這般的真實，不需要任何的偽裝，所以她才能活得如此的輕鬆而快樂。

「菲兒的快樂源自發乎內心的真實，所以她才能夠一直活得那般的灑脫、自在。如果強行讓她去改變，讓她將這些最為純淨的東西收起來而穿上一層一層裝飾的外衣，那樣的菲兒便失去了那分真實與灑脫，便也不再是真正的菲兒。即便到時如你們所願，那樣的菲兒能夠得到所有人的喜歡，可是莫大哥，你覺得那還是菲兒嗎？那個時候的菲兒還會像現在一般快樂幸福嗎？」

夏玉華最後的反問並不是針對莫陽，而只是一種最為真實的感觸。就好比現在的自己，回頭想想，以前那個任性的自己早已不在，可平心而論，那個時候那種最真實的快樂卻是再也無法回來。如今的自己，更多的快樂似乎源自於對父親、對家人的那種寄託，而真正自己內心的念想早就已經被不經意的掩蓋了。

她的臉上顯露出淡淡的感傷，既為菲兒，同時更多的是為了此刻的自己。心靈的改變不是那般簡單，而真正的快樂亦是可遇而不可求。

聽到這一番話，再看到夏玉華臉上那絲若隱若現的傷感，莫陽頓時沈默了起來。他明白，此刻眼前的這個女子不僅僅是在為菲兒傷懷，更多的應該是一種感同身受。

他雖然並不知道夏玉華之前到底發生了什麼樣的大事，可一個人前後出現如此大的轉變，足以證明這個女子有過許多常人所沒有的經歷。所以，看到此刻那張臉孔上無意識流露出來的感傷，他的心突然變得有些不受控制的難受起來。

那樣的感受是莫陽從來沒有過的，為一個與自己並沒有任何血緣關係的女子而牽動內心深處那份最隱蔽的柔軟。

——未完，待續，請看文創風131《難為侯門妻》3

旺家俏娘子 全套五冊

文創風 116 1
文創風 117 2
文創風 118 3
文創風 119 4
文創風 120 5 完

原本躺在手術檯上跟肚裡的孩子道別，
誰知醒來卻成了山中農村小寡婦，還懷有身孕！
喬春不曉得老天爺到底跟她開了什麼玩笑，
卻明白在這山裡想要過上好日子，就得就地取材、發揮所長。
反正都是賺錢，大齊國跟二十一世紀能有什麼不同？
看她名揚四海、大顯身手，讓人佩服得五體投地，
儼然成為當代新偶像，走到哪兒都有人崇拜，好不威風！
只不過，她的美貌與智慧招來不少麻煩，
惹得男人覬覦，女人嫉妒，暗算、綁架樣樣來。
拜託！這些古人也太小題大作了吧……

風 文創 130

難為侯門妻 2

國家圖書館出版品預行編目資料

難為侯門妻 / 不要掃雪著. --
初版. -- 臺北市 ： 狗屋, 2013.10
冊 ； 公分. --（文創風）
ISBN 978-986-328-165-8（第2冊：平裝）. --

857.7 102018487

著作者	不要掃雪
編輯	呂秋惠
校對	林嫵媚　黃薇霓
發行所	狗屋出版社有限公司
地址	台北市104中山區龍江路71巷15號1樓
電話	02-2776-5889～0
發行字號	局版台業字845號
法律顧問	蕭雄淋律師
總經銷	知遠文化事業有限公司
電話	02-2664-8800
初版	102年10月
國際書碼	ISBN-13　978-986-328-165-8
原著書名	《璞玉惊华》，由起點女生網〈www.qdmm.com〉授權出版

定價240元

狗屋劃撥帳號：19001626

網址：love.doghouse.com.tw　E-mail：love@doghouse.com.tw